연탄 투쟁의,
행복

도서
출판 행복에너지

# 연탄 독자의 행복

**초판 1쇄 발행** 2016년 2월 16일

| | |
|---|---|
| 지 은 이 | 이재욱 |
| 발 행 인 | 권선복 |
| 편집주간 | 김정웅 |
| 표  지 | 김소영 |
| 내  지 | 이세영 |
| 교  정 | 김성호 |
| 마 케 팅 | 정희철 |
| 발 행 처 | 도서출판 행복에너지 |
| 출판등록 | 제315-2011-000035호 |
| 주  소 | (157-010) 서울특별시 강서구 화곡로 232 |
| 전  화 | 0505-613-6133 |
| 팩  스 | 0303-0799-1560 |
| 홈페이지 | www.happybook.or.kr |
| 이 메 일 | ksbdata@daum.net |

값 13,500원

ISBN 979-11-5602-348-7    03810

Copyright ⓒ 이재욱, 2016

* 이 책은 저작권법에 따라 보호받는 저작물이므로 무단전재와 무단복제를 금지하며, 이 책의 내용을 전부 또는 일부를 이용하시려면 반드시 저작권자와 〈도서출판 행복에너지〉의 서면 동의를 받아야 합니다.
* 이 책은 부천시 문화예술발전기금의 일부 지원을 받아 제작되었습니다.

도서출판 행복에너지는 독자 여러분의 아이디어와 원고 투고를 기다립니다. 책으로 만들기를 원하는 콘텐츠가 있으신 분은 이메일이나 홈페이지를 통해 간단한 기획서와 기획의도, 연락처 등을 보내주십시오. 도서출판 행복에너지의 문은 언제나 활짝 열려 있습니다.

# 연탄 두장의 행복

이재욱 소설집

도서
출판 행복에너지

## 책 머리에

시류(時流)라는 게 있다.

시류 따라 살다 가는 게 인생이라지만 가끔은 시류 따라 살아온 삶이 훗날 빗발치는 비난에 휩쓸리는 수도 있다. 피할 수 없는 운명적인 행위였다 쳐도 시간이 흐르고 또 다른 시류의 흐름에 반한다 치면 쏟아지는 포화를 피할 길 없다. 친일이 그렇고 친미가 그렇고 친소 친중이 그렇게 보면 다 그렇다. 먹고살기 위한 몸부림이었다 해도 부역은 부역이다.

그럼에도 나는 시류 따라 산다. 못마땅한 시류에도 적극적이지 못해 마의태자처럼 입산하지도 못한다. 보통사람으로 시류의 흐름 따라 산다.

평균 수명이 길어지면서 효(孝)는 퇴색되었다. 아이를 향한 사랑이 지극했던 부모인 그 노인의 자식들도 그들을 그렇게 길렀을 부모인 노인은 부담일 뿐이다. 부모는 스스로 살아가야 할 길을 찾아 남은 인생을 살아가야 한다. 지금의 시류가 그렇다.

노랑머리의 서양 여자와 결혼하는 남자는 있어 보인다 한다. 하지만 까무잡잡한 아시아 여인네와 결혼하는 남자는 색안경을 끼고 보게 된다. 그리고 그 까무잡잡한 며느리는 격 떨어지는 이방인일 뿐이다. 당당히 대한민국의 미래를 책임질 대한민국의 아들딸들을 낳아 길러주는데도 못 배우고 가난한 천박꾸러기라는 것이다. 그래도 국제결혼은 늘어만 간다. 시류다.

돌아온 싱글(single)이라는 돌싱이라는 속어가 머지않아 표준어가 될지도 모른다. 소수였던 돌싱들이 기하급수로 늘어만 가는 것도 그런 시류의 흐름 탓이다. 시류 따라 살아가는 그들도 나름의 삶을 개척해야 하는데 돌싱이라는 이름 아래 또 다른 시류를 만들어 내기까지 한다. 시류가 그렇게 살라 하기 때문이다.

이 소설은 시류 따라 사는 사람들의 이야기다.
시류가 만들어 내는 노인 이야기, 다문화 이야기, 그리고 돌싱 이야기들이다. 심도 있게 다루지 못한 점이 못내 아쉽지만 보다 끈끈한 이야기는 앞으로도 더 쓸 작정이다.
많은 보통사람들이 읽어 주고 공감해 주었으면 해 본다.

2016년 새해를 맞으며

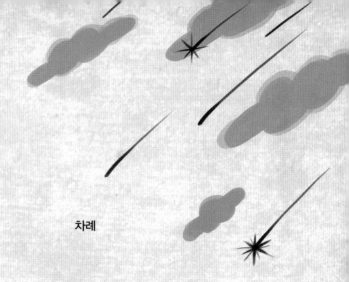

차례

이야기 하나

# 연탄 두 장의 행복

"누구세요?"

소파에 앉아 있는 딸의 얼굴을 멀건이 바라보던 소사댁이 최노인에게로 다가와 속삭였다. 사흘돌이 찾아오는 읍내에 사는 딸의 얼굴을 또 기억하지 못하는 모양이었다.

"송이 애미잖아. 송이 애미…."

역정을 섞어 고함치듯 설명했으나 소사댁의 표정은 덤덤하기만 했다.

"엄마! 나잖아 나, 현이."

"……."

"엄마 딸 현이잖아 엄마. 나 몰라 엄마?"

"……."

소사댁은 아무런 대꾸도 하지 않았다. 물끄러미 바라보던 딸하고의 눈맞춤이 두려워졌는지 슬며시 자리를 떴다. 눈물을 찔끔거리며 어머니를 따라 안방으로 들어간 딸은 몇 번이고 자신이 누구라는 걸 설명하려 들었으나 끝내 자신의 존재를 알리지 못한 채 거실로 나왔다. 주방으로 가더니 냉장고를 열고 가지고 온 비닐 팩 속의 물건들을 꺼내 여기저기 쑤셔 넣었다.

"아빠, 쇠고기 쬐금, 견과류 쬐금 그리고 과일, 야채는 아래쪽에 넣어 둘 테니까 찾아서 드셔요. 저는 애들이 돌아올 시간이 돼서 돌아가야 해요. 시간 나는 대로 또 올게요."

그새 소사댁은 다시 거실로 나와 소파에 앉아 있었다. 여전히 궁금해 견디지 못하겠다는 듯 부지런히 움직이는 방문객을 뚫어져라 바라보고만 있었다.

냉장고 정리를 마친 딸이 소파로 가 소사댁 옆에 앉았다. 낯설어하는 표정은 여전했지만 방문객을 거부하지는 않았다.

"엄마?"

소사댁의 손을 잡고 살피려던 딸의 표정이 약간 일그러지더니 코를 벌름거렸다. 어이없어하는 표정에서 이미 어떤 상황이 벌어지고 있는지를 최노인은 알고 있는 눈치였다.

"아빠, 나, 갈게요."

발딱 일어선 딸은 휑하니 현관문을 박차고 나갔다. 딸의 자동차가 평소보다 더 요란한 굉음을 내며 황급히 사라지는 소리를 듣고 나서야 최노인은 소사댁을 소파에서 일으켜 세웠다. 소사댁이 앉아 있던 자리에 흥건히 소사댁의 배설물이 쏟아진 물처럼 고여 있었다. 코를 진동하는 구린내는 또 다른 배설물로 속옷도 뒤범벅돼 있음을 짐작하게 했다.

"미쳐, 내가 미친다니까…. 제발, 제발 나 좀 살려 주라."

짜증이 폭발한 최노인이 소사댁을 난폭하게 욕실로 끌고 들어갔다.


이른 봄, 읍내 장날이었다. 평소 한가하던 시내버스도 장날이면 붐

벴다. 오랫만에 만나는 이웃들과의 안부담소로 버스 안은 흡사 장터골목 한 귀퉁이를 옮겨 놓은 것처럼 시끌벅적했다. 여느 때처럼 소사댁은 그런 이웃들 틈에 끼어 버스를 탔다. 버스가 흔들리는 대로 몸을 맡기고 읍내장터로 향했다. 장마당 입구에서 버스를 내리면 이웃들은 뿔뿔이 흩어져야 했다. 저마다 필요한 물건을 사거나 팔기 위해서였다. 소사댁도 버스에서 내리자마자 종종걸음으로 씨앗가게로 향했다.

거의 한나절이면 장보기를 마치고 돌아와야 할 소사댁이 오후 늦게까지도 돌아오지 않았다. 안 그래도 나이가 들면서 엉뚱한 이야기를 자주 횡설수설하는 소사댁이 걱정이 돼 최노인은 냇물 건너 버스 종점까지 마중을 나갔다. 버스에서 내리는 이웃들을 하나하나 붙잡고 늦어지는 소사댁의 행적을 물어봤으나 소사댁의 행방은 묘연하기만 했다. 입모아 대답해 준 소사댁의 행적은 씨앗가게 앞이 마지막이었다.

최노인은 부랴부랴 읍내를 향해 돌아나가는 버스를 타고 장터로 향했다. 읍내에 사는 큰딸을 불러내서 큰딸과 함께 장바닥 온 사방을 샅샅이 뒤졌으나 소사댁의 행방은 묘연하기만 했다. 어둠이 깔리고 파장이 다 된 장바닥을 몇 번씩이나 살펴 본 최노인은 우선 딸네 집으로 이동했다. 차려준 저녁밥은 먹는 둥 마는 둥 했다. 신고한 파출소로부터 행여나 소식이 있을까만 가슴을 졸이며 기다렸다. 밤이 이슥해지고 기다림에 지친 최노인의 애간장이 다 타들어 갈 무렵 파출소로부터 연락이 왔다. 한 걸음에 달려간 파출소에는 어디를 어떻게 헤맸는지 위아래 옷이 모두 붉은 진흙으로 뒤범벅인 소사댁이 멀건이 앉아 있었다.

그날 이후 소사댁은 자주 길을 잃고 헤맸다. 마실을 나갔다가도 지척에 있는 집을 찾지 못해 이웃들이 데려다주는 횟수가 늘었다. 언제 어디론가 사라져 길을 잃을까 몰라서 함께 있다는 것만으로는 안심할 수가 없었다. 일거수일투족에 바짝 신경을 곤두세우고 있어야 했다.

집안이라고 해서 안심할 수도 없었다. 언제 문밖으로 나가 없어질지를 몰라서 문은 항상 꼭꼭 잠가 두어야만 했다. 어느 날은 오밤중에 일어나 멀쩡한 장독대 뚜껑을 든 채로 누가 된장 훔쳐 갔다고 고함을 질렀다. 비가 오지 않는데도 비설거지를 해야 한다며 마당가에 놓아 둔 농기구를 창고가 아닌 방 안으로 부지런히 옮겨 오기도 했다. 물건들을 옮기는 저지레쯤은 봐 줄 수도 있다지만 자다가 또 어디론가 사라질지도 모른다는 걱정은 걱정이라기보다 공포였다. 잠자리에 들 때마저 소사댁의 허리에 끈을 묶어 연결해야 했다. 자다가 일어나 어디론가 사라지는 저지레가 점점 늘기 때문이었다.

1

소사댁이 냉장고 앞에서 단호박을 꺼내들고 골똘히 생각에 빠지는 걸 본 게 처음이었다. 이게 뭐냐고 묻는 소사댁에게 자주 먹던 당신이 좋아하는 단호박이라고 이야기해 주었지만 쉽게 알아듣지 못했다. 몇 번이고 되풀이 설명을 하고 나서야 겨우 알아듣는 눈치였다. 그때부터였다. 소사댁은 노상 물건 이름을 까먹었다. 오렌지, 귤 같은 과일이름을 잊어버리는 건 자주 접하지 않는 과일이기 때문일 거라고 짐작했다. 그런데 무, 배추마저 만지작거리며 한참씩 들여다보며 골똘히 생각에 잠기는 것을 보고 최노인은 소사댁의 치매증세가 제법 깊어졌음을 알았다. 하지만 뾰족한 방법이 있는 것은 아니었다. 읍내 병원을 찾았으나 신통한 대답을 듣지 못했다. 서울 큰 병원에 가야 하느냐고 묻자 의사선생은 큰 병원도 치료방법이 비슷하다며 알아서 좋을 대로 하라고만 했다.

약 먹는 것도 노다지 잊어버리는 소사댁에게 약이 달리 약이겠는가 싶어 꼬박꼬박 약을 먹였다. 나중에는 약 먹는 것이 지겨웠던지 먹지 않겠다며 도리질을 하는 소사댁을 윽박지르며까지 약을 먹였으나 별 차도가 있어 보이지는 않았다.

거스름돈이 맞는지 틀리는지도 모르더니 숫자 헤아리는 걸 잊어버리기 시작했다. 하나, 둘, 다음이 열셋, 열여섯이 되기도 하고 다시 일곱, 하나로 되돌아오기도 했다. 몇 번이고 알려 주려 들면 짜증이 폭발해 펄펄 뛰었다. 그러다가 갑자기 조용해지며 무엇인가를 알아내야겠다는 듯 골똘히 생각에 잠기기도 했다. 멍하니 정신을 놓고 심오한 명상에 빠지는 것처럼 보였으나 갑자기 벌떡 일어나 정해진 같은 장소를 빙빙 배회하는 것을 볼 때면 명상이 아니라는 것을 이내 알게 했다. 그래도 매달릴 곳이라고는 병원뿐이어서 꾸준히 병원을 다녔으나 별 차도가 보이지 않았다.

대소변을 가리지 못하면서 걱정거리는 또 늘었다. 소식을 접한 읍내 큰딸이 기저귀를 장만해 왔으나 소사댁은 기저귀를 차지 않으려 펄펄 뛰었다. 기저귀를 찬다는 것이 부끄러운 짓이라는 것을 아직은 알고 있는 것 같았다. 때문에 기저귀를 채울 때마다 씨름을 해야 했다. 기저귀를 채워 놓았다고 해서 안심할 수도 없었다. 답답하다며 몰래 기저귀를 빼 버리는 바람에 낭패를 보는 일도 자주 있었다. 조금씩 기저귀를 차는 일에 익숙해지면서 옷을 덤벙덤벙 적셔 내는 일은 반으로 줄었다. 기저귀 사이로 대변을 흘리는 일이 빈번하게 일기도 했지만 큰일이라는 생각은 들지 않았다. 하지만 대변으로 떡칠한 속옷을 걸치고도 아무렇지 않게 움직이는 소사댁이 되면서부터 최노인은 망연자실하고 말았다. 고함으로 윽박지르기는 공허한 메아리에 불과했다. 소화기관이 멀쩡하기 때문인지 엄청 먹어대고 엄청 싸대는 소사댁의 힘은 최노인을 압도했다.

　잡풀이 무성하게 돋아 자라는 텃밭도 제대로 건사하지 못했다. 소사댁과의 전쟁만으로도 지치고 또 지쳐서 농사일은 거터 볼 시간이 없었다. 씨앗만 붙혀놓고 내버려 두다시피 한 밭에는 잡초만 무성했다. 반타작도 못 하는 정도가 아니라 씨앗 값도 못 건질 형편이었다.

　멀리 서울에 사는 아들은 명절에만 찾아 왔다. 소사댁이 초기증세를 보일때만 해도 시도 때도 없이 들락거리던 아들이었다. 증세가 심해 대소변을 가리지 못하고 방 안에서 쿵쿵한 냄새가 나기 시작하고부터는 발길을 뚝 끊었다. 들리는 바에 의하면 손자 녀석이 할머니의 심한 악취가 싫으며 물끄러미 바라보는 눈빛 또한 무서워서 할머니 댁 가기를 한사코 거절하는 것이 이유라면 이유라고 했다.

　가깝게 사는 것이 죄랄까 읍내 딸만 부지런히 찾아왔다. 제대로 닦아 내지 못한 오물을 발견하고는 화장실 간이 샤워장으로 데려가 소사댁을 말끔히 씻겨 주는 것도 읍내의 큰딸이 유일했다. 올 때마다 부엌 살림을 살피면서 수시로 반찬도 준비해 주었다. 시간만 나면 쫓아와 주는 딸이 고맙기 그지없었지만 손길이 뜸해질 외손녀와 사위를 생각하면 괜히 미안한 생각이 들어 이 짓도 오래 할 짓은 아니라는 생각이 들었다. 최노인만 지치는 것이 아니라 읍내 딸도 지쳐가고 있었다. 불쌍해 못 견디겠다며 엄마를 볼 때마다 눈물을 글썽이던 딸이 아무것도 모르는 엄마를 향해 그것도 모르냐며 몰아세웠다. 짜증으로 다져진 신경질을 마구 퍼부어 대기도 했다.

　최노인은 요양원을 알아보기로 했다. 요양원으로 보내고 싶은 생각은 추호도 없었지만 주위 사람들의 권고도 있고 해서 일단은 몰래 요양원 형편이나 파악해 보고 싶었다.


　하루 뒤, 가까운 읍내에 있는 요양원을 찾아 나섰다.
　사무실에 근무하는 요양보호사 한 분이 최노인을 안내해 주었다.
치매환자의 병실은 3층이었다. 복도로 들어서자 고함소리부터 들렸다.
조금 난처하다는 기색을 보이던 요양보호사가 소리 나는 병실의 문을
열었다. 문 앞에 쪼그리고 앉아 고함을 지르던 할머니가 주춤주춤 겁에
질린 듯한 표정으로 뒤로 물러났다.
　"나 밥 줘. 배고파."
　낮은 톤으로 애걸을 했다.
　"알았어요. 조금 있으면 식사시간이니 그때까지 조금만 기다리세요."
　뒤로 물러서던 할머니가 이번에는 다시 귀가 쩡쩡 울리도록 고함을
질렀다.
　"……나 밥 줘!"
　"배고파. 밥 줘."
　험악한 표정의 할머니는 금방이라도 덤벼들 자세였다. 요양보호사
는 서둘러 최노인을 문밖으로 밀고 나왔다. 문이 닫히면 방문은 자동으
로 잠겼다. 밖에서는 자유롭게 열 수 있지만 안쪽에서는 비밀번호를 눌
러야 하는 번호 키가 설치돼 있었다.
　"안 되겠어요. 다른 방 보시자구요."
　문을 열자마자 역한 배설물의 악취가 소독약품 냄새와 함께 뒤섞
여 풀썩풀썩 일었다. 환자들은 거의 다 조용하게 누워있었다. 최노인
이 다가가도 별 반응을 보이지 않았다. 멀뚱한 눈으로 쳐다보다가 얼굴
을 돌리거나 그냥 눈을 감아 버렸다. 맨 안쪽 구석자리 환자를 살피다
가 최노인은 깜짝 놀라고 말았다. 침대보가 들쳐진 침상모서리에 누런

대변이 묻어 말라있었다. 색이 바랜 것은 이미 오래전에 묻어 말랐다는 것이어서 더욱 기괴하게 보였다. 방을 나오면서 입구에 있는 침대 안쪽을 살폈더니 거기에도 닦아내기는 했으나 대변의 흔적이 완연하게 남아있었다. 한 바퀴 슬쩍 돌아보며 살펴본 침대 구서구석마다 남아 있는 희미한 얼룩이 모두 대변 흔적처럼 보였다.

더 볼 것도 없다며 요양보호사는 최노인을 다시 사무실로 안내했다. 요양보호사는 어쩔 수 없는 요양원의 형편을 소상하게 설명했다. 밥 달라고 고함치는 사람이 있는가 하면 그냥 이유도 없이 고래고래 소리 지르는 사람도 있다고 했다. 미리 이런 말씀을 드리는 것은 환자를 입원시킨 후 면회를 하면서 불거질지도 모를 문제를 사전에 예방하자는 차원이라고 했다. 요양원 사정을 확실하게 알고 가시는 것이 당연하다는 이야기도 강조했다.

"식사시간이면 먹기 싫다는 환자도 제법 있습니다. 일단 밥을 입에 넣어 드립니다. 뱉어내며 먹지 않겠다는 환자의 식판은 치울 수밖에 없습니다. 다음 식사시간까지는 어쩔 수 없이 굶어야 합니다. 배고프다고 할 때마다 다시 식사준비를 해서 떠먹여 줄 인원이 없습니다."

"사실대로 숨기는 것 없이 있는 그대로를 말씀드리는 겁니다."

"……어떻게 보면 사실 아무걱정 안 해도 되는 건 맞습니다. 단체생활을 위해 자유를 조금 제한한다 뿐이거든요. 안전제일을 우선으로 하고 있으니까요."

더 궁금한 것이 있느냐는 요양보호사의 물음에 최노인은 더 이상 궁금할 일 아무것도 없다고 대답하며 자리에서 일어섰다.

"환자가 아니라 사육당하는 동물이네요."

최노인이 볼멘소리로 혼잣말처럼 중얼거렸다.

"지금 같은 형편으로는 어쩔 수 없겠지요. 치매환자를 위한 전문 요양원을 설립해서 특별히 취급하지 않는 한 치매환자는 지금 이상의 간호를 보장할 수 없답니다.”

소사댁을 요양원에라도 보낼까 하던 최노인의 생각은 쑥 들어갔다.

<br>

2

<br>

“불이야!”

“…….”

“불이야!”

최노인은 허둥지둥 앞마당에 설치 된 간이수도꼭지를 최대한 틀어 풀었다. 프라스틱 함지박에 쏴아 물이 쏟아져 나왔다. 바가지가 띄워진 양동이에 물을 가득 담아 헛간에 붙여 달아낸 가작(기둥만 세우고 벽은 없는 형태의 간이창고용 건물)으로 내달았다.

“불이야! 불이야! ……불이야!”

보는 사람마다 고함을 질러댔다. 고함은 소리를 질러 최대한 많은 마을 사람들을 불러 모으는 소방서의 사이렌과도 같은 것이었다. 멀리 들녘 밭에서 김을 매던 사람들도 쏜살처럼 최노인네 마당으로 내 달려왔다. 사람들은 서로서로 고함을 치며 물이 가득한 양동이를 하나씩 들고 허둥지둥 최노인네 헛간 가작 앞으로 뛰어들었다. 사람들은 저마다의 수원지를 찾아 물을 퍼 날라 불길 위로 던져 쏟아부었다.

“자! 자! 저기 수도까지 열을 지어 스셔요. 전달합시다. 전달….”

누군가가 소리쳤고 마을 사람들은 이미 익숙하게 훈련받은 소방관들처럼 최노인네 간이수도로부터 헛간가작까지 일렬로 늘어섰다. 손에서 손으로 양동이 물이 전달되어 헛간 가작 불길 앞에 도착하면 불길을 살피던 마지막 한 사람이 불길을 잡기 좋은 적당한 불기둥을 향해 던져 쏟아 뿌렸다. 아낙네들은 빈 양동이를 다시 수도가로 되돌려 주는 일을 분담했다. 다행히 불길은 쉽게 잡혔다. 가작 안에는 비를 맞지 않도록 쌓아둔 짚단더미들이 있었고 짚단에서 불이 붙어 일었는데 그 짚단무더기가 다 타기도 전에 불길이 잡힌 것이었다.

아직도 연기로 가득한 헛간 뒤 멀찌감치 소사댁이 라이터를 들고 우두커니 서 있었다.

"뭐야? 당신이었어?"

"……."

"왜? 뭣 땜에 불을 질렀어?"

최노인이 화가 잔뜩 난 목소리로 다그치자 멀건이 바라보기만 하던 소사댁이 조금은 당황해하는 기색이었다.

"…… 밭-뚝- 태우려고……."

더듬으며 대답하는 것으로 미루어 짐작하면 불을 질렀다는 기억이 잠깐 되돌아왔는지도 몰랐다. 최노인은 어이가 없었다. 늘 쏟아내는 저지레라 그러려니 했는데 정말로 감당하기 어려운 이런 저지레라면…. 정말로 기가 막히고 어처구니가 없었다. 소사댁이 가지고 있는 라이터를 빼앗아 멀리 텃밭 가운데로 던져 버렸다. 그리고는 소사댁의 손을 잡아끌어 현관문 안으로 밀어 넣은 뒤 밖에서 꽝 닫았다.

"……조심시켜 드려야겠네요."

다시 마을 사람들 앞으로 돌아오자 이장님이 먼저 말을 꺼냈다.

"언제 또 어디에다 불을 지를지……."

이장님이 말끝을 흐렸다. 모두들 어두운 표정으로 수군거리고 있었다. 그나마 헛간이기를 다행이지 혹 최노인네가 아닌 다른 사람들의 집이라면 어쨌을까? 다들 표정들이 그렇게 보였다.

"알았네. 더 이상 걱정 않도록 내 조심할 터이니 걱정들 말게. 오늘은 너무 수고들 많으셨고……. 고맙네."

헛간에서 일고 있는 연기를 마지막까지 확인하고 난 후에야 최노인은 집안으로 들어왔다. 마을은 다시 정적을 되찾았고 석양이 아름다운 마당 끝 밤나무가지에서 까치가 요란하게 울었다.

시간이 갈수록 소사댁의 증세는 점점 깊어만 했다. 이웃사람 누구도 알아보지 못하고 그렇게 애지중지하던 자식과 손자들도 기억하지 못했다. 최노인에게만은 고분고분하던 소사댁이 최노인에게도 포악해지기 시작했다. 먹고 돌아서면 또 배고프다고 생떼를 쓰기 시작하더니 밥을 주지 않을라 치면 행패를 부렸다. 행패가 두려워서가 아니라 소사댁의 유일한 희망이자 삶의 마지막 의미라는 생각이 들어서 최노인은 소사댁이 배고프다고 할 때마다 식사를 챙겨 주었다. 먹은 만큼 수시로 대변을 봤다. 대변을 볼 때마다 기저귀를 갈아 채워야 했고 기저귀를 갈아 채우려 들면 소사댁은 콩팥칠팔 뛰었다. 기저귀를 찬다는 것에 강한 거부감을 보이는 것은 부끄럽다는 기억의 막연한 잠재의식이려니 했다. 하지만 어쩌다 기저귀 갈아 채우기가 늦어지는 날이면 스스로의 오물을 끄집어내 장난감처럼 만지며 놀기도 해서 기겁을 하게 하는 일도 점점 늘었다.

최노인이 잠시 한눈을 파는 중이면 어김없이 밖으로 사라졌다. 이내 쫓아가 데려오고는 했지만 걸음도 얼마나 빨라졌는지 단시간에 따라잡기에는 역부족이었다. 소사댁은 펄펄 날고 최노인은 엉금엉금 기었다, 가끔은 이웃사람들이 무턱대고 달아나는 소사댁의 길을 막아 최노인을 도와주기도 했다. 쉽게 따라잡지 못하는 최노인에게 기력이 쇠잔해진 탓이라며 안타까워도 했다.

손목을 잡아끌고 집으로 돌아오면 최노인에게 욕설을 퍼붓기 시작했다. 화를 버럭버럭 내며 도대체 무슨 말인지 이해가 되지 않는 말로 고함을 질렀다. 하지만 최노인은 아무것도 못 들은 척 모르는 척하는 것으로 응수해 왔다. 소사댁의 욕설과 행패는 어느새 익숙한 일상이었다.

긴병에 효자 없다고 읍내 큰딸도 뜸하게 나타났다.

"아버지 팔자려니 하세요."

"……."

"아버지 운명이에요. 제가 더 이상 도울 수가 없잖아요. 제 코도 석 자니까 아버지 운명은 아버지가 알아서 해결하셔요."

전화를 걸어 올 때마다 해 주던 큰딸의 위로였다.

그날도 소사댁은 행패를 부리고 있었다. 최노인에게 손찌검을 해 가며 마구 욕설을 퍼부어 대는 중인데 반찬거리를 쇼핑백 가득 담아 들고 큰딸이 나타났다. 현관문을 들어서며 소사댁의 난무하는 욕설과 행패를 생생하게 목격한 큰딸이 길게 고개를 떨구었다. 짐작은 하고 있었지만 짐작보다 더 큰 충격을 받은 모양이었다. 천천히 소사댁을 붙잡고 훌쩍이던 큰딸은 기어코 집안이 떠나가라 대성통곡을 했다. 딸의 대성통곡이 무서웠던지 소사댁은 구석자리에 웅크리고 앉았다. 소사댁의 고함이 잦아 들어갔다. 돌아선 최노인도 눈물을 숨기려 몇 번씩이나 눈을 꿈벅거렸다.

울음을 그친 큰딸이 핸드폰을 꺼내더니 부지런히 번호를 눌렀다.

"오빠. 그렇게도 바빠?"

"……."

"애들 때문이라고? 여기 아버지나 엄마도 오빠 그렇게 키웠어."

"……."

"대단하네. 대단해. ……알았어. ……잘 먹고 잘 살아. 아주 잘 먹고 자아알 살아."

애매한 큰오빠에게 잔뜩 화풀이를 한 큰딸은 쇼핑백 정리가 끝나기가 무섭게 휭하니 읍내로 돌아갔다. 최노인은 이 무슨 짓들인가 싶어 가슴이 찢어지는 듯 아팠다. 구석자리에서 조용히 일어선 소사댁이 침대로 올라가더니 이불을 뒤집어썼다. 그리고 이내 코를 골기까지 하며 깊은 잠으로 빠져들었다. 실로 오랜만에 깊이 잠든 소사댁의 모습을 보며 최노인의 긴장도 풀어졌다. 어깨가 뻐근하게 아팠고 무주룩한 허리 다리며 안 아픈 곳이 없었다. 잠시라도 쉬어야겠다고 자리에 눕는 순간 전화벨이 울렸다. 서울의 아들이었다. 아마도 마구 퍼부어 대던 큰딸의 전화를 받고 걱정이 된 모양이었다.

"걱정 할 거 없다. 어차피 너희 어머니는 내 몫이다. 내가 알아서 잘 보살필 테니 너희는 너희 가족이나 잘 챙겨라. 애들 공부가 최우선이라는 애미 말도 당연하다. 우리 때문에 너희들끼리 의견 충돌 만들어 다툼하지 말아라. 웬만하며 애미 말대로 따라 하는 게 좋다."

아들인들 무슨 뾰족한 수가 있을까. 아들이 죄송해할 일도 아니건만 아들은 연신 죄송하다며 수화기를 놓지 못했다. 미안하기로 치면 건강하지 못한 자신들이 더 미안하다는 생각이 들었다. 통화가 꽤 길어 시끄러울 법도 하건만 소사댁이 깨어나지 않아 다행이었다. 언제 일어나 또 횡설수설 고함을 칠까는 늘 달고 다니는 걱정이었다. 잠깐 한눈을 파는 사이 또 어디론가 줄행랑을 칠까 하는 걱정도 일상이었다. 잠을 자지만 깊게 잠들 수가 없는 최노인이어서 토막잠으로 밤을 지새우는 것도 이제는 생활이었다. 최노인은 소사댁 옆에 꼬부리고 누웠다. 겹치고 또 겹친 피로는 자리에 눕기가 무섭게 최노인을 깊은 잠에 빠지게 하고 말았다.

3

현관문의 잠금장치를 반대로 사용하도록 설치했다.

요양원을 방문했을 때 봐 두었던 병실 잠금장치에서 얻은 힌트였다. 시도 때도 없이 사라지는 소사댁의 출입을 통제하기 위해서는 어쩔 수 없었다. 오밤중에 사라져 장독대를 살피거나 동네를 배회하는 것까지는 그래도 다행이었다. 떨어질 수밖에 없는 높은 논둑 밭둑이며 휩쓸려 떠내려갈 수도 있는 물살 센 냇물이며 모두가 소사댁 혼자 접근하기에는 위험천만한 것들이었다. 잠자리에 들 때마다 최노인은 끈으로 소사댁을 묶어 자신에게 연결해 두었으나 이제는 그마저 소용없는 일이 되고 말았다. 소사댁은 끈을 풀고 사라졌다. 끈을 풀 수 있는 기억이 살아 있다는 게 한편으로는 반갑기도 했지만 언제 어디로 튈지를 모를 소사댁을 감당하기는 점점 힘들어졌다.

기운은 장사여서 틈만 나면 사고를 쳤다. 이웃집 텃밭 농작물을 모조리 밟아 버리기도 하고 막 익어가는 보리 싹을 쏙쏙 뽑아 던지기도 했다. 잠시라도 소사댁을 혼자 둘 수가 없어졌다. 하지만 안에서 마음대로 문을 열 수 없게만 한다면 일단은 소사댁의 출입을 통제할 수가 있다 싶어 만든 잠금장치는 효과 만점이었다. 소사댁을 홀로 두고 집을 비우는 동안 소사댁이 집안을 엉망으로 만드는 일이 비일비재했지만 엉망인 집을 치우는 일은 소사댁을 쫓아 헤매는 것보다 훨씬 쉬운 일이라고 생각됐다. 소사댁을 집안에 묶어 둘 수 있어 만들어지는 한숨의 여유가 얼마나 유용하게 쓰이는지 몰랐다. 집안일과 텃밭 농사일을 잠깐씩 돌볼 수 있다는 것이 최노인에게는 정말로 천만다행이었다.

서울에 사는 아들이 예고도 없이 찾아온 것은 현관 잠금장치를 반대로 설치한지 오 일쯤 지난 뒤였다. 소사댁을 방안에 머물게 한 채로 텃밭 잡초를 뽑고 있으려니 눈에 익은 아들의 승용차가 앞마당으로 들어섰다. 이제 막 중학교에 진학해야 하는 손자 녀석도 함께 내렸다. 아들보다 손자 녀석이 더 반가웠다. 호미를 팽개치듯 남새밭가에 던져두고 손자에게 다가갔다. 손자의 손을 잡는 순간 최노인은 이유도 없이 눈물이 핑 돌았다. 오늘따라 손자 녀석이 너무 반가웠다.

"할머니가 많이 아파서 널 몰라볼 수도 있어……."

손자를 앞세우고 현관문을 열었다. 커튼을 쳐 둔 어두컴컴한 거실의 불을 밝히자 아랫도리를 발가벗은 소사댁이 펄썩 주저 물러 앉아 히죽이 웃고 있었다. 손에는 수저가 들려 있었고 수저에는 누런 소사댁의 변이 가득 담겨 있었다. 그제야 쾌쾌한 찌든 냄새에 혼합된 강한 구린내가 최노인의 코를 찔렀다. 놀란 손자 녀석이 괴성을 질렀다.

"아아! 할머니 안 돼!"

고함을 질러 대던 손자 녀석이 얼굴을 감싸고 현관문 밖으로 튕겨 뛰쳐나갔다. 뒤따라 들어오던 아들만 멀건이 소사댁을 바라보고 있었다.

"나가라. 너도 얼른 나가 있어." 최노인은 황급히 아들의 등을 밀어 밖으로 내보냈다. 그리고 서둘러 소사댁을 욕실로 끌고 들어갔다. 평소 같으면 차분하게 천천히 씻겨줄 텐데 손자 앞에서 이 무슨 추태냐 싶어 난폭하게 물을 끼얹었다. 소사댁이 고함을 질러댔다. 고함은 문 밖까지 크게 들렸다. 목욕을 마치고 소사댁에게 새옷을 갈아입힌 최노인은 서둘러 거실까지 말끔하게 닦아 냈다. 하지만 늘 배어있던 냄새마저 가셔지지는 않아서 거실은 여전히 쾌쾌한 냄새로 가득 흘러넘쳤다. 최노인이 밖으로 나오자 아들과 손자는 텃밭 귀퉁이에 멀건이 서 있었다. 손자의 얼굴에는 아직도 공포가 가시지 않아 보였다.

"할머니 이제 괜찮은데……. 할머니 한 번 더 만나 볼까?"

"싫어요." 손자는 단숨에 잘라 거절했다.

"아빠. 할아버지 봤으니까 돌아가자."

손자가 제 아빠에게 재촉했다. 조금 전에 본 할머니 모습이 너무도 큰 충격인 모양이었다. 즉시 떠나고 싶어 하는 손자를 아들이 이제껏 만류하고 있었던 것 같았다.

'그럴 테지. 그렇고 말고…….'

머쓱해진 최노인이 속으로 되뇌면서 손자 앞으로 다가섰다. 코를 벌름거리던 손자가 슬그머니 할아버지를 피해 자동차 쪽으로 걸어갔다.

'그럴 테지. 그렇고 말고…. 나한테서도 냄새가 진동할 거야. 암 그렇고 말고…….'

"아버지."

아들이 정색을 했다.

"이제 어머니 요양원으로 보내드리자고요."

표정에서 목소리까지 짜증이 진하게 배어 있었다. 최노인은 침묵했다. 이미 여러 번 오간 이야기라서 새삼스러울 것도 없는 이야기였다.

"……내가 알아서 할게."

"고집 좀 그만 피우시구요."

전화를 할 때마다 오가던 말 그대로였다. 아들의 언성이 조금 높아졌다.

"어머니를 위해서라는 아버지 논리가 틀린 거예요. 아버지 욕심일 뿐이에요. 어머니는 어머니를 전문적으로 보살펴 주는 시설로 가야 지금보다 편할 수 있는 거예요. 제발 아버지 고집 좀 꺾으세요."

아들이 자동차로 향했다. 자동차 문을 열고 비닐보따리를 꺼내더니 현관문 앞으로 가져가 팽개치듯 던져두었다. 푸줏간에서 잘라 준 것처럼 보이는 고기 덩어리와 주전부리용으로 보이는 과자 같은 것들이 삐죽이 열린 봉지틈새로 보였다. 손자는 이미 아버지 옆 조수석에서 안전

벨트를 매고 있었다. 시동이 걸리고 자동차가 출발하면서 내려진 창문으로 손자가 꾸벅 머리를 숙였다.

"아버지 갈게요."

아들이 덩달아 큰 소리로 외쳤다. 여느 때보다 더 요란한 굉음을 내며 아들의 승용차가 마을 어귀를 향해 사라졌다. 최노인은 마음이 너무 편치 않았다. 텃밭으로 내려가 밭이랑의 잡풀들을 하나하나 손으로 뽑았다. 거의 한 시간을 그렇게 잡풀만 뜯었다.

소사댁이 조용해서 다행이었다. 현관문을 두드리거나 창문을 흔드는 소리가 전혀 들리지 않았다. 현관문을 열고 안으로 들어서자 소사댁은 평온하게 잠들어 있었다. 평온한 소사댁을 바라보는 것만으로도 최노인의 마음이 한결 가벼워졌다.

'조금 전 손자 녀석이 왔을 때도 이렇게 푹 잠이나 자 주었으면 좋았을 텐데….'

최노인은 아들이 두고 간 비닐봉지를 열어 쇠고기를 꺼냈다. 나머지는 냉장고에 차곡차곡 넣어 정리했다. 오늘은 아들이 사준 쇠고기 국을 맛있게 끓여 소사댁에게 먹일 작정이었다. 아직도 끼니때는 이르다 싶어 최노인은 소사댁 옆에 슬그머니 누웠다. 한숨 깊은 잠에 빠져 푹 쉬고 싶다는 생각이 들었다. 아니, 이대로 잠들어 영원히 깨어나지 않는 게 행복할지도 모른다는 생각이 들었다.

'그래, 그럴지도 모르지.'

'푹 잠들면 아무것도 모르잖아? 그게 행복일지도 몰라.'

잠깐 쪽잠이 들었다가 소사댁이 깨어나는 기색에 최노인도 벌떡 일어났다. 소사댁이 또 문밖으로 나가려 발버둥을 쳤다. 소사댁의 손을 잡고 소사댁이 이끄는 대로 마을 한 바퀴를 돌았다. 멀리 북동쪽에 자리한 비탈 밭 위로 선산이 보였고 선산 아래 부모님 산소도 보였다. 최노인과 소사댁의 누울 자리도 석양을 받아 빛나고 있었다. 해가 서산으로 넘어가면서 최노인은 소사댁의 손을 잡고 집으로 돌아 왔다. 오늘따라 이상하리만치 조용하고 고분고분한 소사댁이 너무 고마웠다.

헛간에서 연탄 화덕을 찾아 현관 앞으로 옮겼다. 번개탄을 깔고 불을 붙인 후 연탄 두 장을 얹어 포갰다. 오랜만에 연탄가스 냄새가 코를 찔렀다. 재빨리 현관문을 닫고 주방으로 들어왔다. 최노인은 쇠고기 국을 끓이기 시작했다. 처음에는 짜고 싱겁고 맵고 달달하던 최노인의 요리 솜씨가 이제는 제법 많이 늘었다. 소사댁은 침대머리에 동그마니 앉아 있었다. 이웃들은 물론 큰딸마저 뒤처리 감당이 어려우니 조금씩만 먹이라 했으나 최노인은 언제라도 소사댁이 먹을 만큼 실컷 먹게 해주었다. 자주 하게 되는 뒤처리 감당이 고생스럽지도 않느냐고 큰딸이 최노인을 다그쳤지만 최노인은 개의치 않았다. 먹는 것 이외에는 아무런 재미도 느끼지 못하는 소사댁이잖은가. 그런 소사댁의 마지막 삶의 의미라도 알뜰하게 챙겨 주고 싶은 최노인이었다.

예상했던 대로 소사댁은 쇠고기 국을 두 그릇이나 비웠다. 배가 불렀던지 소사댁은 다시 현관문에 매달려 밖에 나가려 안간힘을 썼으나 최노인은 못 본 체했다. 설거지까지 마치고 나서야 최노인은 소사댁을 달래며 일상처럼 약을 먹였다. 그리고도 현관문을 따고 나가려는 소사댁과 한참 동안을 씨름했다. 제풀에 지친 소사댁을 침대에 누이는 시간이 꽤나 오래 걸렸다. 소사댁이 깊은 잠에 빠지는 것을 확인한 후에야 최노인은 다시 한 번 집안 구석구석을 살펴봤다. 모든 게 그대로인데 그대로 있던 모든 게 자꾸만 새롭게 보였다. 커다랗게 걸려있는 가족 사진 속의 손자 녀석과 눈이 마주치자 최노인은 눈을 찡긋해 윙크도 했다.

현관으로 나가 연탄화덕을 들고 침실로 돌아왔다. 연탄화덕을 침대

머리에 두면서 혹 불이라도 날까 걱정이 돼 화덕뚜껑도 꼼꼼하게 챙겼다. 침대에 올라 소사댁 옆에 누웠다. 눈이 부시도록 밝은 형광등을 끌까 싶어 다시 자리에서 일어나려는데 핸드폰이 크게 울었다. 서울 아들이려니 했다. 잘 도착했다는 안부려니 했는데 엉뚱하게도 읍내 큰딸이었다.

"아버지. 아들하고 손자 다녀갔다며…? 하루쯤 함께 자면서 아버지 고충 좀 이해해 보고 그러지 왜 벌써 갔대?"

"무슨 그런 말을 하니…. 아무튼 우린 별일 없다."

서울로 돌아가던 아들이 제 누이동생에게 전화를 했던 모양이었다. 자주 찾아 살피지 못한다고 오빠에게 전화를 해 마구 퍼부어 대던 누이가 조금은 신경이 쓰였을 것도 같았다,

"내일 아침 시간 나는 대로 꼭 한번 들러라."

"왜 무슨 일인데, 오빠가 나 고생한다고 큰 선물이라도 사 왔어요?"

"선물은……. 그냥 꼭 들르거라."

오빠가 다녀갔다는 데서 읍내 큰딸은 조금이라도 마음이 놓인다는 어투였다. 형광등도 끄고 최노인은 다시 침대에 올라 소사댁 옆에 나란히 누웠다. 소사댁을 흔들어 깨워봤다

"여보! 여보!"

반응이 없었다. 깊게 잠들어 버린 것 같았다. 그래도 쌔근거리는 숨소리는 또렷하게 들렸다.

"여보! 여보…."

최노인은 다시 한 번 소사댁을 흔들어 깨웠다.

"응……. 응."

소사댁이 잠깐 반응을 보였다. 졸려서 더 이상은 대답할 수가 없는 모양이었다. 아들과 손자를 준비도 없이 맞닥트린 무척도 힘들었던 하루였는데 이제 편히 쉴 수 있어 다행이었다. 사육당하고 사육하는 것으

로 사는 것은 사람 할 짓이 아니었다. 이미 오래전부터 사람으로 살고 싶었는데 이제야 사람으로 돌아가는가 싶었다.

최노인은 소사댁의 손을 꼭 잡았다.

"여보! 잘 자. 여보!"

이야기 둘

# 아빠 얼굴 익히기

구겨진 아빠사진을 방바닥에 넣어 꼭꼭 눌러 폈다.

웃고 있는 아빠의 눈을 가로지른 커다란 구김은 고무지우개로 콩콩 찍어 폈다.

온화한 미소가 스며있는 몇 장 안 되는 아빠사진이라 무척 소중하게 다루었는데도 히로우가 갑자기 덤비는 바람에 어쩔 수가 없었다. 껑충 뛰어오른 히로우가 날카로운 이빨로 물어 낚아챈 것에 비하면 그래도 생각보다는 가벼운 구김이었다.

아빠 사진이 히로우의 입에서 바닥으로 떨어지는 순간 그라시아는 화가 머리 끝까지 치밀어 올랐었다. 히로우의 목줄을 잡고 히로우의 머리를 마구 쥐어박았다. 낑낑대며 요동을 치는 히로우의 엉덩이를 손바닥으로 펑펑 내려쳤다. 나중에는 발길로 히로우의 엉덩이를 마구 걷어차기도 했다. 히로우는 꼬리를 사타구니에 숨긴 채 낑낑 비명을 질러댔지만 그라시아는 아랑곳하지 않았다. 또 몇 대를 더 쥐어박고 나서야 히로우의 목줄을 놓아주었다.

그라시아가 바닥에 떨어진 아빠 사진을 줍는 순간 히로우는 재빨리 제집으로 들어가 몸을 숨겼다. 그래도 화가 풀리지 않은 그라시아가 식식거리며 히로우를 들여다보자 더 물러설 수도 없는 좁은 집에서 또다시 뒤로 도망하려는 몸짓으로 히로우는 요동을 쳤다.

"조심해. 한 번만 더 까불면… 죽을 줄 알아."

사진에 묻은 흙을 손바닥으로 닦아 내며 마지막으로 한 번 더 히로우의 집을 탕탕 때렸다. 방으로 들어와 자세히 살펴보니 사진이 그리 심하게 훼손돼 있지는 않았다.

마른걸레로 싹싹 사진을 닦아내고 구겨진 곳을 요리조리 살펴 가며 꾹꾹 눌렀다. 사진 속의 아빠는 아직도 환하게 웃고 있었다.


엄마는 초등학교 선생님이었다.

주위 사람들 모두가 부러워하는 월급을 타는 선생님인 엄마가 한국행을 결정한 것은 순전히 한국인 아빠를 찾아 나서기 위함이었다. 한국으로 돌아간 지 수년이 지나도록 전혀 소식이 없는 아빠를 엄마는 애간장을 다 태우며 기다리고 있었다. 이유도 없이 소식을 끊을 그런 사람은 절대 아니라며 줄기차게 아빠를 기다리는 중이었다. 아마도 무슨 사고를 당해 피치 못할 사정이 생긴 게 틀림없다며 하루빨리 아빠를 찾아 한국 한번 다녀와야겠다는 말을 입버릇처럼 되뇌었다. 하지만 엄마는 쉽게 한국으로 떠나질 못했다. 그라시아가 초등학교에 입학하고 나서야 엄마는 더 이상 지체할 수 없다며 만류하는 외할머니의 조언을 뿌리치고 과감하게 사표를 던졌다.

엄마가 한국으로 떠나던 날 이른 새벽은 별이 총총한 하늘에 구름 한 점 없었다. 커다란 짐 보따리를 현관으로 들어 옮기며 아직까지도 곤히 잠들어 있는 그라시아를 흔들어 깨웠다. 그라시아가 자리에서 일어나자 이미 수십 번이나 했던 당부를 또 되풀이했다.

"외할머니 말씀 잘 듣고…. 공부 잘 하고…."

"알았어. 엄마."

"아빠 만나면 그라시아가 너무 보고 싶어 한다는 말 꼭 전해 줄게."

"알았어. 엄마."

엄마의 표정은 한껏 부풀대로 부풀어 있었다. 한국에서 엄마의 행복이 엄마를 기다리는 것처럼 들떠 보였다.

엄마는 한국인 남편을 무척 자랑스러워했다. 어쩌다 이웃 사람들과 남편이야기를 하게 되는 날이면 끝도 없이 남편자랑을 이어갔다. 듣는 사람 지겨워하는지도 모르고 입에 침이 마르도록 남편 자랑에 열을 올렸다. 간혹 그런 엄마를 조금은 부러워하는 이웃도 있기는 했다. 아빠를 닮아 한국인처럼 보인다는 그라시아마저 엄마는 자랑의 대상이었다. 또래에 비해 피부색이 하얀 그라시아를 아빠가 한국인이어서라고 묻지도 않는 자랑부터 했다.

머지않아 그라시아를 한국으로 데려가겠다는 엄마가 전하는 아빠 소식은 항상 미덥지가 못했다. 한 번도 아빠하고 통화하는 모습을 본 적이 없음에도 엄마는 아빠하고 자주 통화한다며 이런저런 소식을 전해 주었다. 그때마다 외할머니는 어이없어하는 표정으로 일관했다. 엄마에게 물어보지는 않았지만 그렇게 자주 주고받는 전화라면 아빠는 왜 한 번도 그라시아를 찾지 않았을까.

아빠에 대한 기억은 희미했다. 목말을 태워 그린힐 언덕을 올랐던 어렴풋한 기억만 남아있을 뿐 그 이상은 가물가물했다. 목마를 태워 준 것 말고도 구멍가게 앞에서 사탕을 사 쥐어 주던 기억도 아련히 떠오르기는 했다. 엄마의 말을 빌리면 초등학교 옆 그린힐 언덕을 아빠와 그라시아는 내 집 앞마당처럼 쫓아다니며 놀았다고 했다. 처음에는 업고 안고 다니다가 아장아장 걸어 다닐 때쯤에는 손을 꼭 잡고 언덕을 오르내렸다고 했다. 그런데도 아빠의 얼굴은 도무지 떠오르지 않았다.

몇 장 안 되는 사진 속에서만 아빠의 얼굴을 찾아볼 수 있었다. 사진 속의 아빠는 얼굴이 약간 갸름했고 때문에 그라시아의 얼굴도 아빠를 닮아 조금은 갸름하다고 했다.

왜 아빠가 한국으로 돌아가야만 했는지의 설명은 들어 본 적이 없다. 그냥 돈 많이 벌어서 그라시아 데려가고 엄마 데려가고 다시 행복하게 모여 살기 위해서라고만 했다.

아빠는 한국에서 돈 잘 벌고 있으니까 그라시아는 공부만 열심히 하면 된다는 것이었다. 조금만 더 기다리고 있다 보면 불쑥 아빠가 나타나서 우리 모두를 한국으로 데려갈 거라는 이야기는 귀에 딱지가 돼 붙어있다. 언제 데려갈 거냐고 물으면 엄마의 대답은 항상 똑같았다.

"Soon!"

그런데 오늘 새벽에 엄마가 한국으로 떠나는 것이었다. 긴가민가하던 엄마의 횡설수설이 어쩌면 사실일지도 모른다는 생각이 들었다.


엄마보다 외할머니의 사랑이 더 끔찍했다. 아침마다 그라시아의 머리를 빗어 단장해 주었고 학교를 향해 쭉 뻗어있는 행길까지 꼭 따라나와 배웅해 주었다.

"친구들하고 싸우지 말고…, 선생님 말씀 잘 듣고…."

행길을 건너 그린힐 옆으로 그라시아의 뒷모습이 완전히 사라질 때까지 외할머니는 항상 그 자리에 서 있었다.

엄마가 한국으로 떠난 후 그라시아는 오히려 생기가 돌기 시작했다. 한국으로 떠난 엄마가 머지 않아 아빠와 함께 나타나 그라시아를 한국으로 데려갈 거라는 믿음 때문이었다. 가끔은 기쁨을 주체하지 못해 가슴이 벌렁벌렁 뛰기도 했다.

그라시아도 엄마처럼 아빠 자랑을 늘어놓기 시작했다. 아빠 사진을 들고 학교에 가 반 아이들에게 보여 주며 한국에 있는 잘나가는 우리아빠라고 거들먹거렸다. 외할머니와 단 둘이 사는 그라시아를 대수롭지 않게 생각하던 아이들이 경쟁이나 하듯 그라시아에게 접근해 왔다. 한국에 가게 되더라도 잊지 말고 소식 전하자고까지 했다.

학교에서 돌아오면 여전히 히로우가 먼저 반겨주었다. 마당가에 들어서기가 무섭게 히로우는 집밖으로 튀어나와 그 커다란 꼬리를 흔들며 낑낑거렸다. 그리고 그라시아가 다가가기도 전에 목줄이 떨어져라 껑충껑충 뛰었다. 그럴 때마다 그라시아는 껑충 뛰어오른 히로우를 넙죽 안아주고는 했다. 히로우의 앞발이 히로우의 배설물과 진흙으로 엉망이었지만 그라시아는 개의치 않았다.

히로우는 엄마와 외할머니 그리고 그라시아에게만 온순했다. 다른 어떤 사람의 접근도 불허하며 사납게 짖어 댔다. 가족 이외에는 누구도 히로우의 근처에 다가가지 못했다. 커다란 덩치에다 짖어대는 목소리마저 온 집안을 흔들어 놓을 만큼 크다 보니 사람들은 히로우를 보자마자 질겁을 하며 몸을 사렸다. 덕분에 좀도둑 걱정은 덜고 살았다. 히로우의 집을 수선하기 위해 찾아온 외삼촌에게도 워낙 사납게 짖어대는 바람에 집을 수리하는 동안 내내 마당 끝 망고나무에 매어 두어야만 했었다.

아빠가 그라시아를 데리러 올 거라는 생각이 들면서부터 히로우와 부딪칠 아빠 걱정이 앞섰다.

'히로우가 막고 있어서 아빠가 현관으로 들어오지 못하고 밖에서 맴돌게 된다면…?'

'아빠도 몰라보는 히로우 때문에 집 드나들기가 거추장스러워서라도 빨리 한국으로 돌아가려 한다면…?'

아빠인 줄도 모르고 천방지축으로 날뛰며 사납게 짖어댈 히로우를 떠올리자 그라시아는 난감하기만 했다. 하루빨리 히로우에게 아빠의 얼굴을 알려 줘야겠다는 생각이 들었다. 책가방에서 반 아이들에게 자랑하던 아빠의 사진을 꺼냈다. 그리고 사진을 펴 들고 히로우에게로 다가갔다. 히로우의 눈앞에 아빠의 사진을 바짝 들이밀었다.

"히로우. 잘 봐. 아빠 사진이야. 잘생긴 아빠 얼굴이니까 꼭 기억해야 돼."

멈칫하던 히로우가 순간 껑충 뛰어올랐다. 그리고 날카로운 이빨로 냉큼 아빠의 사진을 물었다. 소스라치게 놀란 그라시아가 날쌔게 달려들어 히로우의 목을 껴안고 늘어지자 히로우가 물고 있던 아빠 사진을 땅에 툭 떨어트렸다.


1


휃베스가 한국의 인천공항에 도착한 시간은 오후 7시였다. 필리핀과는 불과 한 시간의 시차가 있을 뿐이어서 시간감각에는 전혀 이상이 없었다. 입국 수속을 하던 중이었다. 몇 사람 앞에 서 있던 필리핀 아가씨가 입국 심사관하고 한참이나 이야기를 나누더니 검색대를 통과하지 못하고 옆으로 비켜섰다. 다시 다음 사람이 앞으로 나가는 순간 또 한 사람의 입국 심사관이 나타나 그녀를 데리고 어디론가 사라지고 말았다.

훼베스는 긴장하기 시작했다. 15일간의 관광여권으로 입국하기 때문이었다. 브로커를 통해 뇌물을 쓰고 일 년 이상 기다려서야 겨우 받아든 입국비자였다. 브로커는 입국 심사관의 인터뷰를 단단히 조심하라고 일러 주었었다. 묵어야 할 예약된 호텔 이름, 예정된 관광지, 심지어 가지고 있는 외화금액을 확인할 때도 있다고 했다. 많은 가난한 외국인들이 관광여권으로 입국한 후 돌아가지 않고 잠적해 불법 취업자가 되는 것을 사전에 예방하기 위함이라고 했다.

입국심사대의 심사관 표정이 심상치 않아 보였다. 거의 돋보기로 이모저모를 살펴보는 수준이었다. 훼베스의 차례가 돼 심사관 앞에 섰다.

"예약된 호텔 이름은…?" 아차 싶었다. 훼베스는 떨리는 가슴을 진정하며 표정이 변하지 않도록 애써 태연하게 웃었다. 순간 가방에 들어 있는 남편과의 결혼증명서가 번쩍 머리에 떠올랐다. 친정어머니가 훼베스와 함께 살려면 서류 결혼이라도 꼭 해야 된다며 남편을 설득해서 받아 둔 문서였다. 혹시나 하고 가지고 떠나길 잘했다는 생각이 들었다.

"남편이 한국인입니다. 남편의 집에 가는 길입니다"

심사관이 힐끗 훼베스를 쳐다봤다.

"근데 왜 관광여권이죠?"

"…………"

훼베스는 어깨에 맨 가방을 열면서 마땅한 대답이 생각나지 않아 그냥 서류만 찾았다. 그리고 오래된 색 바랜 종이의 결혼증명서를 꺼내 심사관에게 들이 밀었다.

"아직 완전한 한국인이 아니어서….'

색 바랜 종이의 서류를 대충 훑어 본 남자가 고개를 끄덕이며 훼베스의 여권에다 고무인을 쿡 눌러 찍었다.

"미안합니다. 불법 체류목적 입국자가 너무 많아서…. 조금 전에도 불법 체류목적인 여성분이 발견돼서…. 그녀는 오늘밤 비행기로 다시 마닐라로 돌아가야 할 겁니다."

'휘유!'

훼베스는 후들거리는 다리에 안간힘을 주어 겨우 심사대를 통과했다.

게이트를 지나 공항대합실로 들어서며 나와 주기로 약속한 친구 라니를 찾았다. 그런데 훼베스를 찾아 맞아주는 사람은 어디에도 보이지 않았다.

'사정이 있어 조금 늦겠지.'

입국한 것만으로도 긴장이 풀어져 일단 긴 의자에 앉았다. 그러나 30분이 지나도록 약속한 친구 라니는 나타나지 않았고 훼베스는 초조하기만 했다. 출구 쪽으로 다가가 이리저리 살폈으나 친구인 라니는 어디에도 보이지 않았다. 더 기다릴 수가 없어 전화를 걸어 보기로 하고 안내창구를 찾아 공중전화 거는 방법을 물었다. 동전이 있느냐고 물어보던 안내 아가씨가 동전 몇 닢까지 건네주며 친절하게 알려 주었다.

라니는 전화를 받지 않았다. 몇 번이고 몇 번이고 전화를 걸었지만 라니는 끝내 전화를 받지 않았다. 기가 막혔다. 도착한 지 이미 두 시간이 지났는데도 감감 무소식인 친구가 야속했지만 뾰족한 방법이 떠오르지 않았다. 초조와 긴장으로 가슴이 조였다.

라니가 알려 준 주소를 찾아 꺼냈다. 그리고 지나가는 한국 사람들에게 묻기 시작했다. 몇 사람에게 물어보았으나 주소도 보여주기 전에 모른다는 손짓부터 했다. 더 이상 안 되겠다 싶어 손을 흔들며 가려 하는 젊은 사람의 앞을 가로막았다.

"Excuse me, but…."

"No, no English……."

그가 질겁을 하며 달아났다. 나중에야 그들이 서둘러 자리를 피한 이유가 친절하지 않아서가 아닌 서툰 영어 때문이라는 걸 알았다. 여차하면 그냥 공항의자에서 하룻밤 지새울 각오를 했다. 당황해서 떨리던 가슴이 조금은 가라앉았다. 지친 몸을 이끌고 다시 긴 의자에 앉았다. 핸드케리 트렁크가 주체할 수 없을 만큼 무거웠다.

"Hello!"

그때 훼베스 앞에 한 남자가 와 우뚝 섰다. 지나가는 사람을 막아설 때와는 달리 갑자기 나타난 사람에게는 멈칫했다. 쳐다본 그의 표정이 온화해서 다행이었다. 멀리서 훼베스를 한참이나 지켜봤는데 어떤 일인지는 모르나 도움이 필요한 것 같아 왔다고 했다. 훼베스는 그 한국 남자에게 자초지종을 설명할 수밖에 없었다. 마지막에는 꼭 도와주어야 한다고 통사정까지 했다. 이야기를 듣고 난 남자는 별일 아니라는 듯 쾌히 승낙했다. 남자를 따라 주차장으로 이동했고 그 남자의 차에 올랐다. 이제 이 남자가 납치를 한다 해도 다른 도리는 없을 것 같았다. 피곤이 온몸을 엄습했다. 훼베스가 알려 준 주소를 읽던 남자가 빙긋 웃었다. 남자의 집이 라니가 살고 있는 곳에서 그리 멀지 않다는 것이었다.

"Don`t worry. Don`t worry about anything!"

영어가 제법 유창한 남자의 이름은 영덕이라고 했다. 믿어도 될 것 같은 남자이기도 했지만 믿을 수밖에 없는 처지였다. 긴장이 무너지면서 차 안에서 살큼 졸았다.

라니는 작은 방 한 칸에 세 들어 살고 있었다.

훼베스가 안으로 들어서자 깜짝 놀라며 미안해 어쩔 줄 몰라 했다. 핸드폰이 고장이어서 전화를 받을 수 없을뿐더러 최근 불법 체류자 단속이 심해 혼자 공항으로 나갈 수도 없었다고 했다. 미안하고 염치없는 말이지만 똑똑한 훼베스이고 보면 주소대로 틀림없이 잘 찾아올 거라고 믿고 있었다는 것이었다. 그래도 마음이 놓이는 건 아니어서 지금껏 안절부절못하고 있는 중이라고 했다.

이미 늦은 밤이었지만 굶어서는 되겠냐며 라니가 끓여주는 라면으로 간단한 요기를 마쳤다. 침대는 보이지 않았다. 두꺼운 요를 깔고 자리에 누웠다. 내일아침 일찍 출근해야 하는 라니임에도 고향이야기에는 신이 났다.

그때였다. 누군가가 노크를 했다. 라니가 문을 열자 어떤 한국남자가 엉거주춤 들어섰다. 라니가 반갑게 그를 맞이했다.

"My boy friend! Mr kim"

라니가 남자를 소개했고 남자는 빙긋이 웃었다. 남자는 영어를 할 줄 모르는 것 같았지만 라니의 어눌한 한국말은 잘 알아듣는 것 같았다. 남자는 자고 가겠다는 것이었고 라니는 오늘은 친구가 있으니까 그냥 돌아가라는 것 같았다. 결국 라니는 남자를 돌려보내지 못했다. 훼베스에게 양해를 구했지만 신세를 져야 하는 훼베스로서는 할 말이 없었다. 라니가 가운데 눕고 형광등 불을 껐다. 훼베스는 구석자리에서 벽을 향해 누운 채 잠을 청했지만 도무지 잠이 오질 않았다. 잠이 올 리가 없었다. 생소한 환경보다도 라니의 남자 친구와 함께 잔다는 것에 더 신경이 거슬렸다. 시간이 흐를수록 눈망울이 더욱 똘방거렸다. 등 뒤에서 라니와 그 남자가 실랑이를 벌이고 있었다. 훼베스는 가늘게 코를 골았다. 잠이 들어 있어야 할 것 같아서였다. 라니가 저항을 포기했고 남자가 라니의 팬티를 조심스레 내리는 낌새가 느껴졌다. 처음에는 조심스러워하던 남자가 점점 대담해지더니 훼베스의 존재는 의식하지도 않는 것 같았다. 훼베스는 귀를 막았다. 그리고 계속 코를 골았다.

미스터 김은 라니가 다니는 공장의 생산과장이라고 했다. 유부남이면서도 라니에게 약간의 편의를 봐 주는 댓가로 라니의 집을 드나든다는 것이었다. 잠깐 들렀다 가는 날이 대부분이지만 자고 가는 날은 야근을 핑계 댄다고 했다.

일을 마쳤는지 남자가 라니의 반대편으로 쿵 떨어지는 소리까지 들렸다. 그리고 이내 남자가 코를 골았고 라니마저 잠들어 쌔근대는 숨소리가 들렸다.

훼베스는 좀처럼 잠을 이루지 못했다. 어슴푸레 남편의 얼굴이 떠올랐다.

금방 데려갈 거라며 귀국한 남편은 두어 달도 지나지 않아 소식이 끊겼다. 비싼 요금의 국제전화를 걸어 몇 번인가 통화를 시도했지만 남편은 부모님 병환이 너무 중한 때문이라며 소식 전할 때까지 기다리라고만 했다. 믿어지지 않았지만 기다릴 수밖에 없었다.

그러던 어느 날, 남편이 돈을 보냈다. 생활비려니 했는데 편지에는 청천벽력 같은 이야기가 쓰여 있었다. 부모님 때문에 옴짝달싹할 수 없으니 좋은 사람 있으면 새 출발 하라는 것이었다. 인연이 여기까지 인 것 같다며 원망해도 좋으니 혼자 살아갈 길을 찾아보라고도 했다. 하늘이 무너져 내리는 것 같았다. 며칠 동안 자리에 누워 일어나지 못했다. 겨우 걸음걸이를 시작한 그라시아가 없었다면 아마 그때 모진 마음까지 먹었을지도 몰랐다.

잠을 이루지 못하는 중이라서 꿈이라고 여겨지지는 않았다.

꿈이 아니라는 확실한 분간도 가지 않았다. 라니가 세 들어 있는 집으로 남편이 찾아왔다. 라니네 방이었고 찾아온 남편이 히죽히죽 웃으며 방으로 성큼 들어왔다. 아무런 말이 없었다. 뻘쭘하게 앉아 있는 훼베스의 등 뒤로 돌아가더니 등 뒤에서 훼베스를 꾹 껴안았다. 그리고 훼베스의 가슴을 양손으로 굼실굼실 더듬었다. 훼베스가 반항을 했다. 남편의 손을 잡아 세차게 뿌리쳤다. 그리고 벌떡 일어났다. 꿈이 아니려니 했는데 정말 꿈이었다. 반사적으로 살펴 본 잠옷 대용 블라우스 앞가슴 단추가 두 개나 풀어져 있었다. 분명 누군가가 훼베스의 가슴을 만지고 있었다는 느낌이 들었다. 어둠이 눈에 익으면서 훼베스는 또 한 번 소스라치게 놀라고 말았다. 라니가 있어야 할 훼베스 바로 옆에 미스터 김이 자고 있었다. 벌떡 일어나 방구석으로 자리를 옮겨 앉았다. 미스터 김의 코고는 소리가 더욱 요란하게 들렸다.

　　라니와 미스터 김이 출근을 하고 난 후 훼베스는 하루 종일 잠을 잤다.
　　자다가 화장실을 다녀와 누우면 또 잠이 왔다. 온종일 잠에 취해 정신이 몽롱해지도록 잤다. 라니가 퇴근해 돌아와서야 겨우 자리에서 일어났다. 라니에게 전화를 빌려 남편에게 전화를 걸었다. 전화에서는 분명 어떤 소리가 들리는데 알아들을 수가 없었다. 라니에게 부탁해 들어 보라고 했지만 한국에 꽤 오래 살고 있는 라니도 무슨 말인지를 모른다고 했다. 도와 줄 일 있으면 언제라도 괜찮다며 명함을 내밀던 공항에서 데려다 준 남자가 떠올랐다. 이번에는 이영덕이라는 그 남자에게 전화를 했다.
　　"여보세요…. 여보세요?"
　　"…… Hello?"
　　"… Oh …… Are you Febes?"
　　전화를 받은 영덕이라는 그 남자가 10여 분 만에 라니의 집 앞에 나타났다. 라니의 집에서 그리 멀지 않은 곳에 산다고는 했지만 이리도 가까운 거리라고는 미처 몰랐다. 훼베스 대신 전화를 걸어주던 영덕이의 표정이 덤덤해졌다. 없는 전화번호라는 멘트라고 했다. 더 이상의 용건이 없다면 돌아가겠다는 영덕이를 라니의 방으로 끌고 들어갔다. 냉장고를 뒤졌으나 변변한 음료를 찾지 못해 그냥 콜라 한 잔으로 고마움을 표시했다. 훼베스는 결혼증명서를 보여 주었고 영덕이는 남편의 옛 주소를 메모했다. 빠른 시일 내에 소재지를 파악해 알려 주겠다고 하며 영덕이는 돌아갔다. 그날 밤 라니의 보이프렌드인 미스터 김은 나타나지 않았다.

영덕이가 다시 훼베스를 찾아온 날은 토요일 오후였다. 공교롭게도 며칠을 거른 라니네 공장의 김 과장이 이미 와 있는 중이었다. 김 과장은 주인처럼 행세했다. 훼베스를 흘끔흘끔 쳐다보면서도 훼베스의 존재는 무시했다. 훼베스를 옆에 두고도 라니를 껴안았다. 라니가 훼베스를 가리키며 뭐라고 하는 데도 대수롭지 않다는 표정이었다. 김 과장의 어깨너머로 마주친 라니의 얼굴이 일그러져 있었다. 씁쓸한 미소가 라니의 입가를 스쳐 지났다. 어쩔 수 없다는 의미 같기도 했다. 훼베스는 방문을 밀치고 단칸방 입구인 부엌으로 나왔다. 공연히 부엌에서 어물거리며 시간을 보내던 중이었는데 영덕이가 찾아 왔다. 인기척이 궁금했던지 방문이 열리고 김 과장이 얼굴을 빠끔히 내밀었다.

"…뭐야? 벌써 놈팽이가 생겼어?"

영덕이가 먼저 인사를 하려는데 김 과장이 다시 방문을 쾅 닫았다.

훼베스는 머쓱해하는 영덕이를 이끌고 밖으로 나왔다. 일단 걸으면서 이야기하기로 했다. 수소문 끝에 남편의 새 주소지를 알아냈다고 했다. 여기서 그리 멀지 않은 가까운 지방도시라고 했다. 전화번호는 아직 알아내지 못했지만 조만간 알아봐 주겠다고 했다. 이야기를 나누는 와중에도 멀리 갔다가는 길을 잃을지도 모른다는 생각이 들어 골목을 되돌아 나왔다. 하지만 김 과장이 버티고 있는 집으로는 돌아갈 수가 없어 또 한 번 다른 골목으로 들어섰다.

"Can not believe me?"

영덕이가 집에서 멀리 떨어지지 않으려 하는 훼베스의 속마음을 읽

있는지 멈춰서며 물었다.

"No. I believe you. I trust you!"

"…and then……, please follow me."

영덕이가 앞장을 서 걸었다. 큰길 코너에 베이커리가 있었고 위층이 커피숍이었다. 영덕이를 따라 안으로 들어서자 커피향이 진하게 코를 찔렀다. 영덕이가 한국의 이모저모를 이야기해 주는 걸로 시간을 보냈다. 남편이 한국인인 분에게 한국이야기를 한다는 것이 웃기는 것이라면서도 영덕이는 한국 문화에 관해 조금씩 조금씩 설명을 곁들였다. 남편과 훼베스의 이야기를 넌지시 묻다가도 프라이버시를 침범할지도 모를 이야기로 번지게 되면 슬그머니 스쳐 지났다.

영덕이 자신은 필리핀에서 수산물을 조금씩 수입하는 오퍼상이라고 했다. 번듯한 회사가 있는 것은 아니고 그냥 필리핀 현지에서 물건을 사다가 한국 수입상에게 공급하는 소상인에 불과하다고 했다. 그래서인지 필리핀 사람들을 보면 반갑고 어려운 사정이 있으면 발 벗고 도와주고 싶다고 했다.

시간이 꽤나 흐른 뒤에야 자리에서 일어났다. 라니네 집 앞까지 훼베스를 바래다준 영덕이는 전화번호를 알아내는 대로 다시 들리겠다며 돌아갔다. 훼베스는 김 과장의 신발이 있는지부터 살폈다. 다행히 김 과장의 신발은 보이지 않았다. 방문을 조심스레 열었다. 라니는 옷을 입은 채 잠에 곯아떨어져 정신이 없었다. 방안으로 들어서는 훼베스의 인기척에도 깨어나지 않았다. 스커트 아래로 드러난 허벅지가 형광등에 반사돼 번들거렸다. 발치 끝에는 조금 전에 벗어 내린 것 같은 라니의 빨간 팬티가 구겨져 널브러져 있었다.

일요일이면 으레 늦잠을 잔다는 라니였지만 지난밤 김 과장이 다녀간 때문인지 오늘은 더 늦은 시간임에도 자리에서 일어나지 않았다. 밀린 일주일 동안의 피로를 몽땅 풀어버릴 모양이었다. 아홉 시가 조금 넘어서자 라니의 핸드폰이 요란하게 울었다. 훼베스를 찾는 영덕이의 전화였다. 전화를 바꾸자 들뜬 영덕이의 목소리가 훼베스의 귓전을 때렸다. 남편의 전화번호를 알아냈다는 것이었다. 남편이 살고 있는 아파트 관리사무소에 전화를 걸어 외국에 있다가 잠깐 귀국한 친구라고 했더니 알려주더라는 것이었다. 전화번호는 곧 찾아가서 알려준다 해서 훼베스는 서둘러 자리에서 일어났다. 영덕이가 온다는 말에 라니도 부스스 자리에서 일어나더니 어젯 밤 벗겨 던져진 팬티를 찾아 슬금슬금 입었다.

대충 방 정리까지 마치고 나자 영덕이가 나타났다. 영덕이는 들고 온 작은 쇼핑백에서 새 핸드폰 하나를 꺼냈다. 훼베스에게 남편과 통화할 때 쓰라고 사 주는 작은 선물이라고 했다. 어차피 한국에서 생활할 거면 전화는 꼭 있어야 할 생활필수품이라는 것이었다. 오래된 기종의 공짜 폰이니까 고마워할 필요는 없다고 했다. 사용하면서 요금만 꼬박꼬박 내면 된다고 했지만 가슴이 찡하도록 고마웠다.

라니가 커피를 준비하는 동안 훼베스는 영덕이가 사준 전화를 들고 슬그머니 밖으로 나왔다. 그리고 영덕이가 알려 준 남편의 전화번호를 꾹꾹 눌렀다.

"여보세요!"

남편이었다. 늦잠을 자고 있었던지 아직도 잠이 덜 깬 목소리였다.

"This is me. Febes!"

"…뭐? 뭐라고…?"

화들짝 놀라는 모양이었다.

"전화는 왜 해? 전화하지 말라고 했잖아?"

"I'm in Korea."

"뭐야? 뭐라고…?"

훼베스가 말을 마치기 무섭게 전화가 딸깍 끊어졌다. 몹시 놀라는 남편의 표정이 목소리에서도 느껴졌다. 잠시 후 다시 남편으로부터 전화가 걸려왔다. 남편은 역정부터 냈다. 그라시아의 안부를 전하며 남편의 마음을 상하지 않게 하려 했으나 막무가내였다. 왜 왔느냐고 다그쳐 물으며 고함까지 질러댔다. 훼베스도 은근히 마음이 상해서 맞고함을 질렀다. 당신 찾아 당신네 집에 눌러 앉아 살러 왔다고 바락바락했다. 어디 알아서 마음대로 해 보라며 맞고함을 치는 것으로 전화는 끊겼다. 예상하지 못한 바는 아니었지만 기대 이상으로 실망이 커서 가슴이 너무 아팠다. 눈물이 주룩 흘렀다.

'정말 보고 싶었던 남편인데….'

이제 어떻게 해야 할지 눈앞이 캄캄해 왔다. 남편을 만나봐야 하는데 남편을 만나보고 난 후 취직을 해도 해야 되는데 남편을 쉽게 만나기는 틀렸다 싶었다.

"뭐 하니? 커피 다 식겠다."

눈물 흔적을 지우고 있는데 안에서 라니의 고함소리가 들렸다. 커피를 마시던 영덕이가 잘되가느냐고 물어서 조만간 남편이 찾아오기로 했다고 대답했다.

하릴없이 라니네 집에 얹혀서 며칠을 보냈다.

혹시나 하며 남편의 전화를 기다렸으나 허사였다. 또 한 번 남편에게 전화를 걸었다. 남편은 역정을 내면서도 훼베스의 거처를 물었다.

라니가 알려 준 주소를 떠듬떠듬 또박또박 읽어 주었다. 그러자 남편은 팩스번호를 불러주며 여권사본을 보내라고 했다. "여권사본은 또 뭐야?"라면서도 좋은 일일 것 같아 기분이 나쁘지 않았다. 남편에게 여권사본을 보낸 그날부터 훼베스는 남편이 오기를 기다리기 시작했다. 하지만 남편은 쉽게 나타나지 않았다. 기다리다 못해 또 전화를 걸었지만 그날 이후 남편의 전화는 꺼져있었다. 부모님의 병간호 때문이라는 이유가 믿기지 않았다.

'그럼 여권 사본은 왜 보내 달라는 거야?'

어쨌거나 조금만 더 기다려 보기로 했다.

며칠이 지났다. 하지만 남편은 나타나지 않았고 전화는 여전히 꺼져 있었다. 연락할 길이 막막했다. 마냥 기다릴 수만도 없는 것이어서 취직부터 해야 되겠다는 생각이 들었다. 애초부터 한국에는 돈 벌기 위해 가는 것이 목적이었다. 남편과 연락이 닿아 부모님 병간호하며 함께 살게 되면 더 이상 좋은 일이 없겠지만 이미 남편은 절교를 선언한 지 오래였다. 옛정을 생각해서 한국에 정착하는 데 작은 도움이라도 주었으면 하는 바람은 희망사항일 뿐이었다. 더 이상 남편에게 미련을 갖고 있어서는 안 되겠다는 생각이 뇌리를 스쳐 지났다. 훼베스는 이를 악물며 새로운 각오로 전의를 불태웠다.


3


취직부터 하기로 했다. 한국에 들어오기 위해 브로커에게 준 꽤 많은 빚을 갚아야 하기도 하지만 당장 그라시아와 어머니가 살아가야 할

최저생활비라도 보내야 하기 때문이었다.

라니에게 취직자리를 부탁했더니 김 과장에게 물어보겠다고 했다.

이야기를 꺼낸 지 이틀 만에 김 과장의 배려로 훼베스는 김 과장이 근무하는 회사에 취직이 됐다. 봉제 공장이었고 완성반이라며 실밥을 따는 아주 초보자들만 모여 있는 반으로 배정됐다. 라니는 이미 숙련 미싱공이어서 회사 내에서도 일 때문에 무시당하는 위치는 아닌 것 같았다. 더구나 김 과장의 숨겨 놓은 여자라는 회사가 다 아는 비밀 때문에도 회사 내 라니의 입지는 단단했다. 훼베스는 한국 친구도 사귀고 한국말도 더 많이 늘고 조금씩 한국생활에 적응해 가기 시작했다. 여전히 남편의 소식이 궁금했지만 바쁜 생활이 조금씩 남편을 잊게 하기도 했다. 한 달이 지나면서 처음으로 월급도 탔다. 영덕이가 사준 핸드폰 요금도 낼 수 있어 다행이었다. 가끔 안부전화를 하던 영덕이는 그때마다 남편의 소식을 물었고 아직까지 남편이 나타나지 않았다는 이야기를 듣고부터는 뭔가 이상하다는 느낌이 들었던지 더 이상 남편의 이야기는 꺼내지 않았다.

남편에게서는 여전히 연락이 없었다. 새 마누라하고 깨가 쏟아지게 사는 때문일 거라는 생각이 들어 화가 머리끝까지 치밀어 오를 때면 남편에게 전화를 했다. 최소한 한 번쯤은 찾아와 줄 것 같은데 전화마저 꺼놓고 안 만나려 한다는 데서 더 화가 났다. 어쩌다 통화가 이루어질 때도 있어서 그때마다 찾아가 쑥대밭을 만들 거라고 으름장을 놓기도 했다.

토요일 오후, 답답한 마음에 또 한 번 남편에게 전화를 걸었다가 의외의 대답을 들었다. 그렇지 않아도 일요일인 내일 아침에 데리려 갈 거니까 짐 싸 놓고 기다리라는 것이었다. 갑작스럽기도 하지만 전혀 상상 밖의 이야기에 훼베스는 가슴이 벌름벌름 뛰었다. 이상하다는 생각이 전혀 없는 것은 아니었지만 남편이 데려간다는 데야 이보다 더 좋은 일이 또 있을까 싶었다. 일단 트렁크 하나밖에 되지 않는 꺼내 놓았던 짐을 다시 챙겨 넣었다. 회사에는 뭐라고 해야 할지를 걱정하다가 라니에게 일임하기로 했다. 남편 찾아 집으로 돌아간다는 데야 누가 뭐랄까. 라니도 늦게나마 남편에게로 돌아갈 수 있게 된 게 다행이라며 자기 일인 양 마냥 기뻐해 주었다. 영덕이에게는 남편의 집에 도착해서 알려 주기로 마음먹었다. 남편을 통해 고마웠다는 이야기를 해주고 싶어서였다.

　일요일 아침 일찍 남편이 왔다.

　아직 식사 준비도 못 한 이른 아침이었다. 커피라도 한잔하라는 라니에게 승용차를 큰길에다 주차해 두어 불안하다며 서둘러 짐을 옮겨 실었다. 짐이라야 트렁크 하나뿐인 것, 서두르는 남편에게 쫓겨 라니에게 제대로 인사도 하지 못한 채 라니네 집을 떠났다.

　도심을 벗어나자 푸른 숲길이 나타났다. 남편의 집이 시골이라더니 이제 시골길로 들어서려는가 싶었는데 입구에 커다란 느티나무가 버티고 서 있고 정원에 잔디가 곱게 깔려 있는 집에다 차를 세웠다. 남편의 집인가 싶어 눈이 휘둥그레졌었지만 알고 보니 식당이었다. 아침을 먹지 못했다며 식사부터 하자는 것이었다. 그리고 한국에 데려가면 맛있는 불고기부터 사주겠다는 약속을 지키는 것이라며 메뉴는 물어보지도 않았다. 처음 먹어보는 메뉴임에도 불고기는 입에서 살살 녹았다.

　커피까지 한잔하고 다시 차에 올랐다. 식당을 빠져 나와 대로로 접어들어서였다. 남편이 정색을 하며 지금부터 하는 이야기 잘 들어야 한다며 입술을 지그시 물었다. 옆에서 봐도 표정이 잔뜩 굳어 있었다.

　한국에 돌아온 남편은 부모님의 병간호로 다시 필리핀으로 돌아갈 수가 없었다고 했다. 그리고 부모님을 보살피고 있는 동안 갑자기 좋은 여자가 나타났다는 것이었다. 부모님도 좋아하는 여자여서 이내 동거에 들어갔고 곧 바로 결혼식도 치렀다고 했다. 필리핀에서 기다리고 있을 훼베스와 그라시아를 생각하면 늘 마음이 편치 않았지만 몸 멀어지면 마음도 멀어진다고 조금씩 조금씩 훼베스를 잊어갔다고 했다. 그리고 새 아기가 태어나면서 훼베스에게 마지막 이별을 통보했다는 것이었다. 어차피 지금의 이 여자와 함께 살 거라면 훼베스와 그라시아는 잊어야 한다는 결론이었고 마음 독하게 먹고 잊기로 했다는 것이었다. 어느 날 어떻게 알았는지 지금의 아내가 훼베스와 그라시아의 존재를 물어 오자 솔직히 시인하고 다 지난 과거일 뿐이라고 했다는 것이었다. 훼베스의 존재를 시인한 후 아내는 훼베스의 존재에 대해 예민한 반응을 보이기 시작했다고 했다. 결국 아내에게 훼베스와 연락하거나 만나는 일이 생기면 즉시 이혼해도 좋다는 각서를 써야만 했다며 한숨을 푹 내쉬었다.

'그런데 훼베스가 나타났으니….'

남편이 한참을 침묵하다가 다시 입을 열었다.

"훼베스, 돌아가 줘야겠어. 내가 이렇게 용서를 빌께…"

청천벽력이었다. 자동차는 바다가 보이는 다리를 건너고 있었다. 멀리 공항관제탑 같은 건물도 보였다. 남편이 안주머니에서 봉투 하나를 꺼냈다.

"이건 몇 푼 안 되는 작은 돈이야. 돌아가면 빚부터 갚아. 그리고 형편이 되는 대로 다시 송금해 줄게."

자동차가 공항 주차장으로 들어섰다. 남편의 집으로 가는 중이라고 흥분해 있던 훼베스는 당황하기 시작했다.

"Oh! No, No!"

"……."

"I don`t want go back."

훼베스가 소스라치게 놀라며 절규했다. 그리고 밖으로 뛰쳐나가려고 자동차 도어를 열었다 그런데 도어가 열리지 않았다.

"No, no, no…!"

마구 발버둥을 쳤다. 그리고 눈물을 펑펑 쏟으며 목 놓아 울었다. 한동안을 잠자코 있던 남편이 훼베스의 몸부림이 엷어지자 다시 입을 열었다.

"불법체류자로 신고할 수밖에…. "

"………."

"…이해해 줄 수 있지? 어차피 가야 해. 네가 여기 있으면 내가 지금의 아내하고 못 살아."

공항 출입국 사무소에 신고하겠다며 남편이 핸드폰을 꺼냈다. 겁주기 위한 정도가 아닌 것 같았다. 깜짝 놀란 훼베스가 남편의 핸드폰을 덥석 잡았다.

"내가 잘못했어요. 당신에게 조금도 피해 주지 않을게요. 나 혼자 알아서 살아갈게. 절대 당신 근처에 어른대지 않을 테니까 나 그냥 여기 내려줘요."

훼베스는 울부짖으며 애원했다. 하지만 남편의 반응은 싸늘했다.

"선택해. 그냥 돌아갈 건지. 불법체류자로 체포돼 돌아갈 건지…."

눈앞이 캄캄했지만 훼베스는 재빠르게 머리를 굴렸다. 어떻게든지 남편에게서 탈출하는 게 최선일 것 같았다.

"이 봉투 속 돈 얼마야? 그동안 빚진 거 다 갚을 수 있겠어?"

"모자라면 또 보내 줄게. 솔직히 말하면 계속 보내 주기는 힘들어. 최소한 한국 오기 위한 빚은 갚을 수는 있게 해 줄게."

"알았어. 갈게."

훼베스는 눈물을 훔치고 얼룩진 얼굴을 매만졌다. 남편은 치밀하게 사전준비를 한 모양이었다. 세 시간 후 떠나는 비행기 표도 이미 준비해 가지고 있었다. 3층의 출국장으로 이동했다. 짐정리를 다시 해야겠다며 훼베스는 화장실을 찾았다. 트렁크에는 당장 필요하지 않은 것만으로 채웠다. 당장 꼭 필요한 것은 선별해서 기내용 작은 가방으로 옮겼다. 남편으로부터 탈출할 기회가 생기면 거추장스러운 트렁크는 포기할 작정이었다. 화장실 밖에는 훼베스의 여권을 건네받은 남편이 화장실을 흘끔흘끔 살펴보며 훼베스를 기다리고 있었다.

훼베스가 다가가자 남편이 앞장서서 출국수속을 했다. 화물용 트렁크 속 짐들을 챙겨 생각해봤다. 필요 없는 건 아니지만 꼭 있어야 할 것도 아니다 싶었다. 작은 기내용 가방만 달랑 들었다. 남편은 자꾸 서둘렀고 훼베스도 조금이라도 빨리 남편 곁을 떠나고 싶었다. 게이트 앞에서 남편이 작별인사를 했다.

"전화 같은 거 하지 마. 내가 알아서 한 번쯤 더 송금해 줄 거야. 좋은 사람 만나면 새 출발해. 나 같은 나쁜 놈 만나지 말고…."

남편이 손을 잡았다. 그리고 팔을 둘러서 훼베스를 안았다. 마지막 연민일까 한참이나 훼베스를 꼭 안아주었다. 훼베스도 찔끔 눈물이 흘렀다. 그리고는 뒤도 돌아보지 않고 출국 게이트를 빠져나갔다.

출국 심사대를 통과하자 말자 훼베스는 빠른 걸음으로 내달렸다. 들어온 게이트에서 꽤나 떨어진 먼 거리의 게이트에서 되돌아 출국장을 빠져나왔다. 잊어버린 물건이 있어 금방 돌아올 거라고 하자 빨리 돌아오라며 내보내 주었다. 혹 남편이 지켜보고 있을지도 모른다 싶어 재빨리 여자화장실로 숨어들었다.

남편의 손에서 풀려났다는 안도감은 잠깐이었다. 이제 어떻게 해야 할 것인지가 걱정이었다. 눈앞이 캄캄해 왔다. 옷이라고는 입고 있는 이 옷 단 한 벌밖에 없다. 나머지는 모두 보내 버린 큰 트렁크에 넣어져 있었다. 시간을 보내기로 했다. 훼베스가 탈 비행기가 떠날 때까지의 시간을 보내기로 했다. 용의주도했던 남편이 공항에 남아 훼베스의 완전 출국을 확인할 것 같다는 생각이 들어서였다.

화장실 변기뚜껑을 닫고 걸터 앉았다.

'어떻게 한다?'

'다시는 남편에게 거처를 발각돼서는 안 되는데….'

기내용 가방에서 화장품을 꺼내 가볍게 얼굴을 다듬었다.

애당초 남편에게 기대도 안 했지만 섣불리 남편을 몰아 붙인 게 실수라면 실수였었다. 새 마누라 얻어 깨가 쏟아지게 살고 있는 뻔한 사실을 인정하고 싶지 않았던 것도 큰 실수였다. 남편하고의 일이 잘 풀리지 않으면 눌러앉아 돈을 벌어야 하는데 이도 저도 못 하고 큰 빚만 지는 꼴이 될 뻔한 것이었다. 괜히 끓어오르는 심술을 참지 못해 심통을 부리다가 이 꼴이 됐다 싶어 후회막심이었다. 소득이 있었다면 남편이 준 쏠쏠한 돈 봉투 하나뿐이었다. 어차피 남편하고 살지 못할 바에야 돈이라도 챙겨야 하는 건데 그라시아의 교육을 위해서라도 더 큰돈을 요구하는 협상이나 할걸 그랬다 싶었다. 마음을 가라앉히면서 핸드백에서 전화기를 꺼내 들었다. 우선 라니에게 자초지종을 이야기해야 할 것 같았다. 전화번호를 누르려다가 갑자기 생각을 바꾸었다. 라니에게서도 멀리 떨어져야겠다 싶었다. 의심이 많고 용의주도한 성격의 남편이면 불시에 라니의 집을 찾아와 확인할 수도 있다는 생각이 들어서였다.

'그럼…? 그러면……?'

'어디로 간다……?'

머리에서 자꾸만 맴도는 영덕이를 지우고 다른 사람 다른 방법을 생각해 내려 했으나 결론이 나지 않았다. 이제 겨우 한 달여 동안의 짧은 한국생활이었다. 아무리 머리를 쥐어짜도 지금의 훼베스를 도와 줄 사람을 찾기에는 선택의 여지가 없었다. 영덕이만 머리에서 맴돌았다. 만일 영덕이를 다시 보게 되면 부끄러운 남편과의 문제를 어떻게 설명해야 할지가 난감했다. 물에 빠져 지푸라기라도 잡는 사람이 되어 천천히 전화다이얼을 꾹꾹 눌렀다. 영덕이 전화번호였다.

## 4

다행히 공항 근처에 있었다면서 이내 영덕이가 나타났다. 영덕이를 보자마자 눈물이 핑 돌았다.

'잘 알지도 못하는 이 남자가 반가워 울컥 눈물이 솟구치다니….'

허겁지겁 영덕이를 이끌고 주차장 쪽으로 향했다. 차에 오르고 문을 잠근 후에야 훼베스는 입을 열었다. 상황이 상황이니만큼 결국 모든 사실을 털어놓을 수밖에 없었다. 시내를 향해 달리는 차 안에서 부끄러운 줄도 모르고 훌쩍훌쩍 울었다. 혹 남편이 확인차 들릴지도 몰라 라니에게로 돌아가기는 싫다고 했다. 마지막에는 죽어가는 사람 하나 살려주는 셈치고 어떻게 좀 도와달라고 애걸을 했다. 부탁할 사람이라고는 이 남자밖에 없고 보니 설령 이 남자가 당장 겁탈하려 달려든다 해도 엉덩이를 들어 줄 수밖에 없는 형편이었다. 그리고는 말로만 듣던 창녀촌에 팔아넘기는 길이라는 걸 안다 해도 지금은 이 남자를 따라갈 수밖에 없었다. 영덕이는 담담하게 듣기만 했다. 차가 도착한 곳은 한적한 작은 산 아래 위치해 있는 영덕이의 오피스텔이었다. 라니 동네에 있는 영덕이의 거처는 거래처가 가깝게 밀집해있다는 이유로 사용하고 있는 영덕이의 또 다른 거처 겸 사무실이라고 했다.

깔끔하게 정리돼 있는 거실로 들어섰다. 현관의 신발부터 눈여겨 살폈는데 여자 신발은 눈에 띄지 않았다. 영덕이가 커피를 내왔다. 또 다른 신발을 찾아 살피던 훼베스의 눈치를 알아챈 영덕이가 훼베스에게 본인의 자초지종을 설명했다. 결혼을 하긴 했는데 사정이 있어 혼자 기거하는 중이니 취직할 때까지는 걱정 말고 여기 머물러도 좋다는 것이었다. 직장도 빨리 알아봐주겠다고 했다. 결혼한 아내와 헤어져 사는 이유가 제일 궁금했지만 영덕이가 이야기해주는 것 이상으로 물어볼 수는 없었다.

주방의 냉장고를 열어 보여주며 배가 고프면 여기 있는 재료 골라 마음대로 해먹어도 좋다고 했다. 아무 걱정하지 말고 푹 쉬라며 영덕이는 오피스텔을 떠나 사무실로 돌아갔다. 훼베스는 우선 샤워부터 했다. 욕실 앞에 누가 지켜보고 있어도 전혀 신경 쓰지 않고 샤워하는 필리핀에서의 습관은 영덕이네 집 샤워실이라 해서 부담 갈 일이 없었다. 식빵이 보여 냉장고의 잼을 꺼내 한 조각 먹어봤다. 안 되는 줄 알면서도 표시 나지 않게 영덕이의 옷장을 열어보기도 했다. 여자가 산다는 흔적은 어디에도 없었다. 해가 기울 무렵 영덕이가 돌아왔다. 내일은 시장을 봐서 제대로 된 식사준비 할 거라며 오늘저녁은 그냥 식당에 시켜서 먹자고 했다. 익숙하지 못한 남자하고의 시간이 무척 서먹했다. 식사가 도착했고 저녁을 먹은 뒤에는 훼베스가 필리핀 가족에 관해 이야기를 했다. 영덕이는 듣기만 했고 혹 훼베스가 불편해하지 않는지에만 잔뜩 신경을 쓰는 눈치였다. 하품을 하던 영덕이가 일어섰다. 사무실에 깜박 잊고 온 것이 있다며 내일 아침까지 완성해 메일로 보내야 하는 중요한 일이라고 했다. 곧 돌아오겠지만 먼저 자라고 했다. 당분간 거처해야 할 방이라며 정해준 작은방에 이부자리도 펴 주었다. 훼베스는 영덕이가 시키는 대로만 했다.

영덕이가 떠나고 작은방으로 와 침대에 누웠다. 눈을 멀뚱멀뚱하게 뜨고 누웠는데 영덕이에게서 전화가 왔다. 일이 너무 많이 밀려 사무실에서 자고 갈 거니까 모든 불 끄고 혼자 자라는 것이었다. 긴장이 풀리면서 깜빡 잠이 들었다. 잠결에 어렴풋이 초인종 소리가 들렸다. 깜박 잠에서 깬 훼베스가 귀를 바짝 기울였다. 또 한 번 초인종이 요란하게 울렸다. 훼베스는 까치발을 하고 현관으로 나갔다. 누구냐고 물어볼 수가 없었다. 어쩌면 이혼하고 떠난 영덕이의 아내가 갑자기 나타날지도 모른다는 생각이 들자 머리가 하늘로 쭈뼛 솟았다. 이번에는 영덕이의 아내에게 머리채를 이끌려 공항으로 가는 건 아닌가 싶어 가슴마저 덜덜 떨렸다. 초인종 소리가 한 번 더 길게 울렸다. 그래도 훼베스는 쥐죽은 듯 서 있기만 했다. 그리고 뚜벅뚜벅 현관 앞에서 멀어져 가는 발자국 소리가 들렸다. 휴우! 한숨을 돌리며 작은방으로 돌아온 훼베스는 완전 소등을 하고 잠자리에 들었다.

겨우겨우 잠이 들었는데 이번에는 벨을 누르는 게 아니고 누군가가 현관문을 따고 들어왔다. 발자국소리가 주방에서 멈췄다. 회사에서 잔다더니 영덕이가 돌아 온 모양이라고 생각했다. 살그머니 일어나 알아채지 못하게 발자국소리를 죽여 주방으로 나갔다. 문을 따고 들어 온 사람이 영덕인지를 확인만이라도 하기 위해서였다. 그런데 뻘줌하니 서 있는 남자의 뒷모습이 영덕이가 아니었다. 남자가 영덕이의 방으로 들어가는데 옆모습이 보였고 남자는 얼굴 전체를 가린 마스크를 하고 있었다. 온몸이 전율로 떨며 훼베스는 제자리에 서서 굳었다. 꼼짝할 수 없었다. 남자가 영덕이의 방을 헤집고 다녔다. 영덕이의 옷장을 뒤지기도 하고 책상서랍을 열어 뒤적거리기도 했다. 마지막에는 영덕이의 노트북을 챙겨 들고 나오더니 준비해 온 것으로 보이는 가방에 집어 넣었다. 도둑이었다. 아침에 영덕이가 돌아오면 모든 게 다 훼베스의 소행이라 할 것 같았다.

"Who's it? 누구세요?"

용기를 내서 크게 고함을 질렀다. 하지만 목소리는 겨우 들릴 만큼의 속삭임에 불과했다. 아무 소리도 못 들었는지 도둑이 현관 쪽으로 걸어 나갔다. 이제 도망갈 모양인데 놓치면 안 되겠다 싶어 훼베스는 뛰어가 도둑의 가방을 잡고 늘어졌다. 어디서 생긴 용기인지 훼베스 자신도 모를 일이었다.

"안 돼! 안 돼!"

이번에는 놀란 도둑이 돌아섰다. 훼베스의 안면에 불이 번쩍 날 정도의 주먹이 날아 왔다. 그리고 주먹세례가 마구 이어졌다.

"아-악!"

고함을 치며 벌떡 일어났다. 꿈이었다. 훼베스는 침대에서 엉거주춤 일어나 앉았다. 소름이 끼치도록 무서웠다. 그냥 꿈이려니 하려 했지만 온몸이 마구 떨리고 있었다. 마침 창밖으로 보이는 가로등 아래 랜턴을 든 한 남자가 지나가고 있었다. 훼베스는 더 이상의 공포를 감당하기 어려웠다. 영덕이에게 전화를 걸었다.

10여 분이 채 지나지 않아 영덕이가 돌아왔다. 현관을 들어서는 그를 보자 긴장으로 움츠러들었던 가슴이 스르르 풀려 내렸다. 누가 초인종을 누르기도 하고 너무 무서운 꿈을 꾸기도 해서 도저히 무서워 못자겠다고 하자 영덕이는 그냥 빙그레 웃기만 했다. 아마 경비아저씨일거라고 했다. 내일이라도 당장 영덕이의 아내가 찾아오면 어찌 될 것이며 훼베스 자신은 또 어떤 일을 당할 것인지가 불안해 견딜 수 없다는 이야기를 넌지시 건넸다. 영덕이가 갑자기 심각한 표정으로 굳어졌다.

"훼베스, 그런 일 절대 없어요. 걱정하지 마세요. 절대로….." 그냥 걱정할 것 없다는 말만 되풀이하던 영덕이었으나 결국 훼베스의 걱정을 덜어주기 위함이라며 영덕이가 자신의 이야기를 털어놓기 시작했다.

늦결혼을 했지만 아내는 첫아들을 낳고 세상을 떠났단다. 아이를 재워놓고 서둘러 시장을 다녀오다 당한 흔하디 흔한 교통사고였다고 했다. 부모님도 모두 돌아가신 고아나 다름없는 영덕이는 고심고심 끝에 일단은 아기를 보육시설에 맡겼다고 했다. 3년 뒤에는 꼭 찾아가겠다는 약속을 하고 지금도 일주일에 한 번씩은 꼭 아기를 만나러 다닌다고 했다. 이제 어린이집에 보낼 수 있을 만큼 커서 조만간 아이를 아주 집으로 데려올 작정이라고도 했다. 의심이 해소됐으면 해서 한 이야기니까 마음에 담아 두지 말라며 이야기를 끝냈다.

다시 작은방으로 돌아온 훼베스는 비로소 깊은 잠에 푹 빠졌다.

푹 잔 잠이라지만 잠에서 깨어났을 때는 아직도 이른 새벽이었다. 희끄무레 새벽이 오고 있었다. 잠깐 동안의 짧은 잠에서 깨어났음에도 머리는 개운했다. 거실로 나와 물 한 잔을 마셨다. 열려진 문틈으로 보이는 영덕이는 아직도 깊은 잠에 푹 빠져 있었다. 문을 빼꼼히 열었다. 영덕이의 얼굴에 외로움이 가득 고여 보였다. 훼베스는 살금살금 영덕이에게로 다가갔다. 잠들어 있는 영덕이의 침대로 슬며시 올라가 영덕이 옆에 살그머니 누웠다. 그리고 영덕이의 가슴으로 조금씩 기어들었다. 영덕이가 화들짝 놀라 눈을 번쩍 떴다.

"나 파출부 시켜줘요. 필리핀으로 돌아갈 때까지 무급으로…."

영덕이가 침대에서 일어나 앉았다. 그리고 멋쩍은 표정의 훼베스를 놀란 눈으로 바라봤다. 창밖에는 이미 일찍 깨어난 새소리가 요란하게 들리고 있었다.

"바라는 거 없어요. 그냥 함께 있게만 해 주세요."

"………."

"빨래며 밥이며 반찬, 청소까지 내가 다 할게요. 그리고….."

훼베스가 잠깐 말을 끊었다. 풀 죽은 훼베스의 얼굴에 수심이 가득했다. 영덕이는 그런 훼베스가 갑자기 측은해 보이기 시작했다. 아내가 죽고 외롭고 힘들었던 너무나 많은 시간들을 견뎌온 자신이 늘 대견스럽다며 스스로를 칭찬하던 영덕이었다. 다시 결혼을 해야겠다는 생각을 안 해 본 것은 아니지만 아들과 함께하는 것이 우선이어서 망설이기만 하던 중이었다. 어쩌면 사랑보다 아들과 함께할 수 있는 여건이 먼저일 수도 있는 사람을 원하고 있는지도 몰랐다.

'그래 사랑이 별거더냐. 우연도 인연인 것일진대….'

멋쩍어하는 훼베스를 끌어안고 침대에 누웠다.

'인연이야. 어쩜 죽은 아내가 내게 보내준 인연일지도 몰라.'

오늘밤만 입으라고 준 영덕이의 파자마가 헐렁하게 훼베스의 허리에 걸쳐 있었다. 영덕이는 훼베스의 얼굴을 양손으로 감싸고 이마를 맞댔다가 다시 손을 풀어 훼베스의 목을 끌어안았다. 훼베스의 입술을 찾아 가볍게 키스했다. 눈을 꼭 감고 있는 용감하기만 할 것 같은 훼베스가 약간 떨고 있었다. 헐렁하게 걸치고 있는 훼베스의 파자마를 서서히 끌어내렸다. 그리고 빨간 장미꽃 하나 달랑 그려져 있는 훼베스의 팬티를 벗기는 데는 그리 오랜 시간이 걸리지 않았다.


오피스텔에서 걸어가도 될 만큼의 거리에 중학생들을 위한 영어학원이 있었다.

마침 영어선생님을 구하는 중이라 하여 영덕이가 훼베스의 이력서를 가지고 나갔다. 저녁에 돌아온 영덕이가 내일 오후에는 면접을 봐야할 거라고 했다. 필리핀에서의 선생님 경력을 크게 평가하더라고도 했다.

불법 체류자라는 게 문제라면 문제였다. 하지만 모든 걸 영덕이가 해결할 거라고 해서 훼베스는 영덕이만 믿기로 했다. 만일 학원에서의 최종 면접에 실패한다면 공장 현장일이라도 상관없다고 했다.

훗날 퇴근해 온 영덕이가 집에 들어서지도 않은 채 훼베스를 불러냈다. 학원에서 기다리고 있는 중이라며 바로 학원으로 가자는 것이었다. 학원은 생각보다 컸다. 영어로 물어 올 거라고 믿었던 면접관은 한국말만 썼다. 잘 알아듣지 못하는 말은 영덕이가 통역해 주었다. 면접관은 이력서를 다시 훑어 읽었다.

"여권이 문제인데요? 관광여권이라면서요?"

"아! 그 문제, 곧 해결될 겁니다."

"………."

"제 아내인데 아직 수속이 덜 돼서….."

"그러시구나! 됐어요! 내일부터 출근하세요. 단 속히 여권문제 해결하는 조건이에요."


5


그라시아에게 엄마의 편지가 왔다.

전화는 여러 번 받았으나 편지는 처음이었다.

곧 아빠가 필리핀을 방문해 집에 들를 거라고 했다. 아빠가 그라시아의 새 옷이며 최신형 노트북도 사 가져갈 거라고 했다. 그동안 형편이 안 좋았던 아빠였는데 하는 일이 너무 잘 풀려 이제는 걱정할 게 아무것도 없다는 것이었다. 제발 좀 보내달라고 성화를 대던 아빠의 사진도 받았다. 그런데 아빠의 얼굴모습이 많이 달라졌다. 볼이 홀쭉하고 갸름했던 얼굴이었는데 볼살이 많이 붙어서인지 약간 둥근 통통한 얼굴이었다. 형편이 좋아지다 보니 살이 쪄 얼굴모양마저 달라진 모양이었다.

그라시아는 새로운 고민거리가 생겼다.

'오랫동안 알려 준 아빠의 얼굴을 이제 막 히로우가 기억하기 시작했는데 얼굴 모습이 이렇게나 달라지다니….'

'지금은 히로우가 아빠사진을 보여 줄 때마다 꼬리를 흔들며 아빠를 알아보는 눈치던데….' 이 정도로 달라진 얼굴이라면 다시 재교육을 시작해야 할 것 같았다. 아빠의 사진부터 챙겨 든 그라시아가 히로우에게로 다가갔다.

"히로우! 잘 봐. 아빠가 살이 좀 붙었는데. 그래도 알아볼 수 있겠지?"

새로 받은 아빠의 사진을 히로우의 코앞에 들이밀었다. 히로우가 침착하게 냄새를 맡았으나 덤비지는 않았다. 새로운 아빠 사진을 한참 동안 바라보던 히로우가 알고 있다는 듯 꼬리를 살랑살랑 흔들었다.

이야기 셋

# 두 시간의 행복

 

호텔에 도착, 1층 로비입구 현관에서 차를 멈추자 멋진 유니폼의 주차안내원이 다가왔다. 거수경례로 인사하는 그에게 키를 건네고 차에서 내렸다. 공연히 죄를 저지르는 사람처럼 가슴이 두근거렸다. 먼저 차에서 내린 진숙이는 멀찌감치 돌아서서 허공을 바라보고 있었다.

"퇴실 5분 전에 연락 주시면 차 대기시키겠습니다."

주차안내원의 사무적인 말을 뒤로하며 후론트에서 키를 받아 서둘러 방으로 올라갔다. 방에 들어서고 나서야 남들의 이목에서 해방되었다는 안도감으로 긴장이 탁 풀렸다. 진숙이는 아직까지도 불안하다는 듯 안절부절못했다.

탁자에 마주 앉았다. 그리고 등이란 등은 모두 밝혀 실내를 대낮처럼 환하도록 만들었다.

"우린 지금… 결혼식을 올리는 거야."

"……."

"밋밋하게 당신을 소유하기는 싫어."

"……."

"지금부터 당신은 내 아내가 되는 거야. 삶이 나를 속여 당신을 떼어놓는다 해도 당신은 영원히 내 가슴에 남아있을 것! 지워지지 않는 나의 영원한 아내로 아로새겨질 것이니!"

진숙인 그저 웃기만 했다. 준비한 결혼반지를 꺼내 진숙이의 손에 끼워주었다.

"나 안병근이는 김진숙을 영원히 사랑할 것을 맹서합니다."

반지 끼워준 손을 잡고 결혼서약을 했다. 웃고 있는 진숙이의 표정에도 진지함이 묻어났다.

"…나 김진숙도 안병근님을 영원히 사랑할 것을 맹서합니다."

무척 멋쩍어 하긴 했지만 꼭 해야 할 답례라는 듯 또박또박하게 낮은 목소리로 대답 했다.

진숙이가 들고 들어 간 쇼핑백 안에서 조그만 상자를 꺼냈다. 케이크였다. 결혼축하용 케이크라고 했다. 이번에는 실내의 모든 등을 끄고 케이크 위에 촛불 두 개만 밝혔다. 케이크의 촛불이 하늘거리는 어둠 속에서 내가 축가를 불렀다.


그대 사랑하는 난 행복한 사람
잊혀질 땐 잊혀진대도…
그대 사랑받는 난 행복한 사람
떠나갈 땐 떠나간대도,


진숙이가 미소 띤 얼굴로 가볍게 박수를 쳤다. 단 둘만의 호텔방 결혼식은 뒤죽박죽이었지만 분위기는 제법 엄숙하고 진지했다. 내가 일어서 진숙이 앞에 등을 돌려대며 앉았다.

"내게 업혀."

"……."

"지금부터 우린 신혼여행을 떠나는 거야. 당신을 업고 행복하게 걸을 수 있는 신혼여행을…."

싫다 하는 진숙일 억지로 업었다.

"……생각보다 무겁지?"

내가 일어서자 진숙이는 내 목을 감아 안았다. 나는 천천히 호텔방을 이리저리 걸었다. 정말 행복했다. 남들이야 무슨 미친 짓이라 할지 모르지만 나는 이 모든 게 내 진심이었다. 인적이 드문 깊은 산속 절을 찾아 스님에게 결혼식을 올려 달라 하려 했는데 그건 아니라고 진숙이가 한사코 거절해 뜻을 이루지 못했다. 하지만 이렇게라도 진숙이에게 내 진심을 모두 보여 주는 거 같아서 다행이었다.

"당신 힘들겠어. 나 내려줘."

진숙이 다리를 쭉 뻗어 더 이상 업을 수 없게 받치고 있는 내 손에서 미끄러져 내렸다.

"당신이 시켜 준 신혼여행 정말 뜻깊고 즐거웠어."

여고 2년생 딸이 있는 이 나이에도 수줍음을 타는 진숙이가 너무 예뻐 와락 끌어안았다. 눈을 감은 진숙이의 입술에서 아카시아 향내가 났다. 서 있는 채로 진숙이의 블라우스 단추를 풀었다. 블라우스가 어깨에서 떨어져 나가고 스커트가 스르르 히프 아래로 흘렀다. 진숙이를 덜렁 안고 들어 침대 위에다 눕혔다.

어둠 속의 진숙인 눈을 감고 있는 것 같았다. 브래지어를 벗기지 못해 쩔쩔 매자 진숙이가 브래지어 후크를 풀어 주었다. 알몸이 된 진숙이는 몸을 움츠리며 홑이불을 머리끝까지 덮어썼다. 이번에는 내가 옷을 훌훌 벗어던졌다. 이불을 들치고 진숙이 옆을 파고들었다. 어둠 속에서의 진숙인 눈이 부시도록 아름다웠다.

"사랑해!"

내가 진숙이를 당겨 안자 기다렸다는 듯 진숙이가 내 가슴을 파고들었다. 진숙이의 얼굴이 따듯하게 달아올랐다.

보이는 것!

들리는 것!

느끼는 것!

모두가 아름다웠다. 진숙이는 애써 터지려는 소리를 죽이려 안간힘을 썼다. 마지막 한 가닥 불씨마저 모두 불사르고야 침대 위에 쓰러졌다. 행복에 겨운 눈으로 진숙이를 바라보고 있는데 숨을 고르던 진숙이가 내 이마를 툭툭 쳤다.

"뭐야?"

"……."

"부끄럽게 왜 자꾸 쳐다봐."

"영원히 내 죽는 날까지 당신 사랑할 거니까.……그게 너무 행복해서……."

"알았어. 나두 당신 사랑해."

진숙이가 다시 내 가슴을 파고들었다.

1

"똑! 똑!"

노크소리에 이어 조용히 문이 열렸다.

간호사나 의사 선생이 아닌 것만은 틀림없었다. 노크소리와 동시에 문이 벌컥 열리며 쫓기는 사람처럼 들어오는 사람은 간호사였고 근엄하게 기침을 하며 들어오는 사람은 의사 선생이었으며 노크를 하고도 뜸을 들이며 나타나는 사람은 식사를 나르는 간호조무사였다. 조용히 문을 밀치고 들어오는 방문객이 누구라는 짐작이 가지 않았지만 그리 궁금할 것도 없어 나는 꼼짝도 하지 않고 누워있었다. 조금 전 보험회사 직원이 방문할지도 모른다는 전화를 받았으니 어쩌면 보험회사 직원일거라고만 생각했다.

방문객은 말이 없었다. 내가 잠이 든 것으로 알고 기다리고 있는 모양이었다. 입원여부를 확인하러 온 보험회사 직원이라면 누워 있는 나를 보고 이미 입원해 있다는 확인 절차가 끝났을 수도 있는 일이니 금방 돌아가겠지 싶었다. 그런데 또 한참이 지났음에도 방문객은 돌아갈 기미가 없었다. 의자에 앉는 기척도 없는 걸 보면 아직까지도 그대로 서서 내가 깨어나기만을 기다리는 것 같았다. 갑자기 방문객이 궁금해졌다. 잠에서 깨어나는 척 기지개를 길게 펴며 돌아누웠다.

"아니…?"

나는 화들짝 놀랐다. 화사한 옷이 먼저 눈에 들어왔다. 돌아눕는 나를 바라보는 그녀의 얼굴에 내 시선이 머물자 나는 심장이 멎는 줄 알았다. 눈이 부시도록 아름다운 여인이 거기 서 있었다. 나는 어깨와 목이 아픈 줄도 모르며 자신도 모르게 벌떡 일어났다.

"아니, 여기까지 어떻게…?"

그 여인이었다. 출근길 교통 체증으로 신호대기 중인 내 차 뒤를 느닷없이 박아버린 그 여인이었다. 그 여인이 그날 아침과는 판이하게 다른 눈이 부시도록 아름다운 여인으로 변해 거기 서 있었다.

월요일 아침이었다. 이른 새벽임에도 고속도로는 이미 체증이 시작되고 있었다. 인터체인지로 빠지려고 서행하던 내 뒤를 따라오던 뒤차가 느닷없이 내차 뒷범퍼를 세차게 박아버렸다. 나는 뒤로 벌렁 자빠졌으며 의자머리에 뒤통수를 꽝 부딪치고 말았다. 어깨보다 목이 더 아픈 것 같았다. 왼손을 들어 뒷목을 어루만지며 차에서 내렸다. 뒤차에 탄 사람은 차 안에서 꿈쩍도 하지 않았다. 가까이 다가가 옆에 서 있어도 윈도우를 내리기는커녕 아무런 반응을 보이지 않았다. 내가 차문을 두드려서야 운전자는 도어를 열었다. 여인이었다. 아직 새벽이어선지 화장도 않은 맨얼굴이었지만 피부가 고운 아름다운 여인이었다. 도어를 열고 일어서 내리는 여인의 손이 바르르 떨었다. 얼굴 모습과는 다르게 매끄럽고 보드라운 손은 아니었다. 차에서 내린 여인은 아무 말도 못하고 고개만 꾸벅꾸벅 숙였다.

"졸면서 운전했어요?"

파리해진 여인의 얼굴에 나도 모르게 연민을 느끼며 낮은 톤으로 물었다. 여인은 대답하지 않았다. 떨고 있었다. 아마 교통사고라고는 처음 당해 보는 모양이었다. 서 있기가 거북한지 열려진 차문에 몸을 기댔다.

"죄송합니다."

여인은 다시 머리를 숙이며 모기소리만큼 겨우 들릴 정도의 목소리로 입을 열었다. 가느다란 목소리는 떨리고 있었다.

"종합보험에 가입하셨죠?"

뒤로 밀려드는 차들이 길게 줄을 서기 시작했다. 나는 빨리 사고현장을 수습해야겠다는 생각이 들었다.

"네…."

여인은 계속 떨고만 있었다.

"보험회사에 연락하시면 모든 문제를 수습해 주실 겁니다. 우선 뒤 차들이 밀리니 갓길로 차를 빼내 주차하시지요."

"네…."

대답만 했지 여인은 움직이지 못했다. 키를 들고 있는 손이 다시 바르르 떨었다.

내가 여인의 차를 갓길로 빼내고 내 차까지 여인의 차 뒤로 이동해서 주차했다. 그리고는 그 여인의 보험회사로 전화를 걸었다. 내가 가해자인 양 소상하게 사건의 자초지종을 설명했고 보험회사 직원의 지시대로 서로 연락처를 주고받은 후 헤어졌다. 나는 놀란 여인이 걱정되어 쉽게 자리를 뜰 수 없었는데 여인이 떨려서 운전을 할 수 없다 하여 견인차까지 불렀고 여인이 견인차를 타고 떠나는 것을 확인한 후에야 현장을 떠났다. 그런데 그 여인이 어찌 내가 입원한 이 병원까지 알고 찾아 왔을까?

"많이 다치시지는 않았는지요?"

미안해하는 그녀의 진심이 가슴으로 느껴졌다. 나는 서둘러 침대에서 내려와 의자를 권하고 냉장고에서 음료를 꺼내 왔다.

"사실 별로 다친 데는 없습니다. 좀 피곤해 쉬고 싶어서 핑계 삼아 며칠 쉬고 가려했던 것뿐입니다."

"다행이네요."

여인이 안도의 미소를 지어 보였다. 여인의 이름은 진숙이라 했고 사고를 낸 그날 이후 두 번째의 만남인 셈이었다.

## 2

진숙이는 조금씩 아주 조금씩 내 곁으로 끌려왔다.

"차 한 잔 사 줄래요?"

"좋은 맛집에 가서 밥 한 끼 사 드릴게요!"

치졸한 방법으로 접근했으나 그때마다 선뜻 응해준 진숙이가 너무 고마웠다. 데이트가 끝나고 돌아와 잠자리에 드는 날마다 나는 침대머리에서 무릎을 꿇었다. 그리고 진숙이를 만나게 해 준 운명의 신에게 감사했다. 진숙이를 만나지 못하는 날에는 뭔가를 잊어버린 것처럼 허전해 오기 시작했다. 어느새 진숙이는 내 가슴 한구석에 둥지를 틀고 있었다.

"삐릭, 삐릭!"

핸드폰에 메시지가 떴다. 진숙이었다.

"버스 정류장으로 오셔요."

가슴이 두근거렸다. 메시지를 받을 때마다 항상 가슴은 두근거렸다. 슬그머니 책상에서 일어섰다.

"먼저 간다."

혼자 사는 오피스텔이 싫어 가장 늦게 퇴근하던 사람이 나였다. 그런데 진숙이를 만나고부터는 서둘러 퇴근 준비를 했다. 시큰둥하던 퇴근시간이 즐거워 기다려지기도 했다.

현장을 한 바퀴 휘둘러보고 재빨리 회사를 빠져나왔다. 마음이 급할 것까지는 아니라고 다짐하지만 빨리 진숙일 보고 싶어 서두르는 건 사실이었다. 좀 더 시간이 걸리는 날이면 괜히 안달이 나서 차 안에서 메시지를 보냈다.

"차가 많이 밀려서….."

"천천히 오세요. 급할 일 하나도 없어요." 멀리 버스 정류장이 시야에 들어왔다. 도착해서 보내도 될 문자를 신호대기 중에 입력했다.

"버스정류장 도착!"

운전 중 핸드폰으로 메시지를 보내는 행위가 사고 다발의 가장 큰 원인이라지만 나는 위험을 무릅쓰고 메시지를 보냈다. 버스정류장에 도착해서 메시지를 보내고 메시지를 읽은 후에야 집을 나서는 시간보다 조금이라도 빨리 진숙일 만나고 싶다는 그래서 조금이라도 더 오래 진숙이와 함께 있고 싶다는 계산 때문이었다.

시 외곽에 위치한 진숙이네 동네의 버스정류장은 늘 한산했다. 나처럼 한두 대 승용차가 주차했다 떠날 뿐, 버스는 한참 만에야 한 대씩 지나 다녔고 승객도 한두 명이 고작이었으며 승객이 없어 그냥 지나치는 경우도 자주 있었다.

퇴원하자 말자 진숙이가 저녁 한 끼라도 사고 싶다는 연락을 했고 만나자는 약속장소가 버스정류장이었다. 너무 고운 여인이라는 호감으로 내가 다시 답례로 저녁 한 끼를 사겠다고 해서 만난 장소도 버스정류장이었다.

진숙이는 내가 버스정류장에 도착하고도 늘 10여 분이 지나서야 나타났다. 그녀의 집이 어디쯤인가는 모르지만 아마 10여 분 거리의 어디쯤일거라고만 짐작했다. 백미러에 진숙이가 보이면 시트에 기대있던 허리를 곧추세우며 시동을 걸었다. 조수석 문이 열리고 진숙이가 차를 타면 나는 서둘러 버스정류장을 떠났다. 진숙이는 차를 타기 무섭게 내 손부터 찾았다. 커브길에서 핸들을 꺾기 위해 슬그머니 진숙이의 손을 놓아 버리고 나면 그리고 다시 커브를 돌아 오른손이 별일 없어지기가 무섭게 진숙이는 부랴부랴 또 내 손을 잡았다. 나와 함께하는 동안의 새로운 버릇이라 했다. 시내로 들어서는 길은 이내 붐비기 시작했다. 가다 서다를 반복하다 보면 왼손만으로도 운전이 가능했고 오른손은 거의 진숙이 차지였다.

"나 오늘 맛있는 거 좀 사 줄래요?"

"그럽시다."

자주 맛있는 걸 사 달랬지만 부담 될 일이 전혀 없었다.

"뭐가 먹고 싶은데…."

"면발 고운 국수, 내가 잘 아는 집이 있는데…."

서로 선호하는 음식이 비슷해서 다행이었다.

"좌회전…. 그리고 우회전……. 직진하다 다시 우회전……. 마지막으로 직 좌회전."

〈당아래 비빔국수집〉

국수집 간판은 연두색이었다. 연한 연두색이 밝아 입구부터 초원을 들어서는 기분이었다. 똑같은 메뉴를 시키고 싶었는데 진숙이는 서로 다른 메뉴를 시켜 반반씩 맛을 보자 했다. 비빔국수는 진숙이의 것이었고 잔치국수가 내 것이었는데 빈 접시에 비빔국수를 반쯤 덜어 내 앞으로 밀어줬다. 나는 아무 생각도 없이 비빔국수 먼저 훌훌 먹었다. 국수라고 다 국수는 아니라 할 정도로 맛이 좋았다. 면류를 좋아한다기는 했지만 언제 이런 국수집까지 알아두었는지 신기했다. 잔치국수는 반도 못 먹어서 배가 불쑥 나왔다.

"왜 벌써 그만 드셔?"

국수 그릇을 내밀고 물을 마시자 진숙이가 물었다.

"배불러! 비빔국수도 내가 절반 이상이나 먹었잖아?"

"알았어요."

진숙이는 내가 먹던 잔치국수를 냉큼 들어 자기 앞으로 옮겼다. 그리고는 남아있던 국수를 훌훌 건져먹기 시작했다.

"아니…? 한 그릇 더 시킬까?"

"됐어요. 잔치국수 맛이나 보려구요. 사실 나도 벌써 배불러요."

흘리며 먹던 국수그릇을 가져다 거리낌 없이 먹어 치우는 진숙이를 보고 나는 깜짝 놀랐다. 이렇게 남편처럼 생각해주는 진숙이의 배려가 너무 고마워 가슴이 뭉클했다. 그녀는 만날 때마다 가볍게 먹을 수 있는 음식들만 골라 먹자고 했고 조금만 먹고도 바로 배불러하며 즐거워했다. 떡볶이 어묵도 즐겨 먹었다. 월급쟁이 내 주머니 사정을 알고 부담 주지 않으려는 그녀의 배려라는 것은 아주 나중에야 알았다.

3

"삐릭 삐릭"

메시지가 떴다. 진숙이었다.

"후문으로 오셔요."

비가 부슬거리며 내리고 있었다. 버스정류장으로 가야 하지만 비가 내리면 아파트 후문으로 오라고 했다. 다니는 사람들이 뜸한 데다가 우산마저 받쳐 써야 하니 쉽게 누군지를 모를 수밖에 없다며 먼 거리인 버스정류장까지 비 맞으며 걷기가 싫다고 했다. 그럼 진숙이는 버스정류장 뒤 아파트에 산다는 것이 되는데…. 그렇더라도 나는 진숙이의 거처를 알려 하지 않았다. 알려 주고 싶지 않다면 굳이 알려고 하지 않기로 했다.

후문으로 우산을 받쳐 든 진숙이가 보였다. 다시 시동을 걸었다. 차에 오르는 진숙이의 옷이 군데군데 젖어 있었다. 진숙인 또 내 오른손부터 찾아 잡았다.

"백화점으로 갑시다."

"백화점에는 왜…?"

"…살 게 좀 있어서요."

그리고는 말이 없었다. 밀린 이야기는 내 손을 들어 만지작거리는 맞잡은 손으로만 전했다. 내 손을 꼬옥 쥐었다 놓았다를 반복하다가 내 손등에 입맞춤을 했다. 신호 대기 중에는 내 손을 들고 살랑살랑 흔들어 보이기도 했다. 내가 진숙이의 손을 꼬옥 쥐었다 놓으면 진숙이가 다시 한 번 내 손을 꼭 잡아 주었다. 잡고 있는 손만으로도 쌓였던 밀린 이야기를 나누는 행복한 순간이었다.

시장을 간다거나 쇼핑을 할 때마다 진숙이는 나를 불러냈다. 쇼핑 카는 내가 밀고 다녔고 진숙이는 물건을 골라 쇼핑카에 담았다. 내가 좋아하는 간식도 챙겨 주었고 어떤 물건은 살까 말까를 두고 티격태격 입씨름도 했다.

잠자코 따라오라는 진숙이를 따라 엘리베이터를 타고 5층에 있는 남성복 매장으로 올라갔다. 진숙이는 내 손을 꼭 잡고 걸었다. 매장에 내려 걷는 순간도 진숙이는 내 손을 놓아 주지 않았다.

"오늘 내가 하는 짓 그냥 두고 보기요."

"……."

"언젠가처럼 너무 비싼 거 싫다고 하지 마세요. 제가 자주 사드리는 게 아니니까요."

"……."

"저 가난했어요. 지금도 가난하구요. 하지만 전 열심히 살아요. 남의 집 설거지하는 일도 많이 했어요. 청소 빨래 해주는 일도 기막히게 잘해요."

정장코너 앞에 걸음을 멈추며 진숙이는 정색을 했다.

"오늘 여기서는 내가 묻는 말에 대답 정도만 하세요. 알았죠?"

그리고는 쌩긋 웃었다.

"떳떳하게는 아니더라도 우린 결혼까지 했잖아요? 당신은 내 남편이에요."

어떨떨해하는 나를 끌고 매장으로 들어섰다. 그리고 정장 한 벌을 고르기 시작했다. 진숙이는 사이즈와 색상 어떤 디자인이 좋으냐고만 물었다. 가격표를 뒤적이다 너무 비싸다 싶어 다른 것으로 고르려다가 진숙이에게 퉁만 들었다.

"여보! 자주 사 입는 것도 아닌데…."

눈빛까지 동원해 야단을 쳤다. 여보라는 호칭의 듣기 좋은 야단이었지만 경제적으로 큰 부담 주는 일이다 싶어 마음 한구석이 켕겨 편치 못했다.

"당신. 이번 당신 회사에서 주관하는 산학협동 세미나에는 교수님들 말고도 해외 손님까지 오신다면서…."

"……."

"제대로 한 벌 준비하세요. 격에 어울리지 않게 초라해 보이는 건 내가 싫어요."

나는 진숙이가 이끄는 대로 따라다녔다. 와이셔츠며 넥타이까지 최고급으로 골랐다. 넥타이 하나가 중저가 브랜드의 정장 한 벌 값하고 맞먹었다. 양손에 쇼핑백을 들고 지하 식당가로 내려갔다. 엘리베이터에서 쇼핑백 하나를 빼앗아 든 진숙이가 다른 한 손으로 또 내 손을 찾아 잡았다. 한시라도 내 손을 놓아서는 마음이 놓이지 않는 사람처럼 보였다.

"저녁은 당신이 사 주셔요."

셀프서비스인 식당가도 만원이다시피 했다. 메뉴를 고르고 식사를 날라다 마주하고 앉았다. 잔뜩 선물을 받은 나보다도 진숙이가 더 즐거워했다.

'죽는 날까지 사랑할 거다.'

'설령 피치 못할 연유로 그녀와 함께할 수 없어 헤어진다 해도 오직 그녀만을 사랑하며 살 거다.'

주차장에 세워둔 차에 오르면서 이번에는 내가 먼저 진숙이의 손을 찾아 잡았다. 진숙이가 고개를 살랑살랑 흔들며 생긋이 웃었다.

"나 지금 당신과 함께 있다는 게 너무 행복해."

진숙이를 와락 끌어안았다. 그리고 거칠게 키스를 퍼부어댔다.

"아이. 김치 냄새….”

진숙이가 가볍게 눈을 흘겼다.


4


우리는 늘 도시 한가운데를 맴돌았다. 시간을 내 조금 먼 곳을 다녀오고 싶었지만 진숙이는 멀리 떠날 수가 없다 했다. 진숙이에 관한 모든 게 궁금했지만 그녀가 이야기하지 않는 한 묻지 않기로 했다. 아무것도 알려 하지 말라는 나를 만나면서 진숙이가 내건 전제 조건이기도 했기 때문이었다.

아파트 숲 속에 묻혀 있는 작은 소공원을 거닐던 날이었다.

몇 그루의 자귀나무 꽃이 탐스럽게 피어 있었다.

"저 나무 일명 과부나무라고 하는데 당신 그 이유를 알아요?"

진숙이 겨울 머플러에 매달린 탐스런 색색의 솜뭉치 같은 꽃이 피고 있는 자귀나무 밑을 거닐며 말을 건넸다.

"낮에는 저렇게 멀쩡하게 흩어져 있는 잎들이 밤이면 곱게곱게 포개져 있기 때문이래."

"……."

"옛날부터 홀로 사는 과부집 안마당에는 금기시하는 나무라기도 해."

"아, 그렇구나!"

"감탄할 거까진 없고…. 아님 말고니까…."

까르르 웃어 젖히던 진숙이가 잡은 내 손을 들어 휘적휘적 흔들었다.

'왜 과부집 안마당에 심지 말라는 자귀나무에 관심이 많은 걸까?'

'혹시 진숙이는 딸아이 하나뿐인 독신녀?'

'만일 독신녀라면 이혼을 했을까? 아니면 남편을 잃었을까? 이혼을 했다면 왜 이혼을 했을까?'

오지랖도 넓게 괜한 상상에 괜한 걱정까지 하며 공원을 한 바퀴 돌았다. 공원 끝자락의 아이스크림 집에 들렀다. 딸기 맛, 바나나 맛, 초코 맛 등을 골고루 섞어서 포장용 프라스틱 그릇에 담았다. 혜림이 간식이라 했다. 두 시간 정도의 데이트가 끝나면 진숙이는 서둘러 돌아가야 했다. 혜림이가 학교에서 집에 돌아올 시간이기 때문이라 했다. 아무리 길어도 두 시간 이상의 데이트를 할 수 없는 이유라는 것이었다. 우리들에게 주어질 수 있는 유일한 두 시간만의 행복이었다.

"혜림이는 공부 잘하겠다. 엄마가 지극정성이니까···."

"아니 못해. 잘하면 얼마나 좋겠어. 조금 비싼 과외를 하는 데도 똑같아. 하지만 그렇다고 그냥 내버려 둘 수도 없고. 큰 딜레마야."

"행복은 학업순이 아니라잖아!"

"알아. 듣기 좋으라고 하는 소리겠지. 공부 잘하던 아이들이 나중에 직장도 좋은 곳에 다니던데? 하긴 내가 공부를 못했으니 지가 어디 가 겠어."

혜림이는 진숙이의 전부였다. 혜림이 때문에 세상을 사는 것 같았다. 혹 혜림이에게 무슨 일이라도 생기면 나는 안중에도 없었다. 부랴부랴 혜림이에게로 달려갔다. 다음 만나는 날에는 미안해 어쩔 줄 몰라했지 만 사실 미안해할 일도 아니었다. 그게 진숙이의 심성이었다.

진숙이에게 걸려오는 전화라고는 혜림이가 유일했는데 혜림이 아 닌 다른 사람으로부터 전화가 걸려오기 시작했다. 내게 미안하다며 황 급히 멀리 떨어져 전화를 받곤 했는데 통화가 끝나고도 전혀 표정변화 를 찾아낼 수 없어 점점 나를 궁금하게만 만들었다. 그날도 전화를 받 기 위해 내게서 멀리 떨어진다는 것이 서로 얼굴만 보이지 않는 진달래 숲을 사이에 둔 가까운 거리였다.

"여기 상당히 더워."

"……."

"생각해 봤는데…. 어쨌든 혜림이 위해 노력해 볼게."

"……."

"언제 귀국한다고? …노력해 볼게."

한두 마디 엿듣는 것만으로는 그가 누구인지 짐작이 가지 않았다. 가끔 남편 이야기를 했지만 스쳐 지나가는 사람처럼 이야기해버리고 는 해서 도대체 남편이 있는지조차 의심이 갔다.

'혼자 사는 독신녀라면 생활비는 그렇다 치더라도 혜림이의 고액 과 외비는 어디서 나온단 말인가? 진숙이가 걸치고 다니는 옷 모두가 고 급 브랜드이고 보면 그럼 진숙이는 재벌의 딸이란 말인가?'

"서로 아무것도 알려 하지 말자구요."

"……."

"세상에 영원한 것 없잖아요? 다시 못 만나는 일이 생기더라도 좋은 사람으로 기억하자구요. 설사 좋지 않은 감정으로 헤어진다해도 서로 원망하지 말구요."

처음 얼마동안 진숙이를 만날 때마다 그녀가 강조하던 전제조건이었다.

'더운 곳? 생각해 봤다? 그리고 귀국? 노력해 본다고…?'

수수께끼는 더욱 미궁으로 빠져들었다.

나를 무척 궁금해하면서도 물어보지 못하는 진숙임을 눈치채고 나는 단도직입으로 내 이야기를 한 적이 있었다. 아내와 두 딸이 있는 사람으로 아내와의 충돌 때문에 별거 중이며 용기가 없어 이혼도 못 하고 있는 못난이라고…. 하지만 진숙이는 못 들은 척 자신에 관해서는 굳게 입을 다물었다. 혜림이의 이야기만 넘칠 만큼 자주했었다. 혜림이의 일이라면 아주 사소한 일이라도 신이나 하거나 벌벌 떨었다. 문제가 발생할 때마다 내게 카운슬링을 부탁했고 나는 어느 순간부터 얼굴 한번 본 적도 없는 혜림이를 훤히 꿸 수 있기까지 했다.

엿들은 전화내용을 억지로 꿰어 맞추어봤다. 상대는 남편 같았다. 더운 나라에 있고 조만간 귀국할 것 같았다.

'혜림이를 위해 노력해 본다는 의미는…?'

의문이 꼬리에 꼬리를 물었지만 머리만 복잡해졌다. 복잡한 문제는 그냥 잊어버리기로 했다.

## 5

"삐릭 삐릭!"

셀폰에 문자가 떴다. 진숙이었다.

〈오늘은 자유다. 오랫동안 자기하고 같이 있을 수 있어 좋다. 야호!〉

이렇게 고삐 풀린 망아지처럼 어리광을 피우는 날이 난 더 행복했다. 나도 고삐가 풀리고 싶었지만 왠지 쑥스러움이 앞서 그러질 못했다. 그 날은 버스정류장이 아닌 체육관 옆 주차장에서 만나자고 했다. 그리고 내 차를 버려두고 진숙이의 차를 이용하자고 했다. 진숙이는 시 경계를 넘어 인천으로 향했다.

"시간이 많은 날, 자기하고 영화 한편 보고 싶었는데 어디 시간이 나 야지…. 오늘 혜림이가 친구랑 함께 늦게까지 시험 공부한다고 나보고 나가 놀다가 오라는 거야. 앗싸!"

진숙이는 신이 났다. 잡고 있던 내 손을 놓고 한 손으로 운전대를 두 들기며 콧노래까지 불렀다.

"동네 극장에는 얼굴 아는 사람이라도 있을까봐…. 동네사람들은 당신 같은 훌륭한 남편이 있는 줄 모르거든…. 당신이 내 남편인 줄도 모르고 딴지 걸까 봐."

"……."

"동네사람 봐도 별문제는 없겠지만 당신을 탐내는 사람 나타나면 안 될 거 같아서…. 당신을 우리 집 장독 뒤에라도 꼭꼭 숨겨 두고 싶어서…."

평일이라선지 극장은 텅 비다시피 했다. 객석 가운데를 점령하고 앉았다. 구석구석에 몇 커플 정도뿐인 썰렁한 관객들 앞에서 영화가 시 작됐다. 진숙이는 또 내 손을 꼭 잡았다. 나는 이내 영화에 몰입하고 말 았는데 진숙이는 가끔 내 표정을 유심히 살피는 것 같았다. 잡고 있던 손을 놓더니 팔짱을 끼고 머리를 내 어깨에 기댔다.

"자기야! 나 정말 너무 행복해."

진숙이가 내 귓전에 대고 속삭였다. 영화는 보는 둥 마는 둥 했다. 아직 스토리가 중간쯤밖에 진행되지 않았을 때쯤 진동으로 둔 진숙이의 핸드폰이 계속 떨어 울었다. 발신자 확인만 하고 전화를 받지 않던 진숙이가 거푸 벨이 울리자 하는 수 없다는 듯 슬며시 전화를 받았다.

"공항이라고? 알았어."

작은 목소리로 전화를 받고 있는 진숙이를 보고 자리를 피해줘야겠다 싶어 나는 화장실을 다녀오겠다며 벌떡 일어섰다. 진숙이가 보다 편안하게 전화를 받게 하고 싶어서였다. 전화 끊는 모습을 확인한 후에야 자리로 돌아왔다. 진숙이가 내 팔짱을 끼고 다시 내 어깨에 머리를 기댔다. 망아지처럼 나대던 진숙이가 화면으로 시선을 고정한 채 말이 없었다. 점점 영화에 빠져드나 보다 하는데 다시 진숙이의 전화기가 요란을 떨었다. 발신자를 확인한 진숙이가 슬그머니 전화를 핸드백 속에 넣었다. 그리고는 더 이상 전화를 거들떠보지 않았다. 영화가 끝날 때까지 몇 번이나 더 전화가 왔었지만 진숙이는 끝내 전화를 받지 않았다. 왜냐고 무슨 전화냐고 물으면 안 될 것 같아 진숙이가 하는 대로 내버려 두었다.

극장을 나서며 진숙이는 다시 망아지가 되어 깡총깡총 뛰었다. 무슨 좋은 일이 있는 건지 모르지만 아주 기분이 좋아 보였다. 조금은 오버하는 것도 같아 의도적이라는 느낌도 들었다.

"메밀국수 먹고 싶은데…."

진숙이가 다시 매달리다시피 팔짱을 꼈다. 근처에 메밀국수집이 보이지 않아 조금 더 멀리 이동하려하는데 메밀 소면집이 보이자 진숙이는 내 팔을 끌고 메밀 소면집으로 향했다. 손님들이 많지 않아 이내 음식이 나왔다.

"우와 맛있겠다."

진숙이가 호들갑을 떨었다. 내게 많이 먹으라며 사리하나를 건져 내 접시로 얹어주더니 갑자기 시무룩해지기 시작했다. 젓가락으로 국물에 담가 둔 사리만 휘휘 저었다.

"어서 들어. 배고프지 않아?"

"갑자기 맛이…."

나는 눈이 휘둥그레졌다. 몇 올 메밀면발을 입에 물고 있던 진숙이의 눈이 촉촉이 젖어 있었다. 결국 입에 물고 있던 면발마저 떨어트린 진숙이가 울먹이기 시작했다. 무슨 일이냐고 물었지만 대답하지 않았다. 먹는 둥 마는 둥 하다가 서둘러 메밀 소면집을 나왔다.

"미안해. 쓰잘데 없이…. 무슨 주책이람…."

진숙이는 애써 태연한 척하려 했으나 이미 분위기는 서먹해지고 말았다. 길 건너 작은 공원이 보였고 나는 진숙이의 손을 잡고 공원으로 향했다. 벤치에 앉아있는 것도 답답하다는 진숙이를 데리고 천천히 공원을 걷기 시작했다.

"여보! 이렇게 불러도 되지? 우리 호텔에서 결혼식 올렸잖아. 당신이 나 업어 신혼여행도 시켜 주었잖아."

진숙이가 잠깐 나를 쳐다보더니 다시 외면을 했다.

"황송하고 고맙지요."

좀체 긴장이 풀리지 않았다. 진숙이의 눈치만 살폈다.

"여보! 술이라도 퍼 마시며 해야 할 이야기인데 당신 술 못 마시니…."

"……."

진숙이의 이야기에 초긴장으로 신경을 집중했다.

"오늘 혜림이 아빠 귀국해. 조금 전 공항에 도착했다는 거야. 내일부터 우리는 만나지 못해."

어떤 이야기에도 놀라지 말자던 가슴이 철렁 내려앉았다.

"……."

"근데 우린 사실 이혼한 남남이야…. 이미 오래전에 이혼했는데 혜림이하고는 가끔 통화하고 있었나 봐. 혜림이에게 들은 이야기로는 새 여자가 아주 잘해 준댔어. 가끔 엄마인 내 불평도 섞어가면서…. 그런데 얼마가지 못해 헤어지더라고. 제 버릇 남 못 준다더니 금세 또 새 여자를 사귄다 했고 그 새 여자를 데리고 해외로 떠났다 했어. 이제 겨우 삼 년이 지났나?"

"……."

"이번에는 그 사람의 새 여자가 그 사람을 버린 거야. 홀딱 벗겨 거지를 만들어 버린 채 버린 거야. 알거지가 되어 오갈 데가 없어진 그 사람이 재결합을 하자는 거야……. 난 그 사람 싫어. 생각만 해도 치가 떨려……. 솔직히 그 사람의 그림자도 보기 싫은데……."

"그 사람은 전화를 걸어 혜림이를 설득하기 시작했어. 처음에는 혜림이도 펄쩍 뛰었어. 엄마 인생 아빠 인생 따로 있는 거라고."

"그런데?"

"그런데…. 피는 물보다 진한 게 맞나 봐. 반신반의하던 혜림이가 아빠에게 설득당했는지 나를 몰아붙이기 시작했어. 혜림이도 제법 컸다고 나를 이해시키려 들더라고. 나는 절대 안 된다고 일언지하에 거절했어. 아빠하고 함께 살면 공부 열심히 한다기도 했지만 그런 건 그냥 하는 소리로 들었어."

"……그런데 아빠를 국제미아로 내버려 둘 수가 없다는 거야. 한국에 와서 미아가 되도 미아가 돼야 한다는 거야. 쓰는 김에 엄마 더 써서 양보하라는 거야. 왠지도 모르게 아빠에게 집착을 하기 시작했어. 불쌍한 아빠…. 불쌍한 아빠 노래를 부르기 시작했어.”

“그 정도가 그냥 비뚤어졌다고만 할 일이 아니었어. 내가 감당하기 힘든 상태였거든. 심지어 가출도 두어 번 했어. 내 피를 말리더라고.”

“……”

“그런데 아빠하고 함께라면 다시 착한 아이로 돌아오겠다니…. 믿을 수도 없는 약속이지만 난 물에 빠진 사람이 되어 지푸라기라도 잡아야 할 형편이 된 거야. 내가 왜 사냐고 스스로 물어봤는데 혜림이가 걸리는 거야. 오랜 심사숙고 끝에 현실로 받아들이기로 했어.”

“……”

“혜림이 대학 들어갈 때까지만 함께 살 거야. 그 후에는 난 머리를 깎고 중이 될지도 몰라. 당신이 찾아 줄 수 있는 당신 집에서 가까운 산사로 출가할까?”

언젠가는 닥칠 일이라고 예견했던 일이었지만 충격이었다. 와르르 가슴이 무너지더니 온몸이 덜덜 떨렸다. 눈앞이 캄캄했다. 내 가슴이 쓰리고 내 마음이 더 아파 죽을 지경이면서도 난 진숙이를 위로해야만 했다.

“만날 때 이미 헤어질 것을 알고 있었잖아? 서로 미워하지 말자고……. 헤어질 운명이라면 다시 만날 운명도 있을 거라고 믿어야지.”

진숙이의 눈에 잠깐 눈물이 스치다 사라졌다.

“나이가 들면 사람도 변해. 어쩌면 혜림이 아빠 정말로 뉘우치며 잘할지도 몰라.”

입에 바른 소리라지만 그렇게라도 이야기할 수밖에 없었다.

“글쎄……, 사람은 근본이 있더라구. 근본은 변하질 않더라구.”

진숙이는 혜림이 아빠에게 강한 불신을 갖고 있었다.

"그렇지 않아. 나도 당신하고 오래 만나다 보면 변할 수도 있어. 당신이 가장 싫어하는 사람으로….."

다시 나를 비하하는 걸로 진숙이를 위로하려 했지만 오히려 핀잔만 들었다.

"내가 조금이라도 자기 싫어질 때까지 자기하고 함께 있었으면 좋겠다."

작은 소공원을 한 바퀴 돌고 다시 한 바퀴를 더 돌았다.

"지금쯤 집으로 오고 있을 거야. …… 내일 아침이면 …….."

"……."

"내일 아침이면……. 이제 난 당신을 더 만날 수가 없어."

"……."

"당신과 계속 만나는 것도 생각해 봤지만. 그건 아니다 싶어. 미안해. 당신을 잊어야겠어. …이해해 줘……. 아니, 이해해야 돼."

목소리가 메어지더니 돌아서 흐르는 눈물을 훔치기 시작했다. 화장기가 지워지는 검은 눈물로 얼굴은 뒤범벅이었다. 내가 손수건을 내밀자 손수건을 바닥에 팽개치더니 내 가슴에 안겨 나를 꼭 안았다.

"여보. 사랑해. 영원히…. 그리고 나 못난이라 욕 많이 해."

지나가는 사람들이 힐끔힐끔 쳐다봤지만 부끄럽지 않았다.

"나도 사랑해."

애꿎게 바닥에 팽개친 손수건을 다시 주워든 진숙이가 대충 눈물을 닦았다.

"미안해 흉한 꼴 보여서…. 가자."

팔짱을 끼며 진숙이는 주차장 쪽으로 나를 이끌어 당겼다. 그리고는 내 손을 찾아 잡았다. 주차장에 도착해서 차에 오르는 동안 내내 아프도록 꼭 잡은 내 손을 놓아주지 않았다.

## 6

그게 마지막이었다. 그렇게 진숙이와 헤어졌다.

가슴은 늘 텅 비어 쓰렸다. 진숙이가 떠오를 때마다 미치도록 보고 싶었다. 그리움이 사무쳐 가슴이 찢어지는 것처럼 아팠다. 해야 할 일이 태산 같음에도 미루기만 했다. 만사가 귀찮기만 해서 코앞에서 해결해야 할 일이 아니면 또 내일로 미뤘다. 하루의 일과가 엉망이 됐다. 종일 셀폰을 여닫으며 행여나 해보는 진숙이의 메시지는 어디에도 없었다. 답답한 마음에 메시지를 보내고 싶어 셀폰을 만지작거리다가 긴 한숨 한 줌으로 셀폰을 닫았다.

'시간이 약이라 했으니 견디자. 그리고 버티자. 잊어버리자!'

이를 악물었지만 시간이 갈수록 진숙이를 보고픈 마음은 더욱 간절해지기만 했다. 근무 중에도 늘 하는 일 없이 안절부절못했다. 정신을 집중해야 하는 일은 손도 못 댔다. 조금이라도 시간이 나지 말아야 했다. 조금의 여유라도 생기면 진숙이가 보고파서 괴로웠다. 몸뚱이를 마구 굴려 몸이 피곤해지는 일만 골라 했다. 무언가에 매달려 정신없이 움직여야만 했다. 그렇게 움직이는 동안만이라도 진숙이를 잊어버릴 수 있기 때문이었다. 미친 사람처럼 이 일 저 일에 매달려 일부러 몸을 마구 혹사했다.

'어디로 갈까? 어디로 가야 하나?'

마음의 여유가 생기는 퇴근시간이 되면 외로움은 극치에 다다랐다.

'어디로 갈까? 어디로 가야 하나?'

서성거리며 거리를 걷다가 꼬박꼬박 회비를 내고도 다니지 못하던 휘트니스클럽에 들렀다. 기구에 매달려 쉬지 않고 땀을 흘리다 보면 잠시라도 진숙일 잊을 수 있을 것 같아서였다. 지인들이 반갑게 인사를 해 주었다. 운동복으로 갈아 입기가 무섭게 열심히 매달렸다. 자학에 가깝도록 마구 기구를 당기고 들었다. 호흡이 가빠지고 땀이 쏟아져 내려 온몸이 땀범벅이 되었다.

'갑자기 무리하시는 거 아닌가요?'

옆에서 지켜보던 코치가 넌지시 말을 건네며 완급조절을 요구했다.

"오랜만에 들렀더니 온몸이 근질거려서⋯⋯."

그래도 한참을 더 열심히 기구에 매달렸다. 샤워를 하고 나자 조금은 기분이 나아지는 것도 같았다. 어쩌면 이렇게 휘트니스클럽에라도 자주 들르다 보면 진숙이를 잊을 수도 있지 않을까 싶은 생각이 들었다.

햇살이 고와 구름 한 점 없는 하늘이 너무 높아 보이던 날이었다. 또 갑자기 진숙이가 보고픈 병이 도졌다. 진숙이가 사무치게 그리웠다. 책상에 앉아 있질 못하고 현장을 한 바퀴 돌았다. 원료와 제품을 이리저리 살피며 요란하게 돌아가는 기계소리에 묻혀 어떻게든 시간을 보내야만 했다.

주머니에 넣어 둔 핸드폰이 울었다. 폴더를 열자 오! 진숙이었다. 부리나케 현장을 벗어나며 전화를 귀에다 댔다. 가슴이 마구 두근거렸다.

"여보세요."

착 가라앉은 진숙이의 목소리가 가늘게 들렸다.

"아-! 예! 예!"

나는 더듬거리기 시작했다. 그녀에게 보고 싶어 미치겠다는 이야기를 해줄 절호의 기회가 왔음에도 두근거리는 가슴을 진정하기가 더 급했다.

"내일부터 전화번호까지 바뀝니다. 새롭게 태어나려고요."

"⋯⋯."

"나도 당신 보고 싶어요. 당신은 참 좋은 사람이었거든요. 아무 이유도 없이 그냥 좋은 사람이 당신입니다. 목숨 끝나는 날까지 좋은 친구로 살다 죽고 싶은 이 세상의 단 한 사람이 바로 당신이었는데…….
견딜 수 있을지 모르겠어요. 하지만 견딜 거예요. 스스로 내 모든 일에 최선을 다해 충실하려 해요. …… 마음 잘 추슬러 정리하시고….”

“아- 예-예!.”

“…….”

진숙이가 전화를 끊으려는 순간 나는 허겁지겁 외쳤다.

“평생토록 당신을 가슴에 묻고 살 겁니다.”

급하게 한마디를 건네는데 전화가 뚝 끊기고 말았다. 맥이 쫙 풀렸다. 다리에 힘이 모두 빠져나가 후들거렸다. 한참을 그렇게 멍하니 서 있었다. 사무실로 돌아오자마자 나는 퇴근 준비를 했다.

“컨디션이 안 좋아서 병원 좀 가보고 바로 퇴근할지도 모른다.”

내 일을 거들어 주는 여직원에게만 귀띔하고 회사를 나섰다. 막상 회사를 빠져나왔지만 마땅히 갈 곳이 없었다.

‘어디로 가나? 어디에 가야 이 텅 빈 마음을 달랠까?’

휘트니스 클럽은 안중에도 없었다. 오늘 이 외로움을 달래기에는 턱도 없다 싶었다. 무작정 차에 올라 어디로 갈 것인가를 정하지도 못한 채 달렸다. 신호가 바뀌었음에도 멍하니 멈춰있는 내 차 뒤에서 라이트를 번쩍이며 경적들이 울렸다. 차선을 타고 넘었는지 옆 차선을 달리던 대형 덤프트럭이 귀가 째질 만큼의 경적을 울렸다. 어떻게 어디를 거쳐 왔는지도 모르게 진숙이와 함께 오르던 만수산자락에 차를 멈췄다. 온몸이 나른했다. 피곤하다는 느낌이었지만 피곤한 것은 아니었다. 시트를 벌러덩 제끼고 누워 눈을 감았다. 가슴이 답답해 견딜 수가 없었다. 조금씩 조금씩 가슴이 옥죄어 왔다. 그냥 앉아있다 보면 진짜로 가슴이 터져 미칠 것 같았다. 차 밖으로 튀어나갔다. 그리고 내달리

다시피 산을 올랐다. 숨이 가빴지만 멈추지 않고 단숨에 산을 올랐다. 하지만 소용없는 일이었다. 잊어지기는커녕 함께 산을 오르던 기억이 새록새록 가슴을 후벼 팠다. 이 나무 그늘에도 저 언덕 위에서도 진숙이 모습만 어른거렸다.

'잊어야 한다. 잊어야 해!'

이를 악물고 걷다가 뛰다가를 반복했다. 미치광이가 되어 산을 어둡도록 마구 헤맸다. 멀리 시가지에 가로등이 피고 나서야 조금씩 호흡이 제자리로 돌아왔다. 무수한 네온이 반짝였다.

'잊기로 했으면 잊어야지. …잊어라 잊어….'

어두워 잘 보이지도 않는 길을 터덜터덜 걸었다.

진숙이를 억지로라도 가슴에서 내쫓기로 했지 않았던가.


7


고속도로를 빠져나오면서 어느새 나는 우회전을 했다.

직진을 해야 집으로 가는 길이련만 나도 몰래 진숙이가 기다려주던 버스정류장으로 향했다. 한적한 버스정류장은 오늘도 바람만 휑하니 불었다. 저만치 아파트에서 버스정류장으로 돌아 나오는 입구에 금방이라도 진숙이가 나타날 것 같았다. 혜림이보다 더 어린애가 되어 고삐 풀린 망아지처럼 깡총깡총 뛰어 내달아 올 것 같았다. 그런데 그때 정말로 진숙이가 나타났다.

시내버스가 정차하고 진숙이가 버스에서 내려 아파트 쪽으로 걸어 갔다. 진숙이의 뒷모습을 보는 것만으로도 가슴이 마구 뛰었다. 멀찌감치 그녀의 뒤를 따랐다. 아파트로 들어가는 그 잠깐 동안만이라도 진숙이를 보고 싶어서였다. 백일홍이 만발한 화단을 돌아서는 순간 피할 겨를도 없이 진숙이가 갑자기 뒤를 돌아보았고 내 눈과 정면으로 부딪혔다.

그녀는……? 그녀는……? 진숙이가 아니었다.

그렇게 내 눈에는 진숙이만 보였다.

거리에….

마트에…….

백화점에…….

진숙이는 가는 곳마다 보였다.

버스정류장에서 맴돌았다. 플라타너스 나무 아래서 하늘을 쳐다보는데 거기 하늘에도 해맑은 진숙이의 미소가 내 시선을 따라 맴돌고 있었다.

이야기 넷

# 파랑새를 찾아서

"와장창- 창!"

놋그릇 몇 개가 부엌바닥으로 떨어져 나뒹구는 굉음부터 들렸다.

"간다고…? 누구 맘대로 가?"

바닥을 구르는 놋그릇 굉음이 잦아들면서 옹니 최씨의 고함이 뒤를 이었다. 안방 부엌대문이 슬그머니 닫히고 작은 목소리로 티격태격 다투는 소리가 들리는가 싶더니 기어코 사단이 일고 있는 모양이었다.

쇠죽을 끓이기 위해 사랑채 가마솥 부엌 앞에서 장작불을 지피고 있던 안동댁은 또 가슴이 덜컥 내려앉았다. 온몸의 기운이 쑥 빠지더니 다리부터 후들거리며 휘청거렸다. 수수 빗자루를 바닥에 깔고 퍼질러 앉았다. 장작불은 잘 붙어 막 이글거리며 타오르기 시작했다. 더 이상 불쏘시개를 넣을 필요가 없는데도 안동댁은 또 불쏘시개로 쓰는 볏짚을 한 움큼 밀어 넣었다.

"절대 못 가."

"……."

"대문 밖으로 나서기만 해 봐. 다리몽둥이를 부러트릴 거니까."

"……."

"혹시 나 모르게라도 집 나가기만 하면 처갓집 찾아가 불 확 까질러 버릴 거니까."

"……."

안방 부엌대문이 열리고 옹니 최씨가 밖으로 나서는 소리가 들렸다. 안동댁도 덩달아 벌떡 일어났다. 옹니 최씨가 보기라도 할까 부리나케 아궁이로 머리를 처박으며 활활 타고 있는 장작불을 향해 입김을 후후 불었다.

어제 밤 자정 무렵 옹니 최씨가 안동댁이 거처하고 있는 사랑방으로 슬며시 나타났을 때부터 내일 아침이면 또 한 번 사단이 일 줄 알았다. 하지만 찾아온 신랑을 그냥 돌아가라 하기에는 아직도 안동댁은 너무 젊었다. 일이 끝나는 즉시 안방으로 돌아가라고 그리도 밀어냈건만 옹니 최씨는 일 없다며 그대로 자리에 누워 잠들어 버리고 말았다. 옹니 이빨에 최가라는 별명의 옹니 최씨답게 고집 하나는 타의 추종을 불허했다. 안동댁은 옹니 최씨가 옆에 있다는 것만으로도 흐뭇하고 고마웠지만 내일 아침이면 또 일어날 사단이 걱정돼 도통 잠을 이룰 수가 없었다. 새벽 일찍 아직 어둠도 채 가시기 전, 잠에서 깬 안동댁이 사랑채 문을 열고 밖으로 나서자 안채의 민지어멈이 이미 마루에 나와 서서 사랑채를 쏘아보고 있었다.

"좀 더 자지, 일찍 일어났구먼……."

멋쩍어할 이유가 없으면서도 괜히 멋쩍은 표정으로 안동댁이 먼저 아침인사를 건넸다.

"잠이 와야지요."

앙칼진 민지어멈의 목소리에 잔뜩 화가 묻어 있었다. 안동댁은 못 들은 척 아무런 대꾸도 않으며 가마솥 뚜껑을 열고 구정물통의 구정물을 들어다 부었다. 그리고 쇠여물간에 준비해 둔 쇠여물을 한 소쿠리 퍼다가 가마솥 구정물 위에 쏟아부었다. 쇠죽을 끓이기 위함이었다. 앙칼진 민지어멈의 목소리에 신경이 쓰였던지 옹니 최씨가 부스스 사랑방 문을 열고 나왔다. 민지어멈이 마루에서 내려와 안방 부엌으로 들어갔다. 아침밥은 민지어멈의 몫이어서 아침식사를 준비하기 위해서였다. 옹니 최씨가 민지어멈을 따라 슬그머니 안방 부엌으로 들어갔다. 이어서 소곤대는 목소리의 작은 다툼이 있는가 싶더니만 스르르 안방 부엌 대문이 닫혔다. 그리고는 큰 목소리가 밖으로 새어 나오고 놋그릇이 부엌바닥을 나딩구는 소리까지 들렸다. 부엌대문까지 닫고 숨어서 하는 싸움임에도 이웃들이 모두 알 정도의 큰 고함이 계속 이어졌다.

서열 순위로 치면 정식으로 혼례를 치른 안동댁이 우선이었다. 하지만 아이를 낳지 못한다는 죄 아닌 죄 때문에 안동댁은 후순위로 밀려났고 안방을 민지어멈에게 넘겨주어야 했다. 민지를 낳고부터 유세가 더 당당해진 민지어멈에게는 주눅이 들기 시작했다. 한 발짝 물러서 살기로 했다. 서운하고 답답한 마음을 모두 접고 살기로 했다. 살림의 주도권마저도 조금씩 조금씩 민지어멈에게로 넘겨주었다.

그럼에도 불구하고 민지어멈의 시샘은 점점 더 커 가기만 했다. 옹니 최씨와 함께해야만 하는 들일마저도 민지어멈이 발 벗고 나섰다. 옹니 최씨가 안동댁과 단 둘이 있는 꼴을 보지 못하겠다는 이유 때문이었다. 결국 안동댁은 민지나 보살피며 집안일을 도맡아 하는 하녀 같은 신세로 전락하고 말았다. 이웃사람들은 그런 안동댁을 나이 들어 뒷전으로 밀려나 있는 민지어멈의 시어머니라고 놀려 대기도 했다. 사랑채를 지키며 늘 혼자 잠을 잤고 가끔은 칭얼대는 민지를 데리고 자기도

했다. 그런 안동댁이 안쓰러워서인지 옹니 최씨는 가뭄에 콩 나듯 드문
드문 안동댁을 찾아주고는 했지만 그때마다 사단이 일고 있는 중이었다.

시집온 지 삼 년이 지나도록 안동댁은 태기가 없었다. 이제나 저제
나 기다리던 시어머니가 기어코 들고 일어났다. 아들의 나이도 나이니
만큼 더 이상 기다려 줄 수가 없다는 것이었다. 안동댁을 불러 놓고 후
처를 들일 수밖에 없다는 최후통첩을 했다. 잉태를 위한 그동안의 숱한
노력이 한꺼번에 물거품이 되는 순간이었다.

목욕재계하고 성황당을 찾아 아들 점지를 빌어 본 적이 여러 수십
차례였다. 용하다는 보살님을 모시고 그저 떡두꺼비 같은 아들 하나 점
지해 주십사 하고 올린 제(祭)도 여러 수십 차례였다. 하루 다녀오기가
빡빡한 먼 곳에 있는 대흥사를 찾아 부처님에게 빌어 보기도 여러 수십
차례였다. 그리고 아들점지용 한약이며 이런저런 좋다는 약초를 모두
구해 먹어 봤지만 효험은 나타나지 않았다.

후처를 들이기로 결정이 났음에도 절대 그리할 수 없다는 신랑 옹니
최씨를 설득하는 것도 안동댁의 임무로 주어졌다. 처음에는 완강하던
옹니 최씨도 안동댁마저 후손을 위한 어쩔 수 없는 일이라고 설득하자
못이기는 척 받아들이고 말았다. 그리고 수소문 끝에 재 너머 마을, 가
난한 권 씨네 집 처녀를 혼례도 생략한 채 데리고 왔다. 골방으로 밀려
난 안동댁은 그날부터 독수공방이었다. 옹니 최씨는 시어머님의 엄명
으로 안동댁과의 잠자리를 뚝 끊었다. 몰래 안동댁을 찾았다가 시어머
님께 들켜 경을 치도록 야단을 맞기도 했다. 이리저리 씨를 뿌리다 보
면 제대로 영근 씨가 될 수 없다며 오직 새로 들인 작은 며느리에게만
정성들여 씨를 뿌리라는 것이었다. 두 달도 지나지 않아 작은댁은 아기
가 들어섰다. 시부모님은 물론 신랑 옹니 최씨도 무척 좋아했다. 고이
고이 열 달을 채워 태어난 아기는 불행하게도 딸이었다. 시부모님은 물

론 신랑 옹니 최씨의 실망이 이만저만이 아니었다. 안동댁 자신도 실망이 컸다.

시부모님은 다시 부지런히 움직이기 시작했다. 아들을 낳으려면 대문의 방향부터 달라야 한다는 풍수의 이야기대로 새로 집터를 마련하고 집을 지었다. 그리고 안동댁을 포함한 네 식구가 시부모님으로부터 분가해 새 살림을 났다. 안동댁이 함께 따라나설 수 있었던 것은 순전히 새로 태어난 딸아이를 보살피라는 시부모님의 특별배려 덕분이었다.

민지라는 딸아이의 이름은 할아버지가 지어 주었다. 정해진 호칭이 없던 작은댁은 그때부터 민지엄마로 불리어지기 시작했다. 살림을 나자마자 시어머니의 감시에서 벗어난 신랑은 다시 안동댁을 찾아주기 시작했다. 야밤을 틈타 잠깐 들러서 재빨리 일을 치르고는 서둘러 민지어멈에게로 돌아갔다. 어젯밤에는 안동댁 곁에서 온 밤을 그대로 자 버린 것이 큰 탈이었다.

옹니 최씨는 민지어멈의 투기에 강하게 반발했다. 섣불리 대처했다가는 어떤 결과를 초래할지도 모른다는 생각이 들어서였다. 사소한 일에도 민지어멈을 강하게 압박했다. 민지어멈에게 밀린 안동댁이 점점 더 초라해지는 꼴이 볼썽사납다는 생각 때문이었다. 본처가 있음에도 순전히 아기를 낳아주기 위함이라는 조건으로 살아주는 민지어멈이 고맙기도 해서 어느 한 여인만을 예뻐할 수도 내칠 수도 없는 것이 옹니 최씨의 아이러니였다.

민지를 낳고부터 민지어멈은 더 이상 순종적이지 않았다. 모든 게 형님 뜻대로 따르겠다던 처음과는 달리 사사건건 토를 달고 이의를 제기했다. 안동댁을 향해 날카로운 적의를 나타내기도 했다. 날이 갈수록 민지어멈의 세도는 당당해지고 안동댁은 날개 꺾인 새처럼 초라해져 갔다. 안동댁은 부딪치는 게 싫었다. 조금씩 조금씩 양보만 했다. 곡

간 열쇠를 넘겨주었고 돈을 보관하던 천으로 만든 전대금고를 넘겨주었고 끝내는 살림의 모든 주도권을 몽땅 민지어멈에게로 넘겨주고 말았다.

그런데도 옹니 최씨는 두 여인의 형평을 유지하려 안간힘을 썼다. 사랑방 행차는 계속되었고 그때마다 분란이 일었지만 옹니 최씨는 절대 양보할 수 없다는 강한 의지를 내 보이곤 했다. 분란이 이는 날이면 동네가 떠나갈 듯 시끄럽다가도 옹니 최씨와 민지어멈이 하룻밤을 함께 보내고 나면 다시 잠잠해졌다.

분란이 잦아지면서 민지어멈과의 사이는 점점 서먹해져 갔고 민지어멈의 늘어만 가는 강짜를 더 이상 견디기 힘든 안동댁은 평생 이렇게 살아야 한다는 것에 회의를 느끼기 시작했다. 안동댁의 편을 들어 민지어멈을 탓하는 옹니 최씨가 고맙기는 했지만 그러면 그럴수록 민지어멈과 부딪치는 냉전의 강도는 점점 더 높아만 갔다. 옹니 최씨의 입장을 난처하게 만들어 그의 입지마저 흔들고 있는 것도 오직 안동댁 자신 때문이라는 생각이 들면서부터 안동댁은 방황하기 시작했다. 그런 옹니 최씨를 위해서라도 더 이상 이 집에 머물러서는 안 되겠다는 생각이 들었다. 안동댁은 남몰래 짐을 꾸리기 시작했다. 짐이라야 옷가지 몇 벌이 전부였지만 미리 챙겨두는 것도 좋겠다는 생각에서였다.

민지어멈이 둘째를 임신해서 점점 배가 불러 오던 어느 날, 그날도 안동댁의 사랑방에서 아침을 맞은 옹니 최씨에게 민지어멈이 엉뚱한 트집을 잡아 생떼를 부리기 시작했다. 종일 민지어멈과 옹니 최씨는 고함을 쳐대며 기 싸움을 강행했다. 특별한 이유도 없이 옹니 최씨를 들들 볶아대는 싸움이었다. 옹니 최씨 역시 조금 만치의 양보도 하지 않았다. 사소한 일이라고 양보하다 보면 안동댁의 입지는 점점 더 좁아질 수밖에 없다는 옹니 최씨의 숨은 배려 때문이었다.

다음 날 새벽, 안동댁은 미리 준비해 둔 보따리를 들고 살그머니 집을 빠져나왔다. 첫 버스를 타고 무작정 멀리멀리 떠나기로 했다. 옹니 최씨에게 미리 귀띔이라도 해 줄까 하다가 또 다른 분란의 원인만 제공하는 것 같아 아무런 말없이 떠나기로 작정한 것이었다. 캄캄한 새벽 버스 창으로 스치는 낯익은 산들을 바라보던 안동댁은 자기도 모르게 찔끔 눈물 몇 방울을 흘려 내렸다.


## 1

소백산이 서쪽으로 보이는 순흥을 떠난 안동댁은 버스와 기차를 갈아타며 소백산이 동쪽으로 보이는 제천에 이르러서야 기차에서 내렸다. 혹 아는 사람이라도 만날까 전혀 연고가 없는 곳을 택하기로 한 때문이었다. 서울을 생각해 보기도 했지만 서울은 왠지 모를 두려움이 앞서 포기했다. 웬만한 촌사람은 눈감으면 코 베어간다는 곳이어서 선뜻 마음이 내키지 않았다. 우선 허기부터 해결해야겠다 싶어 역 근처의 허름한 식당에 들렀다. 허기를 채우고 나야 어디 비비고 살 곳을 알아볼 수 있지 않겠나 싶어서였다. 식당에는 곱상한 할머니 한 분이 손님을 맞고 있었다. 국말이 밥을 시켜 허겁지겁 먹었다.

"배가 많이 고팠던 모양이네요."

할머니가 먼저 말을 건네주어서 다행이었다. 어디서 왔으며 어디로 가는 중인지 왜 가는지 심문하듯 물었다. 무엇을 꼭 알고 싶어서가 아니라 별다른 이야깃거리가 없기 때문이었다.

"할머니 혼자 하시기 힘들지 않으세요?"

안동댁은 물에 빠진 사람 지푸라기 잡는 마음으로 할머니에게 부탁했고 안 그래도 사람이 필요하다는 할머니가 몇 마디 더 물어보는 것으로 면접이 끝났다. 숙식은 식당에 딸린 방에서 할머니와 함께 하며 약간의 월급마저 준다는 것이었다. 우선은 먹고 재워 준다는 것만으로도 황송하도록 고마운데 월급까지 준다니 천운이라 생각했다. 안동댁은 그날부터 자신을 순흥댁이라 칭하기로 했다. 필히 다른 사람이 되어야 하기 때문이었다. 생각보다 일이 쉽게 풀려 다행이었고 돈이 모이는 대로 깊고 깊은 산촌에 묻혀 이름 없는 여인으로 살고 싶었다.

순흥댁이 식당에 상주하면서부터 자주 오가는 여행객들은 물론 이웃 공사판 인부들까지 몰려오기 시작했다. 웬만한 농담은 한 귀로 듣고 한 귀로 흘리지만 가끔은 농담이라기보다 음담패설로 희롱하는 사람도 있었다. 심하게 치근대는 놈들과는 팔을 걷어붙이고 한판 붙기도 했다. 할머니가 중재를 하며 적당히 사람 다루는 방법을 전수해 주기도 했다. 꼭 순흥댁 때문만은 아니겠지만 식당은 날로 번창했고 할머니는 즐거운 비명을 질렀다. 월급은 전혀 손도 대지 않은 채 순흥댁이 기거하는 방 장판 밑에 깊숙이 숨겨졌다.

바쁘게 움직이다 보면 하루가 어떻게 지나가는지도 몰랐다. 눈 깜작할 사이에 한 달이 지나고 일 년도 후딱 지났다. 그동안 순흥댁이 혼자라는 걸 안 숱한 남자들이 순흥댁을 꼬드기러 무던히도 애를 썼지만 순흥댁은 호락호락 넘어가지 않았다. 세상에 그 어떤 사내놈도 절대 믿어서는 안 된다는 할머니의 철학을 굳게 믿고 따랐다. 매일매일을 그저 앞만 보고 살았다.

그런데 믿지 못할 세상에 믿지 못할 놈들만 바글대는 세상에 꽤 괜찮은 놈이 눈에 띄었다. 순흥댁에게 눈도 주지 않는 놈을 순흥댁이 먼저 좋아하기 시작했다. 의식주를 걱정하지 않아도 돼서 배가 불렀던지 아님 여기 이렇게 사는 것이 행복인 줄 몰랐는지 순흥댁은 떠나오던 날의 초심을 잊어버리고 있었다. 분에 넘치는 주제넘은 생각인 줄도 모르고 순흥댁의 눈에는 더 큰 콩깍지가 씌었다.

눈치를 읽은 놈이 빠르게 순흥댁에게 접근해 왔다. 그동안 못 본 체해 온 것도 어쩌면 놈의 교묘한 전술이었을까. 순흥댁이 아기를 가질 수 없는 석녀라고 고백하자 놈은 돌아서 회심의 미소까지 지었다. 놈은 결혼해서 아이가 둘이나 있기는 하나 아내와는 헤어져 살고 있으며 이혼한 거나 마찬가지라고 했다.

순흥댁은 이내 자그마한 방 한 칸을 얻어 살림을 차렸다. 괜찮은 놈은 아주 성실하게 보였고 잠깐 동안은 깨가 쏟아지도록 행복했다. 그해 가을 추석 무렵이었다. 괜찮은 놈이 부모님에게 다녀오겠다며 집을 나섰다. 부모님께 잘 말씀드려 다가오는 설에는 함께 가자고도 했다. 그런데 추석이 지나고 며칠이 지나도록 괜찮은 놈은 돌아오지 않았다. 이제나 저제나 기다리던 순흥댁이 혹시나 해서 옷가지를 넣어 두는 궤짝을 열어 봤다. 불길한 예감은 적중하고 말았다. 괜찮은 놈이 궤짝 바닥에 숨겨둔 돈을 몽땅 들고 튄 것이었다.

며칠 동안을 집안에만 틀어박혀 있던 순흥댁은 다시 제천을 뜨기로 했다. 산판이 벌어지고 있는 소백산으로 향했다. 목구멍이 포도청이라 먹고는 살아야 해서 산기슭 벌목장의 함바집을 찾았다. 그리고 함바집 옆에서 막걸리를 팔 수 있도록 해 달라고 했다. 자릿세를 주기로 하고 겨우 허락을 받았다. 그리고 순흥댁에서 안정댁으로 다시 태어나 살기로 했다.

산판은 오래가지 않았다. 벌채가 끝난 산판현장은 다시 다른 산기슭으로 이동해 갔다. 함바집 주인의 거절로 안정댁은 함께 따라가지 못했다. 세상살이를 어느 정도 체득한 안정댁은 다시 모진 마음을 먹고 영주장터를 찾았다. 우선은 살아야하기 때문에 난전에 푸성귀를 뜯어다 파는 일부터 시작했다. 그리고는 이것저것 닥치는 대로 돈이 되는 거라면 물불을 가리지 않았다. 하지만 돈은 뜻대로 모아지는 게 아닌 모양이었다.

풍기장에서 안정댁이 보이더니 예천장에도 나타났다. 보따리 장사를 시작한 것이었다. 혹 얼굴을 아는 사람을 만날까 하던 걱정도 날려버리기로 했다. 바람 부는 대로 물결치는 대로 살기로 했다. 장날이면 자주 마주치던 어떤 장돌뱅이 아저씨와 함께 잠을 자기도 했다. 사는 게 너무 힘들어 옹니 최씨가 사는 마을을 찾아가 멀찌감치 숨어서 옹니 최씨를 훔쳐보고 온 적도 있었다. 아이들 몇 명이 옹기종기 마당을 맴돌고 있었다. 사내아이도 보였다. 다시는 오지 않겠다고 다짐하고 또 다짐을 하며 돌아 나오는 길에는 눈물도 메말랐는지 민숭맹숭 했다.

어딘가 정착해야 하는데 정착할 곳이 마땅치가 않았다. 다시 소백산을 넘어 산으로 둘러싸인 조그만 면사무소 옆에 국밥집을 내면서 마음을 추슬렀다. 더 이상 떠돌지 않으리라는 각오를 다지면서 원래의 안동댁으로 되돌아가기로 했다. 스스로를 숨기겠다는 안정댁이라는 호칭도 버리고 원래 자신의 택호였던 안동댁으로 떳떳하게 살아가기로 했다.

운이 좋았던지 국밥집은 매일 손님들로 북적거렸다. 면사무소에서 이장회의가 있는 날이면 관내 이장님들로 문전성시를 이뤘다. 사람의 마음은 간사한 것이어서 생활이 어느 정도 안정되자 예의 그 외로움이 또 다시 안동댁을 엄습해 왔다. 멀리 산 아래 동네의 상처한 이장인 김노인이 슬그머니 접근해 오자 안동댁의 눈에 또 콩깍지가 끼기 시작했다. 김노인이 정말 괜찮아 보이는 것이었다. 하지만 아무리 괜찮은 김노인이라 해도 이미 괜찮은 놈에게 당해 본 적이 있는 안동댁인지라 이번에는 김노인의 배경까지 철저하게 조사해보기로 했다. 그런데 어떻게 알았는지 면장님마저 나서 김노인을 보증한다 하자 안동댁은 작은 망설임마저 쉽게 접고 말았다. 이내 국밥집을 닫고 김노인이 사는 산 아래 마을로 옮겨갔다.

김노인은 안동댁을 위해서라며 마을에 하나뿐인 농협구판장을 인수했다. 마침 구조조정으로 구판장을 폐쇄한다 하자 김노인이 잽싸게 뛰어든 것이었다. 안동댁은 농협구판장이라는 간판을 미니슈퍼로 바꾸어 내걸었다. 그리고 슈퍼는 국밥집보다 바쁘지 않아서 좋았다.

김노인의 자식들은 이미 모두 장성해서 결혼까지 했으며 모두 서울에 살고 있었다. 아버지 김노인으로부터 새어머니 안동댁의 소식을 접하자 자식들 모두가 부랴부랴 쫓아 내려왔다. 아버지 잘 좀 부탁한다며 새어머니 안동댁을 크게 반겨 환영해 주었다. 배앓이 한번 하지 않은 채 생긴 자식들에게 어머니로 불리우는 것만도 너무 좋은데 자식들은 수시로 찾아와 안동댁을 친어머니처럼 위로해 주었다. 안동댁이 맡고 있는 슈퍼는 부업에 불과했고 농사가 주업인 김노인은 아직도 정력을 과시하는 듯 열심히 농사를 지었다. 안동댁이 들고 난 후 처음 맞이하는 김노인의 생일에는 사위들까지 모두 참석했다. 안동댁은 허리가 휘도록 바빴지만 이게 사람 사는 즐거움이다 싶어 뼛속까지 행복으로 넘쳐흘렀다. 하루가 지나자 딸과 사위가 돌아갔고 또 하루가 더 지나자 서울 아들도 떠난다고 했다.

안동댁은 또 부산을 떨었다. 마늘, 고춧가루, 고구마, 늙은 호박 등은 아들 차 뒤 트렁크의 쌀 포대 위에 얹었다. 별로 말이 없는 아들이지만 아들의 표정만으로도 이심전심 교감이 오갔다. 사랑한다는 말을 되뇌는 것은 아니지만 그 이상으로 아들의 진심을 읽을 수 있는 것도 안동댁의 행복이었다. 이제 나이 예순이 넘어가고 보면 살 만큼은 살았다 싶기도 한데 아들이 양지쪽 산마루에 모셔두고 자주 찾아 줄 거라고 사후문제까지 거론해 주어서 닭똥 같은 눈물을 펑펑 쏟기도 한 안동댁이었다.

아들 내외가 차에 오르다 말고 다시 안동댁에게로 다가왔다.

"어머니 고마워요."

"고맙기는……. 부모 자식 간에 고마울 일 뭐 있겠나. 고맙기로는 내가 더 고마울 뿐….."

안동댁을 꼭 안아 주는 아들 내외의 가슴이 너무 따듯해서 안동댁은 또 한 번 찔끔 눈물이 솟구치는 것을 억지로 참았다.


2


읍내를 출발해서 산 아래 마을인 가리점을 왕복하는 마지막 시내버스가 손님들을 내리고 다시 시내를 향해 돌아갔다. 미니슈퍼를 지키고 있는 안동댁의 하루도 저물어 문 닫을 시간이 임박해 왔다. 해가 기울면 어둠은 빠른 속도로 다가왔다. 혹 누군가가 여기 이 미니슈퍼에 들러 소주잔을 기울이지 않는 한 미니슈퍼는 문을 닫아야 하는 시간이었다. 멀리 마을과 마을사이 골짝으로 어렴풋한 가로등이 희미하게 빛났다.

버스에서 내린 몇 안 되는 손님들이 산 아래 마을로 모두 뿔뿔이 흩어진 뒤 도시사람 냄새가 물씬 풍기는 노인 한 분이 슈퍼 안을 기웃거렸다. 뭘 찾는지 안동댁은 궁금했으나 필요하면 들어와서 골라 사겠지 싶어 모른 채 그대로 자리에 앉아 있었다. 유리창 너머로는 어둠이 점점 더 짙어지고 있었다. 노인이 슈퍼 문을 밀고 슬그머니 안으로 들어섰다. 어디서 많이 본 것도 같은 사람이었지만 그동안 한두 번 다녀간 손님이겠거니 싶었다. 노인은 진열대 앞을 서성거리며 기웃거리더니 오징어포와 소주 한 병을 집어 들고 계산대 앞의 안동댁에게로 다가왔다.

"혹시 안동댁이라고⋯⋯?"

안동댁을 바라보며 말을 건네 오던 노인의 눈이 휘둥그레 커졌다.

"⋯⋯아! ⋯⋯ 맞구면!"

"⋯⋯? 아~!"

노인과 얼굴을 마주한 안동댁도 화들짝 놀라고 말았다. 노인은 옹니 최씨였기 때문이었다. 어떤 말부터 어떻게 해야 할지를 몰랐다. 이 나이에도 반가운 사람을 만나면 가슴이 뭉클해 온다는 것도 신기했지만 이 사람이 반가운 건 또 뭔 일이란가 싶었다.

"오랜만이네! 정말 오랜만이야!"

옹니 최씨가 다시 말을 건넸다.

"그러네요. 그런데 여기는 어떻게⋯⋯?"

안동댁은 일부러 건성대답을 하며 슬며시 의자에서 일어섰다. 옹니 최씨는 많이 늙어보였다. 그런 옹니 최씨의 얼굴을 보며 안동댁은 갑자기 관심도 없던 자신의 얼굴이 어떤가가 궁금해졌다.

'나도 무척 늙어 보이겠지?'

무척 많이도 반갑다는 옹니 최씨의 시선을 의식하며 안동댁은 잠깐 동안 가슴이 팔딱팔딱 뛰었다.

"커피라도 한잔 내 올까요?"

서먹해지는 순간을 메우려고 안동댁이 주방 쪽으로 돌아서자 옹니 최씨는 강하게 손을 내저으며 만류했다.

"여기서 그냥 이 오징어포에다 소주 한잔해도 될는지⋯⋯?"

계산대 옆에 놓인 탁자 위에 오징어포 비닐포장을 찢어 놓으며 옹니 최씨는 안동댁의 눈치를 살피는 것 같았다.

"괜찮지요. 괜찮구 말구요."

안동댁이 소주잔을 몇 개 꺼내 왔다. 탁자에 마주 앉아 한 잔씩의 소주를 따랐고 소주 한 잔을 홀짝 마신 옹니 최씨가 말을 이어갔다.

"내 죽기 전, 한 번만이라도 안동댁 당신을 꼭 만나 봐야겠다 싶어서……."

"……그게 뭔 소리라여. 아무 소용도 없는 일인데….."

두 번째 소주잔을 들어 꼴깍 삼킨 옹니 최씨가 다시 말을 이었다.

"죽기 전 안동댁 당신을 만나 미안하다는 한마디 말이라도 꼭 해야 할 것 같아서……."

"……미안할 거 없수다. 누구의 죄도 잘못도 아닌 운명인 것을….."

옹니 최씨는 단도직입적으로 이야기를 이어갔다.

"민지어멈의 강짜를 못 말리고 당신을 떠나게 한 내 큰 잘못을 당신 죽기 전에 꼭 사과해야 한다는……그렇지 않으면 내 편히 눈감을 수 없을뿐더러……."

옹니 최씨가 또 한 잔의 소주를 꼴깍 삼켰다.

"당신을 찾기 위해 백방으로 수소문했지요. 너무도 찾기 힘들어 못 찾으려나 했는데 이렇게 만날 수 있게 된 것만도 하나님께 감사드리고 싶네요."

"모두 지나간 이야기입니다. 당신 원망해 본 적도 없으니께 사과할 일도 미안해할 일도 없습네다."

사실이 그랬다. 그동안 옹니 최씨는 물론 민지어멈도 원망 한번 해 본적 없는 안동댁이었다. 이 모든 게 자신의 운명인 것을 스스로가 풀어 나갈 인과응보의 매듭이라고만 생각했었다.

"언제 바깥양반이 돌아올 지도 몰라 바깥양반 없는 틈에 뜬금없이 이렇게라도 두서없이 지껄이는 겁니다."

　호랑이도 제 말하면 나타난다더니 그때 안동댁의 남편인 김노인이 슈퍼 문을 열고 들어섰다.

　"이제 오는 거유. 고생 많으셨수."

　안동댁이 일어서며 반겨 맞았다. 옹니 최씨도 엉거주춤 일어서며 김노인을 마주했다.

　"앉으셔요. 앉으셔……."

　김노인은 그냥 소주 한잔하는 손님이려니 하는 모양이었다.

　"우린 신경 쓰지 마시고 천천히 한잔하셔요."

　가게 안쪽으로 들어간 김노인이 대충 씻고 다시 가게로 돌아 나왔다. 그동안 안동댁은 물론 옹니 최씨는 꿀 먹은 벙어리가 되기나 한 것처럼 침묵만 흘렀다.

　"저어기 주인어른……."

　옹니 최씨가 김노인을 불렀다. 소주 한잔 같이 마시자는 것이었다. 김노인은 손사래를 쳤지만 옹니 최씨는 기어코 김노인을 탁자 앞에 앉혔다.

　"어디서 오셨수? 얼굴이 익지 않은 분이셔서……?"

　"……저 말입니까? ……말씀드리면 쉽게 아실 거요. 저하고 통화도 했지 않으십니까?"

　"……통화를 했다구요? 누구시더라……?"

　김노인이 소주잔을 들어 홀짝 마시고 다시 잔을 채워 옹니 최씨에게로 내밀었다.

　"……저 안동댁을 찾던 사람입니다."

　"……아!"

　순간 전화에 대고 안동댁을 찾아야 하는 애타는 사연을 구구절절 풀어놓던 어떤 노인에 관한 기억이 번쩍 뇌리를 스쳐 지났다. 김노인이 옹니 최씨의 손을 덥석 잡았다.

"잘 오셨수. 안 그래도 내 이제나 저제나 하던 중이었수."

옹니 최씨를 반기는 김노인의 표정이 진지했다. 무슨 영문인지 도대체 짐작이 가지 않았다. 서로 잘 알고 있던 사이란 말인가? 안동댁은 어리둥절했다. 밖은 이미 칠흑처럼 어두워졌고 슈퍼 앞마당의 가로등 하나만 희미하게 빛나고 있었다.


3


김노인이 옹니 최씨의 전화를 받은 날은 지난 일요일이었다.

오늘이 금요일이니 겨우 닷새 전의 일이었다. 마침 무료한 시간이어서 잘못 걸린 전화가 아닐까 하면서도 심심풀이 삼아 응대해 주던 참이었다. 시답잖은 놈 귀신 씨나락 까먹는 소리 하고 있다는 생각이 들었지만 그래도 건성건성 재미 삼아 대답했다. 이장인 김노인에게 안동댁이라는 할머니가 그 동네 사느냐고 물어보는 평범한 전화였는데 안동댁이 이 동네에 산다고 하자 갑자기 안동댁에게 지대한 관심을 보였던 것이었다. 듣다 보니 이게 뭔 소린가 싶어 은근히 신경이 곤두섰다. 상대는 진지한 톤으로 왜 안동댁을 찾아야 하는지를 설명하기 시작했다. 몰래 스스로 집을 나간 본처인 안동댁을 죽기 전 딱 한 번만이라도 꼭 만나야 하며 만나면 반드시 머리 숙여 용서를 구해야만 편히 눈감을 수 있다는 이야기였다. 다리힘도 점점 떨어져 이러다 바깥출입이 불가해지면 영영 찾아 나설 수도 없을 것 같아 초조하다는 이야기도 덧붙였다.

길게 통화하는 사람이 질색인 김노인이면서도 아주 길게 통화했다. 건성건성이던 김노인의 가슴이 찡했다. 애틋한 옹니 최씨의 사연을 듣다 보니 이미 하늘나라로 간 마누라의 모습이 떠오르기도 했다. 어쩌면 안동댁을 위해서라도 좋은 일이라 생각이 들자 김노인은 쾌히 승낙했고 속히 찾아오라며 채근까지 했다. 이제 얼마를 더 살다가 죽어갈지도 모를 두 노인네는 서로의 이야기에 쉽게 공감했다. 사과하고 용서 받아야 한다는 옹니 최씨의 염원은 아내에게 못해 준 일만 떠오르는 김노인의 후회와 일맥상통하는 건지도 몰랐다.

"자, 일어서 안으로 듭시다. 여기 이 불편한 자리보다 안으로 들어 편하게 더 이야기합시다"

김노인이 서둘러 가게 문의 셔터까지 내리고 망설이고 있는 옹니 최씨를 안으로 끌고 들어갔다. 안동댁은 담담하게 두 노인의 이야기를 듣기만 했다.

"여보! 손님 저녁대접은 해야 하지 않겠소. 이 산촌에 반찬 없는 밥이라도 한 끼 함께합시다."

그냥 이대로 조금만 더 앉았다가 돌아가겠다는 옹니 최씨를 눌러 앉히며 김노인은 안동댁을 돌아봤다. 안동댁은 아무런 대답도 없이 주방 쪽으로 향했다.

"우리 집 원래의 내 본처는 10년 전 위암으로 먼저 하늘나라로 갔소."

소주병을 거실 탁자 위에 놓고 마주한 김노인이 먼저 말문을 열어 서먹한 분위기를 풀어 나갔다. 아내를 선산 양지바른 곳에 묻어주고 나서야 살아생전 못해 준 일들이 주마등처럼 떠오르더라고 했다. 날이 갈수록 새록새록 후회와 회한의 시간을 보내며 홀로 찔끔찔끔 눈물도 많이 흘렸다는 이야기로 말문을 이어갔다. 다행히 동네 이장을 맡고 있어 이장회의 차 면사무소에 가는 날이면 눈여겨봐 두었던 안동댁의 식당부터 들렸고 삼고초려보다 더한 노력으로 안동댁을 만난 이야기까지 소상하게 털어놓았다. 전처에게 못해 준 많은 아쉬웠던 일들을 이 안동댁에게는 꼭 해주고 싶다는 심중의 이야기도 덧붙였다. 옹니 최씨가 그렇게도 보고 싶었던 안동댁이라면 김노인 역시 안동댁은 소중한 영원한 반려자라는 것을 강조한 셈이기도 했다.

"당신이 한 번만이라도 보고 싶다는 것은 충분히 이해하지만⋯⋯."

김노인이 말끝을 흐리고 있는 중에 주방의 안동댁이 저녁준비가 다 됐음을 알리며 김노인을 불렀다.

산촌의 반찬은 푸짐했다. 고추장에 묻어 두었었다는 더덕지의 향이 입 안을 맴돌아 코까지 번져 왔다. 옹니 최씨는 연신 반찬 칭찬을 했다. 김노인이 덩달아 맞장구를 쳤다. 이미 두 병의 소주를 나눠 마신 노인네들이 저녁상도 물리지 않은 식탁에서 다시 소주 한 병을 더 땄다. 옆에는 여분의 소주 몇 병이 더 놓여있었다.

"민지어멈이 노망이 났어."

옹니 최씨가 안동댁에게 민지어멈 이야기를 꺼냈다.

"가끔 큰엄마가 보고 싶다고 해⋯⋯. 정신이 살짝 돌아올 때는 많이 잘못했다고 잘못을 사과하고 싶다고도 하고⋯⋯."

"잘못한 것도 사과할 일도 없네요."

안동댁은 담담하기만 했다. 이제 그만 돌아가야겠다고 일어서는 옹니 최씨를 술이 거나한 김노인이 붙잡았다. 시간은 이미 자정을 훌쩍 넘고 있었다. 이상한 자격의 손님이지만 손님과 주인이 의기투합해 지껄이는 푸념은 엉뚱한 곳으로 비화했고 대화의 중심에서 밀려난 안동댁이 드디어 앉은 채로 졸기 시작했다. 눈치를 챈 옹니 최씨가 자리에서 일어섰다. 현관문을 열자 초저녁에는 별이 총총하던 하늘이었는데 비가 내리고 있었다.

"이제 이 나이에 뭐 부끄러울 게 있겠소? 우리 저 안방 하나밖에 없는 단칸방이지만 여기서 살짝 눈 붙이고 내일 새벽 첫차로 떠나슈. 지금은 모든 차편이 다 끊어져 없을 거요."

콜택시를 불러 떠나겠다는 옹니 최씨를 김노인은 또 한 번 더 만류했다.

김노인이 자리를 깔았다. 안동댁은 몹시도 난처해했으나 김노인의 의사를 거스르지는 않았다. 안동댁은 김노인을 가운데로 밀어 넣었다. 옹니 최씨와 자신은 김노인을 중심으로 각각 반대편에 누워야 할 것 같아서였다. 술이 좀 과한 탓인지 김노인은 안동댁이 가운데서 자야 한다고 했다. 김노인의 이야기라면 절대적으로 순종적이던 안동댁이 벌컥 화를 냈다. 주춤하던 김노인이 술김이어서인지 고집을 피기 시작했다. 이 나이에 기껏 손잡고 자는 것이 행복일진대 그까짓것 양손 잡고 하룻밤 잔다는 것이 대수냐는 것이었다. 입장이 더 곤란해 진 옹니 최씨가 일어서서 주춤거렸다. 난처해 진 안동댁은 더 소란해지는 것이 두려워 가운데 자리에 눕기로 했다. 아무리 배려를 하고 친절을 베푼다 해도 너무한다는 생각이 들었지만 안동댁은 그냥 김노인이 하자는 대로 하기로 했다. 하기야 두 노인네 모두 남성 구실은 못 할 거라는 것을 충분히 알고 있긴 하지만 그래도 이건 아니다 하는 생각이 계속 머리를 맴돌았다.

"이번이 마지막이요. 다시 당신이 찾아온다면 그때는 안면몰수하고 반대할 거요. 만남 자체만도 안 된다는 거란 말입니다."

김노인이 잠꼬대처럼 중얼거렸다. 거나하게 취한 옹니 최씨는 이미 잠들었는지 아무런 대꾸도 하지 않았다. 하지만 안동댁은 쉽게 잠들지 못했다. 쏟아지던 졸음이 막상 자리를 깔고 눕자 오히려 눈이 말똥거리기 시작했다. 어느 한쪽을 보고 눕기도 곤란해서 똑바로 누워 천장만

쳐다보고 있었다. 허리에 좀이 쑤셔 어느 쪽으론가 돌아눕고 싶어졌지만 어느 쪽을 향해 돌아 누워야 할지가 고민이었다. 허리가 점점 더 아파오자 결국 안동댁은 김노인을 향해 돌아누웠다. 술을 제법 많이 마신 탓인지 뒤편의 옹니 최씨가 코를 달달 골았고 김노인마저 이내 따라 코골이를 시작했다.

옹니 최씨가 심한 갈증을 느끼며 눈을 떴을 때는 아직도 캄캄한 새벽이었다. 깊은 잠에서 깨어나 눈을 뜨고 주위를 살폈으나 여기가 어딘지를 쉽게 알 수가 없었다. 어둠 속에서 낯선 물체들의 윤곽이 조금씩 드러나자 그제야 옹니 최씨는 어젯밤의 일들이 어렴풋이 머리에 떠올랐다. 무엇보다도 김노인의 배려가 고맙다는 생각부터 들었다. 찬찬히 주위를 살펴보던 옹니 최씨는 바로 옆에 잠들어 있는 안동댁을 발견하고는 화들짝 놀랐다. 곤히 잠든 안동댁의 한쪽 팔이 자신의 허리에 얹혀 있는 것이었다. 살며시 안동댁의 팔을 들어 내리고 살그머니 일어났다. 그동안 미안하고 또 미안했던 안동댁이 이런 좋은 사람을 만나 잘 살고 있는 모습을 본 것만으로도 마음이 푹 놓였다. 살금살금 자리에서 일어나 밖으로 나왔다. 비가 갠 맑은 새벽공기가 훅 스쳐와 가슴을 시원하게 훑고 지났다. 옹니 최씨는 정신을 가다듬으며 읍내를 향해 난 큰길을 따라 조심조심 걷기 시작했다. 중간에 택시를 만나면 다행이고 읍내까지 걸어간대도 그게 무슨 대수인가 싶었다.

"김노인, 참말로 고맙수."

옹니 최씨는 혼잣말로 중얼거렸다.

"그리고 안동댁, 너무도 죄스러웠던 내 진심이 조금이라도 당신에게 전해졌다면 그것도 참 고마운 일이요."

"잘 살고…… 잘 지내시유, 안동댁!"

서쪽 하늘의 샛별이 아직도 반짝반짝 빛나고 있었다.

이야기 다섯

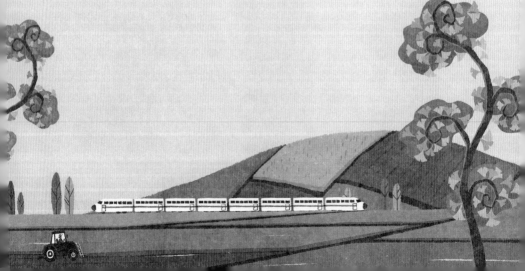

# 필 며느리 고부열전

혼자 외출할 때가 되었는데도 시어머니는 꼭 함께 외출하기를 고집했다.

가까운 시장구경도 하고 여유롭게 주변 산책을 하며 시간을 보내고 싶은데 시어머니는 늘 내 뒤를 쫓아다녔다. 처음에는 아직 한국 물정에 익숙하지 못한 때문이라 생각했지만 눈 감고 다닐 수 있는 거리의 홈플러스에도 꼭 함께 다녀야 하는 시어머니의 의중을 알고부터는 점점 시어머니가 부담스러워지기 시작했다. 애정으로 알고 있던 시어머니의 동행이 감시로 느껴지는 것이었다. 홈플러스에서 만난 테스라는 필리핀 새댁을 만나고부터는 시어머니의 동행이 애정이 아닌 감시라는 확신으로 다가와 가슴이 찡하고 아팠다.

테스는 신랑과 단 둘이 살고 있었다. 이웃에 시댁이 있다 했지만 나처럼 시시콜콜 시어머니의 간섭을 받으며 외출하고 있는 것 같지는 않았다. 아직도 아기가 없다며 재촉하는 시어머니의 간섭만 없으면 아무런 문제가 없다고 했다. 시어머니를 시험해 보고 싶었다.

테스가 만나자고 해 잠깐 외출해야 한다고 말씀드리고 집을 나서려는데 시어머니가 함께 간다며 따라나섰다. 마침 찬거리도 사야 해서 잘됐다는 것이었다. 테스와 함께 필리핀 음식을 먹으러 가기로 했다고 하자 시어머니는 눈을 동그랗게 떴다. 어이없는 쪽은 난데 시어머니가 더 어이없어하는 표정이었다. 시어머니가 찬거리를 사고 또 한 바퀴 매장을 돌아오더니 테스는 아직도 오지 않았느냐며 닦달을 했다. 조금 더 기다려 본다 하자 시어머니도 함께 기다린다고 했다. 테스가 오면 그때 돌아가겠다는 것이었다. 테스에게 전화를 걸었다. 테스는 낮잠을 자는 중이라고 했다. 출발하지 않았다는 내 대답을 들은 시어머니는 아직도 집에 있을 거면 다음에 만나라며 내 손목을 잡아끌었다. 기분이 확 구겨졌다. 그런 내 기분을 눈치챈 모양이지만 시어머니는 기어코 나를 잡아끌고 집으로 돌아왔다.

나 혼자만의 외출은 언제라도 반대한다는 것을 알았고 결코 허락하지 않겠다는 것도 알았다. 저녁에 돌아온 태규 씨에게 마구 퍼부어 댔더니 혼자 나가 길 잃을까 걱정이 돼서라며 오히려 시어머니를 두둔했다. 당신들 말에 의하면 치안이 불안하다는 필리핀에서 친구들과 부대끼며 대학까지 나온 어린이가 아닌 내가 아닌가. 이대로는 안 되겠다 싶어 용기를 냈다. 나 혼자 외출해도 별일 없음을 보여주기로 했다. 다음 날 아침 테스에게 전화를 걸었다.

"Hello….."

"This is me. Cesilia."

전화를 받은 테스는 바로 홈플러스로 나왔다. 시어머니가 혼자 하는 외출을 극구 말렸지만 나는 아랑곳하지 않았다. 그래도 다녀오겠다는 공손한 인사는 빼먹지 않았다. 문을 박차고 나서면서 살펴본 시어머니의 놀란 표정이 걱정스럽기는 했다. 하지만 조금도 개의치 않고 테스와 점심을 먹었고 동네 근처를 돌아다녔다. 오랜만에 즐거운 시간을 보내다 오후 늦게 집에 도착하자 시어머니가 이웃에 다녀오는 길이라며 뒤따라왔다. 그런데 시어머니의 표정에서 어딘가 모를 이웃이 아닌 내 뒤를 따라다니다 놓쳤다는 느낌이 들어 개운하지 않았다.

퇴근한 태규 씨와 시어머니가 뭔가 소곤거리는 모습을 보았다. 큰소리로 해도 짐작만 할 뿐 아직 한국말을 알아듣지 못할 텐데 오늘 낮 외출했던 내 험담을 하는 것 같아 영 기분이 별로였다.

잠자리에 들려는 순간 바기오의 친정어머니로부터 전화가 걸려 왔다. 마침 기분이 별로 좋지 않던 터라 한국생활의 섭섭한 이야기들만 주저리주저리 털어놨다. 듣고 있던 친정어머니가 이웃으로 결혼시킬걸 잘못한 것 같다며 아쉬워했다. 제 풀에 깜짝 놀라 다시 태규 씨가 잘해 주며 시어머니도 친딸 이상으로 잘해 주는데 괜한 내 앙탈이라고 이야기했으나 친정어머니는 믿어주지 않는 것 같았다. 통화를 마치고도 이런저런 일로 밤새 마음이 편치 않았다.

유일한 친구인 테스하고는 자주 만났다. 근처에 있는 테스의 집을 방문하기도 했다. 그때마다 시어머니는 행선지를 꼬치꼬치 물었고 이동시간까지 계산해 가며 내 외출을 체크했다. 태규 씨도 은근히 잦은 내 외출을 걱정하는 눈치였다. 방문해서 가르쳐 주던 한국어 교육이 고급과정으로 올라가면서 센터에 나가 받게 되자 시어머니는 그 외출시간도 체크하는 것 같았다.

'도대체 언제까지 내 외출을 감시하려는 걸까? 이유는 뭘까?'

길을 잃을지 몰라서라는 이유는 이해되지 않았다. 괜한 은근한 반감이 일기 시작했다. 더 많은 외출을 시도하기로 했다. 필리핀 교민들의 모임에도 나가고 교회도 나갔다. 일부러 늦게 돌아오기도 했다.

테스의 남편이 늦게 퇴근한다는 날이었다. 홈플러스에 바람이나 쐬고 온다며 집을 나선 나는 홈플러스를 한 바퀴 돌아 테스의 집으로 향했다. 마침 테스는 시니강이라는 필리핀식 스프를 준비하고 있었다. 오랜만에 필리핀 음식도 먹어 볼 겸 자리에 눌러 앉았다. 바기오와 산 페르난도를 오가며 공부했다는 테스의 고생담을 들어가며 시간을 보냈다. 시어머니로부터 몇 번인가 전화가 걸려 왔지만 받지 않았다. 저녁을 먹고도 이내 돌아갈 생각을 하지 않았다. 사정을 잘 아는 테스가 오히려 걱정이 돼 빨리 돌아가라 했지만 조금만 조금만 더 있다 가겠다고 밍그적거렸다. 태규 씨에게는 조금 늦을 거라는 말이라도 해야 할 것 같아서 전화를 걸었더니 마침 태규 씨는 회식이 있어서라며 늦게 퇴근할 거라 해서 불행 중 다행이라는 생각이 들었다. 10시가 넘어 테스의 남편이 퇴근해 돌아오자 부득이 나도 집으로 돌아가야 했다. 일부러 늦게 돌아가는 것이기는 하나 마음이 편치 않았다. 시어머니의 잔소리는 각오하기로 했다. 아파트 계단을 오르면서는 가슴이 마구 두근거려 진정하기 힘들었다. 5층에 이르러서도 한참을 망설였다.

아파트 현관문을 따고 들어서자 약이 잔뜩 오른 시어머니가 주루룩 달려 나왔다.

"I am sorry. So late."

시어머니가 알아듣지는 못해도 나처럼 대충의 말뜻은 이해는 할 거라 짐작했다. 하지만 시어머니는 들은 척도 하지 않았다.

"너 좀 이리 와 봐."

내 손을 낚아채 당겨 거실로 끌어들였다. 그리고는 내 등짝을 세차게 후려쳤다. 나는 화들짝 놀랐다. 내가 잘못한 줄 알고는 있었지만 시어머니가 설마 이 정도로 화가 나 있으리라고는 전혀 예상하지 못했다.

"Sorry, so sorry, sir…."

나는 두 손을 들어 싹싹 빌었다. 말이 통하지 않으니 내 입장을 설명할 길이 없어서 그냥 이렇게라도 순간을 모면해야겠다는 생각에서였다. 잠깐 동안을 길길이 뛰기는 했지만 시어머니는 이내 한숨을 길게 내쉬며 당신의 방으로 들어갔다. 태규 씨는 아직까지 귀가하지 않고 있었다. 내 방으로 돌아오고 나서야 이런저런 서러움이 폭발했다. 눈물이 왈칵 쏟아졌다. 목놓아 마구 울고 싶었지만 옆방 시어머니를 의식해 그러지도 못했다. 거의 자정이 가까워서야 태규 씨가 돌아왔다. 현관으로 들어서는 태규 씨를 붙잡고 시어머니는 주절주절이 화풀이를 했다.

"왜 그래? 또……."

항상 내 편인 것은 아니지만 그래도 내 입장을 잘 이해해 주는 태규 씨가 괜한 어머니의 트집이라는 듯 가볍게 받아 넘겼다. 태규 씨가 방으로 들어오자 나는 또 한 번 왈칵 눈물을 쏟아냈다.

"넌 또 왜 그러니?"

태규 씨에게서 술 냄새가 확 풍겼다.

"참지 그랬어."

참으라는 말이 귀에 쏙 들어왔다.

'아니, 뭘 참으라는 거야.'

나는 벌떡 일어났다. 그리고 핸드폰의 번역기능을 펼쳐 들었다.

"I will back home at once. I will go back to Pillippenes."

태규 씨가 살며시 끌어당겨 안고 내 등을 토닥거렸다. 나는 그런 태규 씨를 홱 뿌리치고 벌떡 일어났다. 내가 잘했다는 것은 아니면서도 큰 잘못을 저지른 것도 아니라는 생각이었다. 베개를 집어 들고 거실로 나갔다. 거실 소파에 드러누워 있는데 시어머니가 빠끔히 내다보더니 혀를 끌끌 차며 문을 닫았다. 못 본 체 욕실로 들어가 씻고 나온 태규 씨가 나를 흔들어 일으켰다.

"침대에 가서 자."

나는 아무런 대꾸도 않았다. 태규 씨가 또 한 번 내 등을 토닥이며 나를 번쩍 들어 올렸다. 내 방 침대까지 성큼성큼 걸어 들어간 태규 씨가 나를 침대에 던지듯 내려놓더니 자신의 베개를 들고 다시 거실로 나 갔다.

다음 날 아침부터 나는 식사를 거르기 시작했다.


1


어젯밤 11시에 바기오 터미널을 출발한 버스는 오늘아침 6시가 조 금 지나서야 마닐라의 파사이에 도착했다. 한국에서 출발한 신랑감을 만나러 마닐라 공항으로 가는 길이었다. 버스를 타고 오는 긴 시간 내 내 눈을 감은 채 의자에 기대어 잠을 청했지만 잠들어 있지는 못했다. 마닐라의 파사이 터미널에 도착할 새벽 무렵에야 깜박 잠이 들었다가 깼다. 함께 출발한 옆자리의 비키는 내 어깨에 기댄 채 깊게 잠들어 있 었다. 비키는 신랑감을 이미 잘 알고 있는 때문인지 담담해 보였다. 신 랑감을 처음 만나는 나만 가슴이 뛰는 모양이었다.

화장실에서 엉클어진 머리를 대충 매만지며 고양이 세수를 했다. 가벼운 지갑 때문에 싸구려 식당을 찾아 아침식사를 해야 했고 식사를 마치는 대로 다시 마닐라 공항으로 이동해야 했다. 택시를 타고 서둘러 공항으로 향했다. 해외여행은 꿈도 꾸지 못하는 형편이라 국제공항에 들르는 것도 처음이었다. 아직 시간이 많이 남아 있었으나 입국 게이트 앞에 진을 쳤다. 별다른 할 일이 없어서였다.

비키의 신랑과 내 신랑이 될 한국 남자는 친한 친구지간이었다. 비키가 맞선을 보는 자리에 동석했던 내가 나도 한국으로 시집가고 싶다는 의중을 내비치자 한국으로 돌아간 비키의 신랑이 내게 그의 친구를 소개해 주었던 것이었다. 우리는 채팅으로 의사소통을 했다. 번역기능이 있는 앱을 이용한 채팅이라 엉뚱한 문장이 뜨기도 했지만 번역기능이 완벽하지 못한 때문이라 서로 각자 알아서 이해했다. 그리고는 이내 뜨거운 사이로 발전했고 결혼까지 약속하기에 이르렀다. 오늘은 그런 그가 비키의 신랑감을 따라 처음으로 필리핀을 방문하는 중이었다.

비행기가 도착했다는 알림이 뜨자 내 가슴의 방망이질은 더욱 요란해졌다. 콩닥거리던 심장이 쿵쾅거리기 시작했다. 하지만 거의 한 시간이 지나도록 신랑감들이 나타나질 않았다.

'오늘 아침에도 분명 인천 공항에서 출발 중이라는 전화를 받았는데….'

왜 그리 시간이 길고 지루한지 쓸데없는 걱정으로 시간을 보냈다.

"비키. 혹시 안 오는 건 아니겠지?"

"걱정 마. 세실리아. 수속이 길어질 수도 있다고 했어."

그때 비키의 숄더백에서 셀폰이 울었다.

"Hello. Hello….."

셀폰의 목소리가 비키의 바로 등 뒤에서 들렸다. 셀폰을 든 길쭉한 키의 비키 신랑감과 또 한 사람 통통한 남자가 함께 서 있었다. 통통한 남자 그가 내 신랑감이었다. 비키가 길쭉한 남자를 포옹하며 반가워하는 동안 통통한 남자는 뻘쭘하게 서서 슬쩍슬쩍 나를 훔쳐보고 있었다. 내 신랑감은 영어를 잘 못한다고 했다. 포옹을 풀고 난 비키의 신랑감이 나섰다.

"이쪽은 이태규. 그리고 이쪽은 세실리아."

내 신랑감이 영어를 잘 못한다는 것은 이미 채팅을 통해 알고 있었지만 그래도 가슴이 찡하도록 아쉽고 서운했다.

"Very pleased to meet you."

쭈빗거리는 신랑감에게 내가 먼저 손을 내밀었다. 나보다 한참이나 나이가 많은 신랑감은 멋쩍게 내 손을 잡았다. 내가 오히려 잡고 있는 그의 손을 힘주어 흔들었다. 아무 말도 하지 않은 신랑감이었지만 나이에 비해 아직도 순진한 것 같아서 좋았다.

택시로 파사이까지 이동해 터미널 근처에서 간단하게 점심을 먹었다. 신랑감들이 끌고 다니는 무거운 여행 가방이 거추장스러워 짧은 거리의 이동도 무척 불편했다. 땀을 뻘뻘 흘리는 내 신랑감은 화장실을 뻔질나게 드나들었다. 그때마다 화장실 입구까지 따라가 3페소의 돈을 지불했고 그가 나올 때까지 남자 화장실 입구에서 그를 기다려야 했다. 해외여행이 처음이라는 내 신랑감은 일행들과 떨어진다는 걸 무척 불안해하는 것 같아서였다.

버스에 오르면서 내 신랑감은 비로소 긴장이 조금 풀리는 것 같았다. 말이 통하지 않아 어색하게만 앉아 있는 신랑감의 손을 내가 슬며시 잡았다. 그의 얼굴이 잠깐 빨개지는 걸 눈치로 알았다. 버스가 출발하자 신랑감은 바깥풍경에 몰두하기 시작했다. 야자수를 유심히 보는 것 같았고 벼 베는 논 옆의 모심는 논에도 관심을 보이는 것 같았다. 설명해 주고 싶었으나 말을 알아듣지 못하니 안타깝기만 했다.

버스는 출발한 지 두 시간 만에 타르락 휴게소에 정차했다. 나는 다시 쪼르르 신랑감을 따라 화장실을 다녀왔고 비키의 신랑이 사 온 아이스크림을 먹으며 자리에 앉았다. 아직도 네다섯 시간을 더 가야 하는데 신랑감은 지루해 어쩔 줄 몰라 하는 것 같았다. 어둠이 깔리기 시작하자 바깥 풍경도 시들해졌는지 신랑감은 의자에 기대 눈을 감았다. 살며시 신랑감의 어깨에 머리를 기대면서 반응을 살폈더니 눈을 떠 나를 내려 보다가 다시 눈을 감았다. 나는 마음이 편안해졌고 졸음이 쏟아지기 시작했다. 그의 어깨에서 몇 번이고 머리가 비껴 흘려 내렸다가 바로하기를 반복했다.

바기오로 오르는 산 아래 도시 다구판휴게소에 이르러서야 잠이 깼다. 다시 한 번 더 화장실 다녀오는 시간이 주어졌고 나는 밤바람을 맞으며 그의 손을 꼭 잡고 휴게소를 한 바퀴 돌았다. 잡고 있는 손을 통해 이미 그의 모든 이야기를 이해할 수 있는 것 같았고 그도 내가 하고 싶은 이야기를 거의 이해하는 것 같았다. 꾸불꾸불 바기오로 오르는 산길은 험하고 길었다. 캄캄한 어둠을 헤치고 드디어 산 정상부에 다다랐을 때는 저녁 9시가 거의 다 되어서였다. 오후 1시에 마닐라를 출발했으니 8시간이나 버스에서 시달린 셈이었다. 이미 어제 밤에 출발해 제대로 잠을 못 잔 나도 피곤하기는 마찬가지였지만 신랑감은 더 피곤하고 지루해 미칠 지경인 모양이었다.

비키와 헤어져야 했다. 비키는 비키대로 나는 나대로 저마다의 신랑감을 데리고 각자의 집으로 가야하는 때문이었다. 처음에는 호텔을 잡아 일박하며 편히 쉬게 하려 했지만 마음을 바꿨다. 각자의 집으로 가서 부모님 뵙는 것이 당연한 도리라는 남자들의 의사를 존중해 주기로 했다.

택시를 타고 집에 가던 길에 체인점 졸리비에 들러 치킨을 샀다. 아무래도 신랑감이 여기 음식은 먹지 못할 것 같아서였다. 아버지와 어머니가 나보다도 더 신랑감을 반갑게 맞아 주어서 다행이었다. 어머니는 내 결혼해서 잘 사는 거 보고 죽는 게 소원이라고 입버릇처럼 되뇌었는데 이제 그 소원이 이루어졌다며 주르륵 눈물까지 흘렸다.

비키와 그녀의 신랑이 될 미스터 정 그리고 우리 이렇게 네 명이서 바기오 투어에 나섰다. 번함공원의 호수에서 오리보트를 타고 깔깔 웃었고 마인즈 뷰의 광활한 언덕을 따라 걸으면서 불안했던 가슴을 털어 냈다. 식당에서는 메뉴판을 펼치고 손으로 가리켜 메뉴를 골랐다. 말이 통하지 않으면서도 말이 통하는 게 신기했다.

사시사철이 한국의 가을 같은 바기오의 날씨가 너무 좋다고 했다. 내가 다녔던 대학, 내가 다니고 있는 병원, 등 소소한 볼거리들도 모두 챙겨 다녔다. 내 신랑감은 망고 마니아였고 망고는 퍼블릭 마켓에 들러서 샀다.

나보다도 어머니가 더 안달이었다. 거실 소파에서 담소를 나누던 우리 둘을 서둘러 내 방으로 밀어 넣었다. 못 이기는 채 방에 들어가 밤 늦도록 앉아 있었지만 말이 통하지 않아 깊이 있는 대화는 나누지 못했다. 오랜 앨범을 꺼내 보여주며 어릴 적의 내 사진을 보고 함께 쿡쿡 웃는 것으로 대화를 이어가기도 했다. 두 번째 날은 그가 방을 나서기 전 그와 처음으로 진한 키스를 나누었다. 그가 떠나기로 돼있는 하루 전 그러니까 사흘째 되던 날은 그와 함께 밤을 보내기로 작정했다. 그가 강열하게 나를 원했지만 나는 그를 받아들이지 않았다. 그가 기분 나쁘지 않게 설명하려 들었으나 그가 이해하는지는 알 수 없었다.

"After wedding…."

"Sorry but after wedding."

"Please understand me."

내가 그를 껴안아 다독거리며 속삭였다. 그가 삐쳤는지 아니면 이해했는지는 모르지만 더 이상 보채지 않는 걸로 봐서 이해했을 거라 짐작 들었다. 그가 삐친 것 같지는 않았지만 아쉬워하는 표정은 여전했다. 그 뜻이 너무도 간절하게 보여 나는 내 맨가슴을 내주었다. 그리고 섹스행위 직전까지의 모든 것을 허락해 주었다. 그도 그 이상은 잘 참아

주어 다행이었다.

　그가 한국으로 돌아가던 날 나는 비키와 함께 다시 그 먼 여정의 마닐라를 다녀왔다. 출국 게이트 앞에서 마지막까지 서성거리며 떠나기 아쉬워하는 그가 무척 안쓰럽게 보였다. 여러 사람들이 보고 있는데도 나는 그를 안고 다시 한 번 진한 키스로 작별인사를 했다.

　다음 만날 때는 기꺼이 내 모든 것을 주리라.


2


　태규 씨와 성준 씨가 결혼식을 치루기 위해 다시 필리핀을 방문했다.

　공항으로 마중 가 만난 우리 네 명은 마닐라 중심에 위치해 있는 호텔에 묵었고 남자들끼리 여자들끼리 두 개의 방에서 나뉘어 잤다. 비키 역시 혼전 섹스에는 강한 거부감을 가지고 있어서 남녀 각방 사용을 고집했다. 성준 씨가 혼인 신고하려 온 거나 마찬가지인데 그럴 필요 있느냐고 불만을 표시했지만 비키의 고집을 이겨내지 못했다. 밤이 이슥해서야 서로들의 방으로 헤어지면서 포옹과 진한 키스로 아쉬움을 달랬다.

　코리안 드림의 신혼생활이 너무 큰 기대로 다가와 가슴이 뛰는 흥분으로 좀체 잠들 수 없었다. 잠깐 눈만 붙이다가 일어났다. 새벽 6시까지 맥킨리 힐에 소재한 한국대사관에 도착해야 하기 때문이었다. 오전 중에 서류 접수를 마쳐야 하루라도 빨리 인터뷰를 할 수 있다 해서였다. 부랴부랴 준비해 대사관에 도착하자 이미 많은 사람들이 긴 줄로 서서 기다리고 있었다.

8시 30분에 대사관 문이 열렸고 대기 중인 줄이 앞쪽부터 서서히 움직이기 시작했다. 대사관 직원으로 보이는 현지인이 한국 사람들만 먼저 안으로 들여보냈다. 한국 사람과 동행인 우리도 그들을 따라 현지인보다 먼저 대사관 안으로 들어갔다. 가져간 서류들을 챙겨보던 또 다른 현지인 직원이 번호표를 나눠 주었고 우리는 다시 첨부해야 할 서류까지 확인받은 후에야 대기석에 앉았다.

대사관에서의 인터뷰는 결혼생활을 잘할 수 있느냐의 각오를 묻는 정도였다. 결혼 중개업체를 통해 결혼하는 커플들은 신랑의 이름도 신부의 이름도 잘 몰라 머뭇거리기도 했다. 따끔한 훈계를 들은 커플도 있었고 보류판정을 받은 커플도 있었다.

대사관에서 받은 서류를 가지고 다시 바기오로 돌아가야 했다. 신부 거주지인 바기오 시청에다 결혼허가 신청서를 제출해야 했다. 서류가 접수되면 다시 10일간의 공시가 이루어지고 이 결혼에 이의 제기가 없어야만 결혼 허가서를 받을 수 있다는 것이었다. 일을 도맡아 하던 성준 씨는 이상한 나라에 온 것 같다며 결혼절차에 불만이 가득했다. 태규 씨는 그저 묵묵히 따라다니기만 했고 나 역시 그와 함께하는 시간이 즐겁기만 했다. 한국에서 가져온 초코파이 한 박스를 결혼허가서 제출하는 관리에게 선물했다. 관리는 입이 함박만큼 벌어졌다. 서류에 의하면 별문제 없는 것 같으니까 서둘러 예식장과 주례를 섭외하라고 했다.

태규 씨가 결혼예물을 준비하자며 금은방에 가자고 하던 날이었다. 어머니가 상의할 일이 있다며 태규 씨 몰래 나를 불러냈다. 결혼식은 당연히 교회에서 하겠지만 한국 신랑을 맞이하는 피로연은 최소한 호텔뷔페에서 하고 싶다는 것이었다. 문제는 돈이었는데 예물을 생략하고 태규 씨가 준비한 그 돈으로 결혼식을 치르면 어떻겠느냐는 것이었다. 참으로 자존심이 허락하지 않았지만 허투루 들을 일만도 아니어서 어머니가 알아서 하라고 대답했다.

작년에 아버지 맹장 수술을 했고 위가 안 좋은 어머니는 병원을 제 집 드나들 듯하고 있었으니 시장 귀퉁이 조그만 난전으로 생활을 영위 해야 하는 형편으로는 어쩔 수 없을 것 같았다. 그런 형편에도 나를 대 학까지 보내 준 부모님이 새삼 고맙다는 생각이 들었다. 어머니는 오직 하나뿐인 딸 대학보다 더한 곳도 보내 줄 수 있다 했지만 간호대학을 졸업하고 난 나는 대학원 진학을 포기했고 바로 병원에 취직했다. 부모 님을 더 이상 고생시켜 드리고 싶지 않아서였다.

내 자존심만 내세울 수가 없었다. 일생에 단 한 번뿐인 결혼식을 더 구나 한국 신랑을 맞이하는 만큼의 자랑스러운 결혼식을 해주고 싶은 어머니를 거역할 수 없었다. 어머니는 성준 씨를 불러 통역을 부탁했고 태규 씨의 눈치를 살펴가며 결혼식 문제들을 상의했다. 두말할 필요도 없다는 듯 태규 씨는 어머니의 제안을 선뜻 받아들였다.

그날 밤으로 나는 태규 씨에게 내 몸을 허락하기로 결심했다. 내가 스스로 팬티를 벗었다. 통증이 왔지만 참고 견뎠다. 태규 씨가 중간중 간 아파하는 나를 배려해 주었다. 가까스로 우리의 성대한 의식이 끝나 자 태규 씨는 나를 꼭 안아 주었다.

"행복하게 해 줄게. 사랑해."

태규 씨가 내 눈을 마주하며 따뜻한 미소를 보냈다.

"I love you. I am so happy!."

"Always I am with you. Forever!."

나는 태규 씨의 넓고 푸근한 가슴에 얼굴을 묻었다.

편의상 관광여권으로 입국한 태규 씨의 체류기간이 끝나기 전에 결 혼식을 마쳐야 하는데 마냥 시간만 흘렀다. 공시기간이 지나야 하기 때문이었다. 태규 씨는 어서 한국에 돌아가 직장에 복귀해야 한다 했지만 나는 그와 함께 있는 시간이 좋았다. 벌써 30대 후반인 태규 씨는 나이답게 생활을 걱정했지만 철부지인 나는 그와 함께하는 즐거운 시간이 좋았다.

결혼허가서를 수령하고 목사님을 섭외했다. 라이선스를 가진 목사님이 좀체 나타나지 않아서 바기오 시 외곽의 뱅겟에서 모셔 오기로 했다. 면사포는 퍼블릭 마켓 근처의 대여점에서 빌리기로 했다.

영어로 진행되는 결혼식장에서의 태규 씨가 걱정이었지만 큰 문제가 되는 것은 아니었다. 중간중간 목사님의 질문에 예스와 노를 알아서 대답해야 하는데 내가 잡고 있을 태규 씨의 손을 예스라고 할 때는 한 번 노라고 할 때는 두 번씩 꾹꾹 눌러 주는 것으로 대처하기로 했다.

예물용 반지는 퍼블릭 마켓 입구 노점에서 50페소에 샀다. 한국 돈으로 환산하면 천 원 조금 넘는 돈이라고 했다. 태규 씨가 준비한 돈은 결혼식 비용으로 모두 써야만 하기 때문이었다. 미안한 건 나였지만 태규 씨가 더 미안해했다. 한국에 돌아가면 아주 멋진 반지를 사 줄 거라며 태규 씨가 호탕하게 웃었다. 모조품을 고르면서도 나는 행복하기만 했다.

예식장에는 무남독녀인 나를 키워준 부모님의 손님들로 가득했다. 친척들은 물론 마을 이웃들도 모두 참석해 주었다. 정장을 한 태규 씨가 한결 더 멋있어 보였다. 신랑 입장에 이어 신부인 내가 입장했다. 목사님의 이야기는 길고 길었다. 긴장한 태규 씨가 진땀을 흘리고 있었고 나는 그런 태규 씨에게만 신경이 집중됐다. 드디어 목사님의 질문 순서가 다가 왔고 내가 손을 꼭 잡아 신호를 보내야 했다. 노라고 신호를 보냈는데 태규 씨가 예스라고 우렁차게 대답했다. 다시 예스라고 대답해야 할 차례에는 태규 씨가 노라고 크게 외쳤다. 장내는 웃음바다가 되었고 서둘러 태규 씨가 대답을 정정하자 주례목사님이 빙그레 웃었다. 결혼식을 마친 후 태규 씨는 내 잘못이라고 우겼다. 분명 잘못된 신호를 보냈다고 했지만 나는 긴장한 태규 씨가 잘못 이해했을 거라고 우겼다. 나중에야 애초부터 서로가 약속신호를 반대로 이해하고 있었음이 밝혀졌지만 밋밋한 결혼식이 아니어서 오히려 좋았다는 생각도 들었다.

결혼식을 마치고 성대한 피로연도 마쳤다. 말이 잘 통하지도 않으면서 여기저기 불려 다니는 태규 씨가 불쌍하게도 보였지만 태규 씨는 씩씩하기만 했다. 내일이 태규 씨의 필리핀 체류기간 만료일이어서 신혼여행은 생각지도 못했다. 늦게야 집으로 돌아왔고 집에까지 따라온 하객들로 잠깐의 쉴 틈도 주어지지 않았다. 늦게까지 북새통을 이루던 하루는 자정이 가까워서야 조용해졌다. 어머니가 더 마음이 급했다. 서둘러 우리 잠자리를 준비했다. 내일이면 한국으로 떠나는 사위에게 좀 더 많은 둘만의 시간을 마련해 주고 싶은 모양이었다.

행복했다. 오늘 이 밤만은 좀 더 길었으면 싶었다.

3

인천공항으로 마중 나온 태규 씨를 만나자 눈물부터 왈칵 솟았다. 태어나서 자란 필리핀을 떠나기가 처음이었고 사랑하는 신랑이 기다려 주는 희망의 한국 땅을 밟는 감회가 너무 벅찬 때문이었다. 어마어마한 공항부터가 심상치 않았는데 이제 이런 나라에서 살 수 있다는 게 가슴이 뿌듯했다. 마닐라를 떠나며 불안하고 초조했던 가슴은 태규 씨를 만나자마자 말끔하게 사라졌다. 기내식을 먹은 지 얼마 되지 않아

밥부터 먹고 가자는 태규 씨의 호의를 사양하고 집으로 향했다. 시아버님은 이미 벌써 돌아가셨고 홀로 사시는 시어머니가 기다리고 있다 했다. 이웃에 살고 있는 태규 씨의 여동생인 시누이와 조카들도 함께 기다린다고 했다.

태규 씨네 집은 공항에서 그리 멀지 않은 곳에 있었다. 인천 공항이라 했는데 인천광역시라고 했으니 거기가 거기처럼 느껴졌다. 택시를 탔다. 택시부터 바기오의 털털거리는 택시가 아니었다. 쿠션이 좋은 깨끗하고 안락한 고급택시였다. 아파트 입구에서 택시를 내리자 사진으로만 보아온 시어머니와 시누이가 반갑게 맞아 주었다. 5층 아파트의 5층에 위치한 집으로 계단을 걸어 태규 씨가 끙끙거리며 짐을 옮겼다. 내방이라고 안내해 준 곳에서 짐을 풀었다. 새 침대가 놓여 있었다. 자신은 온돌방을 더 선호하지만 나를 위해 특별히 준비한 거라고 태규 씨가 생색을 냈다. 정원이 있고 마당가에는 고목의 망고나무 한 그루가 있는 바기오의 집보다 훨씬 깨끗해서 좋았다.

나는 영어를 썼고 태규 씨와 시어머니는 한국어를 썼다. 서로들 용케 알아듣는 게 이상했다. 가끔은 전혀 엉뚱하게 받아들여서 실소를 머금게도 했지만 서툰 한국에서의 생활은 즐겁기만 했다. 무엇보다도 따듯한 시어머니의 사랑이 너무 고마웠다.

핸드폰의 번역프로그램을 이용하는 태규 씨 하고의 의사소통은 그리 문제되지 않았다. 엉뚱한 내용이 뜰 때도 있었지만 서로 이야기하던 맥락으로 오역이라는 걸 금방 알 수 있었고 잘못된 어설픈 문장에서는 뜨고 있는 단어들로만도 이야기하고자 하는 요점을 이해 할 수 있었다.

시어머니하고의 대화는 쉽지 않았다. 손짓 발짓까지 동원해 설명하는 시어머니를 이해하지 못할 때는 미안하기도 했지만 그때마다 미소로 받아주는 시어머니가 무척 고마웠다. 휴일이면 태규 씨와 휴일이 아닌 날이면 시어머니와 함께 외출했다. 바로 길 건너에 있는 홈플러스 매장에도 시어머니와 함께 다녔다. 물건을 들어 보이는 것으로 내게 의사를 물어 오면 나는 예스와 노로만 대답했다. 처음에는 서로들 장황하게 설명하려 들었으나 잘 알아듣지 못하면서부터 단답형 대답으로 일관하게 됐다. 손가락으로 가리키면 저거 어떠냐는 것이었고 나는 또 예스나 노로 대답하고는 했다.

4

식사도 거르면서 며칠 동안을 두문불출했다.

꿈쩍도 하지 않고 누워있는 내가 걱정됐는지 시어머니는 자주 내 방을 기웃거렸다. 한 번씩 문을 열고 들여다보며 어디 아프냐고 물었지만 나는 아무런 대답도 하지 않았다. 몇 번이나 되묻다가 아프면 병원에 가야 하지 않느냐고 채근했을 때에야 아프지 않다고 대답했다. 너무 배가 고프면 시어머니가 외출한 틈을 타 서둘러 밥을 먹었다. 식음을 전폐하고 누워있는 줄 아는 태규 씨가 제과점에 들러 사다준 비상식량이 생기고부터는 시어머니 몰래 밥을 먹어 치우던 흔적도 남기지 않았다. 매일 저녁마다 퇴근하는 태규 씨를 붙잡고 비행기표 사 달라고 졸랐다. 정이나 사 주지 않는다면 다른 사람에게 부탁할 거라는 엄포도 잊지 않았다. 가끔씩 시어머니와 태규 씨가 티격태격했지만 크게 번지지는 않았다. 거의 일주일을 그렇게 버텼다. 정말 이대로 돌아갈까 하는 생각이 들기도 했지만 태규 씨가 끔찍하게 아껴주는 게 고마워 돌아가는 것은 좀 더 심사숙고할 작정이었다. 다만 시장도 마음대로 다니지 못하게 하는 시어머니의 간섭에서 하루빨리 벗어나고 싶어 내친김에 확실하게 해 두려는 것이 투쟁목표였다.

투쟁을 시작하고 처음 맞는 일요일이었다. 어머니랑 함께 이야기 좀 하자며 태규 씨가 나를 거실로 데리고 나갔다. 핸드폰의 번역기도 준비하라 했다. 어머니하고의 깊이 있는 대화가 끝난 뒤에도 정이나 필리핀으로 돌아가고 싶다면 그리해도 좋다고 하는 태규 씨의 이야기에 가슴이 쿵 하고 내려앉았다.

"내가 네 외출에 지나친 간섭을 하는 줄 알면서도 네가 그렇게도 싫어하는 줄 알면서도 일일이 간섭하는 데는 다 그럴 만한 이유가 있어서란다."

시어머니가 말을 꺼냈고 태규 씨는 이미 내용을 알고 있는 것 같았다.

"한국으로 시집온 많은 외국 며느리들 중 이혼하는 사람들이 너무 많다는 것은 너도 소문으로라도 들었을 거다."

태규 씨가 앱으로 번역해야 했기 때문에 대화는 아주 느리게 진행되었다. 시어머니는 내가 이혼한 외국 며느리들과 어울리는 게 걱정이라고 했다. 이혼한 모든 외국 며느리들이 다 나쁘다는 건 아니지만 이혼한 그들만의 논리에 심취하다 보면 내 며느리도 어느 정도 솔깃한 이야기가 있을 수도 있지 않겠냐는 것이었다. 그러다가 혹 경거망동해서 외국생활의 어려움을 참아내지 못하지나 않을까 노심초사한다는 것이었다. 솔직하게 이야기하면 어려운 나라에서 대학까지 나온 며느리인데 고등학교밖에 나오지 못한 아들이 혹 외국 다른 며느리들의 신랑과 비교하고 그런 이유로 틈이 나지 않을까도 걱정이라면 걱정이라 했다. 되도록 외출을 삼가서 질 나쁜 이혼한 외국며느리들과의 교류는 막아야 한다는 것이 시어머니가 외출을 자제시킨 가장 큰 이유라는 것이었다. 태규 씨도 심정적으로 동의하는 바람에 모자가 가끔은 쑥덕거리며 의견을 나누었다고도 했다.

"세실리아. 대사관에서 인터뷰할 때 신랑 이름도 기억하지 못하던 사람들 기억해?"

시어머니가 잠잠해지자 이번에는 태규 씨가 나섰다. 결혼상담소를 통해 만난 외국 며느리의 신원은 확실하게 알 수 없는 게 사실이었다. 전적으로 중매인의 이야기에만 의존해야 하는 그들이다 보니 가끔은 아이 딸린 신부가 발각돼 뉴스를 만들기도 했다. 세실리아가 본 인터뷰장의 정말 한심한 몇몇 신부후보들이 떠올랐다.

'아, 그런 애들이 한국으로 건너와서 외국 며느리들에 대한 이미지를 흐려 놓는거구나.'

솔직한 시어머니의 이야기를 듣고 나자 시어머니의 입장을 조금은 이해할 수도 있을 것 같았다. 하지만 한편으로는 세실리아 자신마저 그런 사람들과 비교된다는 것에 몹시 기분이 나빴다. 내 아들과 죽을 때까지 행복하게 잘 살 거라면 마음대로 나다녀도 좋다며 시어머니가 홀쩍 눈물을 훔쳤다. 자리에서 일어난 시어머니가 내게 다가와 나를 꼭 껴안아 주었다.

"세실리아. 사랑해! 우리 며느리!"

시어머니의 볼을 타고 눈물 한줄기가 주룩 흘러내렸다. 시어머니가 안방으로 들어가고 태규 씨와 나는 우리 방으로 들어 왔다. 태규 씨가 아무 말없이 다시 내 등을 토닥거려 주는 것으로 우리들의 대화는 끝이 났다.

일부러 시간을 끌며 나다니던 외출은 삼가기로 했다. 꼭 필요한 일이 있을 때만 외출했고 일이 끝나면 바로 집으로 돌아왔다. 심심하고 외로울 때는 바기오 친구들하고 채팅하는 것으로 시간을 보냈다. 그럴 때마다 고향이 그립고 미치도록 친구들이 보고 싶었다. 친구들은 이렇게 외롭게 시간을 보내고 있는 줄도 모르고 내가 부러워 못살겠다고 했다. 부모님도 내 소식을 궁금해했지만 나는 정말 행복하다는 것을 강조하고 또 강조했다. 사실 불만이 전혀 없는 것은 아니었다. 외롭다는 것, 빨리 한국 이웃들과 사귀고 싶은데 언어가 통하지 않는다는 것, 아르바이트라도 하고 싶은데 적당한 자리가 없을 뿐더러 시어머니가 펄쩍 뛰며 나서서 말린다는 것, 소소한 이런 것들을 불만이라 할 수 있을지 모르나 내게는 큰 불만이었다.

늘 집안에 틀어박혀 사는 때문인지 소화가 잘 되지 않았다. 식사를 거르기가 일쑤였고 속이 메스꺼워 토하기까지 했다. 깜짝 놀란 시어머니의 손에 이끌려 병원에 들렀더니 이미 임신 3개월째 접어들었다는 것이었다. 생각해 보니 멘스 멈춘 지가 그리된 것도 같았다. 시어머니의 얼굴이 활짝 펴졌다. 돌아오는 길에 시장에 있는 필리핀 가게에 들러 내가 먹고 싶은 것들을 잔뜩 챙겨 사 주었다.

5

필리핀 친정어머니가 시름시름 아프다고 했다.

아버지는 별일 아니라고 했지만 어머니의 건강상태가 좋지 않은 것만은 사실인 것 같았다. 친구들에게 우리 집에 가서 어머니의 건강이 어떤지 살펴보라 부탁했더니 별일 없이 건강한 것 같다는 대답만 들었다. 단지 예전처럼 왕성한 활동을 하지는 못하는 것 같다면서 연세가 든 탓이 아니겠냐는 의견도 덧붙였다. 친정어머니에게 전화를 걸기로 했다. 쓸데없는 일로 필리핀에 전화를 걸어 요금 바가지를 쓰게 한다는 핀잔을 들은 적도 여러 번이었다. 되도록 컴퓨터의 페이스북 메시지로 채팅하며 물어보고는 했지만 급한 마음이 들면 나도 모르게 전화를 걸고는 하기 때문이었다.

"Hello. How`s mom?"

아버지가 전화를 받았다. 대뜸 물어본 어머니의 병세는 아직까지는 잘 모른다고 했다. 그러나 이번 주 내로 조직 검사를 비롯한 정밀검사를 받아야 한다는 것이었다. 조직 검사라니 겁이 털컥 났다. 검사가 끝나는 대로 다시 알려 주겠다며 아버지가 먼저 전화를 끊었다. 퇴근한 태규 씨에게 친정어머니가 병원의 정밀검사를 받아야 한다는 소식을 전했다. 그리고 지금까지 모아온 용돈에다 태규 씨가 조금만 더 보태서 보내드리자고 했다. 그러자고 선뜻 대답해주는 태규 씨가 너무 고마웠다. 사람 사는 게 다 그렇고 그런 것이어서 태규 씨라고 넉넉한 통장이 있는 것은 아니라는 것을 누구보다도 내가 잘 알고 있기 때문이었다. 시어머니에게는 당분간 알리지 말자 했다. 태규 씨도 흔쾌히 동의해 주었다. 나는 친정어머니에게 송금한다는 사실을 비밀에 부치자는 것이었는데 태규 씨는 친정어머니의 병환을 비밀에 부치자는 것으로 이해하는 것 같았다.

시어머니의 내게 관한 관심이 부쩍 늘었다. 먹고 싶은 것이 뭐냐고 자주 물었고 시장의 필리핀 가게에서 임신한 며느리의 필리핀식 건강식품을 부지런히 사 날랐다. 틈만 나면 쉬라고 했고 태교 음악이라는 C/D도 태규 씨에게 사 오라고 큰소리를 냈다. 태규 씨는 MP3에 필리핀 음악까지 다운받아 주었다. 시어머니의 정성이 고맙기는 했지만 지나친 관심이 오히려 부담이었다.

몇 번이나 필리핀에 전화를 걸어 결국 친정어머니가 위암이라는 소식을 전해 들었다. 온몸의 힘이 쭉 빠졌고 며칠 동안이나 일이 손에 잡히지 않았다. 일이라야 기껏 식사 후의 설거지며 집안청소 등이었는데 그마저 하기 싫어 아프다는 핑계를 대고 방에 누워있기만 했다. 놀란 시어머니가 내 방을 부지런히 드나들었다. 친정어머니가 위암판정을 받았다는 이야기는 하지 않을 작정이었다. 태규 씨에게만 이야기했고 시어머니에게는 비밀로 해 달라고 신신 당부했다.

며칠이나 자리에 누워있던 나는 태규 씨를 졸라대기로 했다. 다시 아르바이트 자리 좀 알아봐 달라고 했다. 사실 입국하자 말자 지루한 시간을 보내기 위해서라도 알아보던 아르바이트 자리는 여건이 맞지 않아 포기하고 있는 중이었다. 영어 과외교사는 아직도 한국어가 서툴러 소통부족으로 안 된다 하고 전공이며 자격증이 있는 간호사는 한국 간호사자격을 다시 획득해야 된다고 했다. 필리핀 친구들을 통해 알아본 자리는 공장에 취직하는 것뿐이었다. 임신까지 한 몸으로 공장 아르바이트는 무리라며 태규 씨가 펄쩍 뛰었다.

필리핀 친정아버지로부터 어머니의 수술날짜가 정해졌다는 전화를 받았다. 수술비는 준비되었느냐고 묻자 솔직히 말하면 그게 걱정이라는 것이었다. 어쨌거나 일단은 빌려서 수술은 해야 되지 않겠냐는 아버지의 목소리가 떨리고 있었다. 여기 필리핀은 걱정하지 말고 임신 중이니 아기에게만 신경 쓰라며 전화를 끊었다. 이튿날 또 아버지가 전화를 걸어 왔다. 요금이 무서워서도 전화걸기를 꺼리는 아버지가 그냥 태규 씨의 안부만 묻는 전화였다. 그때 알아차렸어야 하는데 내가 둔해도 너무 둔했다. 하루를 더 지나 세 번째 전화를 걸어 온 아버지는 면목이 없다며 태규 씨에게 수술비 좀 빌려 달라는 것이었다. 하지만 내가 태규 씨의 통장 잔고를 더 잘 알고 있었다. 태규 씨에게도 여윳돈이 있는 것은 아니었다. 말이 빌려 주는 것이지 언제 받을지도 모르는 돈일 수도 있지 않은가. 태규 씨에게 말은 전했지만 태규 씨도 뾰족한 방법은 없는 것 같았다.

집에서 가까운 사출 공장에 취직하기로 했다. 시어머니는 물론 태규 씨와도 상의하지 않았다. 이야기한들 허락해 줄 리도 없는 것이어서 무작정 공장을 찾아갔고 사장님은 물론 필리핀 종업원들이 반겨 맞아 주었다. 사장님은 사출물의 마지막 공정인 완성품 다듬는 일은 초보자가 하는 일이라며 내일부터 나와도 좋다고 했다. 아직 임신 초기이므로 한 3개월은 일해도 무방할 것 같기도 했다. 테스가 아파서 드러누워 며칠만이라도 보살펴 줘야 한다며 핑계를 댔다. 나중에 시어머니가 알게 되면 그때는 그때대로 다시 간절하게 부탁해 볼 작정이었다. 처음 하는 일이라 쉬운 일임에도 쉽지가 않았다. 너무 피곤한 나머지 휴식시간이면 거의 드러눕다시피 하며 보냈다. 공장에서 일한지 사흘째 되던 날이었다. 오후 휴식시간이어서 작업현장의 긴 의자에 누워 눈을 감고 있었다. 병원에서 수술 날만 기다리고 있을 친정어머니가 눈에 선했다.

"세실리아, 어떤 분이 너 찾아왔다."

함께 일하는 한국 언니가 세실리아의 어깨를 툭툭 쳤다. 불길한 예감이 들었다. 슬며시 자리에서 일어나 공장 밖으로 나가자 아니나 다를까 시어머니가 거기 서 있었다. 화를 참지 못해 얼굴이 붉으락푸르락하고 있었다.

"뭐 하는 짓이냐?"

"………."

"…집에 가자."

"…어머니 이해해 주셔요."

"뭘 이해하라는 거니? 임신한 몸으로 뭘 하자는 거냐?"

"사정이 있어서요."

"잘 못 알아듣겠다. 일단은 집으로 가자."

밖이 소란해지자 공장장이 나타났다. 시어머니는 공장장에게도 화풀이를 했다.

"외국인이라고 신원파악도 안 하고 아무나 막 고용해도 되는 거요?"

"죄송합니다만…?"

"됐어요. 우리 며느리인데 데려가겠어요."

화가 잔뜩 나 있는 시어머니의 손에 이끌려 집으로 돌아 왔다. 언어 소통이 어려워 왜 공장에라도 다녀야 하는지를 이해시켜 드리지 못했다. 저녁에 태규 씨가 돌아오자 시어머니는 태규 씨에게 또 펄펄 화를 냈다. 태규 씨도 의외라는 듯 심각한 표정으로 변했다. 태규 씨가 번역기를 들고 대화를 하자고 했다. 친정어머니의 수술비를 보내 줘야 하기 때문이라고 했더니 태규 씨도 이해는 가지만 그 방법은 아니라고 했다. 시어머니가 계속 큰소리로 채근을 했다. 시집온 애가 친정아버님도 계신데 공장까지 다녀서 친정에 돈을 보내 주어야 한다는 건 말이 안 된다는 것이었다. 참고 설득하려 노력했으나 시어머니는 막무가내였다. 나중에는 나도 모를 설움이 쿡 치밀어 올라 도대체 뭐가 문제냐고 대들었다. 내가 이 집을 떠나라는 것이냐고 악을 썼다.

"그래. 가라 가."

시어머니도 감정이 격해졌는지 말을 아끼지 않았다. 문을 쾅 닫고 시어머니가 방으로 들어 간 후에야 입장 곤란해 하던 태규 씨가 나를 달래려 들었다. 임신하고 있는 중이어서 걱정이 더 컸던 때문인 데다 한마디 상의도 하지 않았던 것에 대한 섭섭함이라는 것이었다.

"어머니와 상의했다면 날 공장에 보내 주었을까?"

들고 있는 태규 씨의 번역기를 빼앗아 마구 키 판을 두드렸다.

"나 필리핀 보내 줘."

"어머니가 위암수술을 해야 해. 언제 돌아가실지도 몰라. 멀거니 보고만 있으라고…?"

"이리저리 알아봐도 잘 풀리지 않으니까 힘들게 한국 사위에게 부탁한 거야. 근데 부자인 줄 알고 있는 한국 사위는 돈이 없어. 어떻게 할까?"

"그런 한국사위를 잘 알고 있는 내가 한국사위 체면 살려주려 돈을 벌어 보내겠다는 거야."

"아기? 아기가 중요하면 나 좀 도와주면 안 돼?"

"융통해서 좀 보내주고 나중에 천천히 갚으면 안 되냐고? 한국말이 능숙해지면 내가 벌어서 갚을 거라고 했잖아?"

"……."

"나 필리핀 보내 줘. 엄마 돌아 가시기전에…."

번역기로의 대화가 답답해 고함까지 질렀다.

"I will back home."

다시 안방문이 활짝 열리면서 시어머니가 얼굴을 내밀었다.

"뭐래니? 가고 싶다면 보내라."

"…철이 없다지만 저다지도 철이 없으니…. 싸돌아다니더니 기어코 일을 저지르고 있구먼."

태규 씨가 혀를 끌끌 차며 노려보는 어머니를 밀어 안방 문을 닫았다.

나는 다시 식음을 전폐하고 자리에 누웠다.

정말로 고향으로 돌아가고 싶었다. 화려할 거라고만 생각했던 코리안드림이 산산이 깨어지고 있었다. 이렇게 살아가리라고는 꿈에도 생각지 못했다. 어떻게든 내 마음을 돌려 진정시키려는 태규 씨의 노력이 가상하기는 했지만 나는 물러설 수 없었다. 어렵게 부탁해 온 아버지의 부탁을 이번 한 번만은 어떻게라도 들어 주어야 했다. 공장에서 아르바이트를 해 태규 씨의 짐을 덜어 주려는 노력부터가 잘못이었을까? 그냥 태규 씨를 못살게 들들 볶아 돈을 받아 보내는 건데….

만 하루를 침대에 누워 꼼짝도 안 했다. 시장기가 들기 시작할 때는 뱃속의 아기가 걱정이었으나 함께 조금만 참자고 아기를 타일렀다. 다음날 한나절이 지나자 시어머니가 또 내 방 앞을 기웃거리기 시작했다. 빼꼼이 문을 열고 침대에 누워있는 나를 살피기도 했지만 내가 별다른 반응을 보이지 않자 다시 슬그머니 문을 닫았다. 저녁 무렵에야 현관문 열리는 소리가 들리더니 현관문을 나서는 시어머니의 인기척을 들을 수 있었다. 발소리를 죽여 베란다로 나가 아래를 내려다보았다. 시장바구니를 들고 아파트광장을 돌아 나가는 시어머니의 뒷모습이 처량해 보이는 것 같았다.

밥솥에서 표시 나지 않을 만큼의 밥을 퍼서 먹었다. 밥 모양도 그릇 모양도 원래 있던 그대로를 유지해 두어야 해서 손 대기 전 원래의 위치와 모양도 잘 기억해 두었다. 반찬도 없이 밥만 먹는대도 밥맛이 너무 좋았다. 겨우 허기만 면하도록 밥을 먹은 후 물만 벌컥벌컥 마시고는 다시 방 안으로 돌아와 누웠다. 굶고 견딜 수 있었지만 뱃속의 아기가 걱정이 되어 허기는 면해야 할 것 같아서였다.

이내 시어머니가 돌아왔다. 분주히 거실을 오가는 소리가 들리더니 다시 내 방문을 빼꼼이 열었다. 방문 열어보는 것도 싫다는 의미로 방문마저 잠가두고 싶었지만 거기까지는 예의가 아니다 싶었다. 비닐봉지 부스럭 거리는 소리가 들렸다.

"이거 좀 먹어라."

"……."

"무슨 좋은 구체가 나겠지."

착 가라앉은 시어머니의 목소리가 귓속을 쏙 파고들었다.

이야기 여섯

# 신 이방인

신부화장을 마치고 도우미를 따라 9층에 있는 예식장으로 향했다.

신부전용 엘리베이터는 고장이라고 했다. 승객용 엘리베이터가 도착하고 문이 열리자 엘리베이터 안은 이미 하객들로 초만원이었다. 도우미가 터주는 공간으로 엉덩이를 밀고 들어섰다. 출근 길 전철 같은 빽빽한 인파 속에서 혹 웨딩드레스의 매무새라도 비뚤어질까 걱정이 됐다. 그나마 새신부가 탔다는 걸 알아본 주위사람들이 조금씩 자리를 양보해 주어서 다행이었다. 엘리베이터를 타자 정면으로 마주친 사람은 손위 시누이였다. 반가워서 눈웃음을 보내려했더니 시누이는 못 볼 사람이라도 만난 것처럼 얼굴을 홱 돌렸다. 가슴이 움찔했다. 9층에서 엘리베이터가 멈추고 사람들이 우루루 쏟아져 나가도록 시누이는 한 번도 눈을 마주치려 하질 않았다. 어느 정도 예견한 일이기는 하지만 생각보다 더 심하다는 생각이 들었다.

'이쯤이야! 이런 일로 마음 상해하면 앞으로 다가올 겹겹의 어려움

은 어떻게 감당하려고…….'

'강해야 한다. 강해져야 한다.'

입술을 깨물며 친정아버지 손에 이끌려 신부 입장을 했다. 미리 입장해 있던 미소 띈 신랑의 얼굴위에 무표정한 시누이의 얼굴이 겹쳐 보였다.

'행복해질 수 있을까?'

자기만 믿으라며 큰소리를 치던 신랑이 성큼 걸어 나와 내 손을 잡고 주례 앞 계단을 올랐다.

'신랑하고 살 거니까. 신랑만 날 사랑하고 예뻐해 주면 되는 거니까…….'

잡고 있는 신랑의 손을 내가 다시 꼭 잡았다. 첫 결혼 때나 지금이나 긴장하기는 마찬가지였다. 그때는 이유도 모를 눈물이 펑펑 흘러내려 쩔쩔 맸는데 오늘은 눈물보다도 주위사람들에게 더 신경이 쓰였다. 덤덤하게 식이 끝나고 하객석을 향해 돌아서자 친정아버지가 제일 먼저 눈에 들어왔다. 그리고 죄지은 사람마냥 얼굴도 들지 못하는 어머니, 그 뒤로 언니, 동생들, 모두들의 얼굴에 잔뜩 주눅이 들어 있었다.

'두 번째인 내 결혼식이 그리도 명예롭지 못한 것일까?'

'오시라고 하지 말걸. 못 할일 시키는 건 아닌지….'

옆으로 눈길을 돌리려는 순간 엘리베이터에서 만났던 예의 시누이와 눈이 마주쳤다. 똥 씹은 표정이었다. 신랑을 빼고는 시댁 식구 모두가 반대했던 터라 어느 정도 각오는 했지만 각오 이상의 현실이 참담해졌다. 민망함에 얼굴이 화끈 달아올랐고 누가 알아볼까도 두려웠다.

'그렇게나 싫으면 ---차라리 오지나 말지'

나 역시 이런 결혼은 아니다 싶어 교재 중이던 신랑으로부터 몇 번인가 탈출을 시도했었다. 그럼에도 신랑은 아무 말도 못 하게 하고 일

거수일투족을 감시하며 나를 꽁꽁 묶어 버렸다. 시아버님은 이미 돌아가셔서 최고 어른이신 시어머니의 허락이 중요했다. 자식이기는 부모 없다고 시어머니는 너 알아서 하라고 포기했지만 시누이는 끝까지 반대했었다. 누나하고는 영원히 안 보고 살아도 좋다는 신랑의 협박을 이기지 못해 못 이기는 척 입을 다물었다지만 시누이는 오늘까지도 냉소로만 일관했다.

폐백을 마치고 하객들의 담소가 소란스러운 연회장으로 들어섰다. 이미 친정아버지와 어머니 그리고 언니 동생들은 자리를 뜨고 없었다. 시아주버님 형님 시누이 시매부님 등이 같은 테이블에서 식사를 하고 있었다. 모두들 내가 코앞까지 다가가도 모른 체했다. 얼굴을 디밀다시피 하며 인사를 하자 그제야 겨우 아는 체했지만 시누이는 끝내 얼굴을 돌렸다. 주위의 아주 먼 친척들만 축하한다고 말을 건넸다. 괜히 주눅이 들어 신랑에게 끌려 다니는 인사가 민망하기 그지없었다. 하지만 오직 신랑 한 사람만 믿고 한 결혼이다 보니 누가 뭐래도 신랑이 하자는 대로 따라 하기로 했다.

1

"방 얻어줘….."

"……."

"나 집 나갈 거야. 방 얻어 달란 말이야."

새벽 3시. 만취해 몸도 잘 가누지 못하며 현관문을 따고 거실에 들어선 신랑은 또 주정을 시작했다.

"알았어요. 알았으니까 우선 자고 내일 아침 다시 이야기하자고요."

나는 신랑의 양손을 맞잡고 서 있는 신랑 앞에 무릎을 꿇었다. 신랑을 조금이라도 안정시키기 위한 나름대로의 방법이었다. 맞서다 보면 술이 다 깰 때까지 그의 주정을 들어야 했다. 그것도 일방적인 내게 대한 불만투성이의 잔주였다.

그에게 여자가 생겼다는 예감이 든 건 이미 2년 전이었다. 일어나기가 무섭게 세수는 하는 둥 마는 둥 대충 털고 출근하던 그가 거울 앞에서 한참씩이나 매무새를 챙겼다. 아직 멀쩡한 옷을 두고도 더 값진 새 옷을 사 입기 시작했다. 그것도 항상 내게 부탁해 옷을 사던 그가 나 모르게 혼자서 새 옷을 사 입었다. 새로 생긴 여자와 함께였다는 걸 안 건 아주 오랜 나중이었다.

처음에는 퇴근시간부터 조금씩 늦기 시작했다. 술 냄새를 솔솔 풍기며 조심스러워하며 늦었다. 늦게 들어오는 것을 미안해하는 눈치였다. 시간이 갈수록 늦어지던 귀가 시간이 드디어 외박으로 이어졌다. 여자가 생겼다는 예감이 들었다. 그의 와이셔츠에서 여자화장품 냄새가 풍기던 날 아침 난 그에게 여자가 생겼음을 확신했다. 욱하고 치밀어 올랐지만 난 아무것도 모른 체하기로 했다. 부딪쳐 아주 돌아서게 하는 것보다는 미안해하는 마음으로 곧 돌아오게 하는 게 낫다는 생각에서였다. 그와 부딪치다 보면 내가 먼저 폭발하고 길길이 뛰다가 제풀에 지쳐 포기할지도 모른다는 생각도 들었다.

세탁기에 집어넣으려던 그의 와이셔츠 어깨자락에서 열심히 지운 립스틱 흔적이 보였다. 만취한 그가 현관을 들어서는 날이면 예의 그 여자화장품 냄새가 또 폴싹 코를 찌르기도 했다. 그날도 자정이 넘어서야 돌아온 신랑은 몸을 가누지 못하도록 취해 있었고 윗옷만 벗어던진 채 침대에 고꾸라 떨어졌다. 그대로 두려다가 그래도 아니다 싶어 그의 몸을 이리저리 굴려가며 옷을 벗겼다. 잠들어 코를 골면서도 그가 조금씩 어깨며 허리를 들어 주곤 해서 그다지 힘들이지 않고 옷을 벗길 수는 있었다. 하지만 옷을 한 꺼풀씩 벗길 때마다 옷에 밴 향수 냄새가 폴싹폴싹 더 코를 자극했다. 혁대를 풀고 바지를 내리자 아침에 입고 간 새로 산 팬티를 뒤집어 입고 있었다.

'아니…?'

'어디선가 팬티를 벗었다 입었다는 건데?'

못 볼 걸 본 기분이었다. 아무리 대담한 척하려 했으나 가슴이 두근거려 견딜 수가 없었다. 그의 멱살을 잡고 족치고 싶은 충동을 가까스로 눌러 참았다.

'옷 입은 채 자도록 그대로 둘걸.'

다음 날 아침 그에게 따져 물었더니 사우나를 다녀왔다며 아마 그때 그랬을 거라고 했다. 향수 냄새는 뭐냐고 따졌더니 내 코가 잘못됐다고 신경질적인 반응만 보였다. 이후에도 수시로 그와 입씨름을 했지만 소용이 없었다. 오히려 내게 남자가 생겼다며 적반하장이었다. 그와 부딪친다는 것이 두려웠다. 그냥 지나가는 바람이려니 하기로 했다.

그런데 그게 내 실수였다. 신랑은 몰라보리만큼 달라지기 시작했다. 내가 하는 일은 모두가 불만이었다. 대수롭지 않은 일에도 짜증부터 냈다. 공연한 반찬 투정까지 하며 짜증을 더했다. 새로운 여자와 헤어지지 못할 만큼 가까워졌다는 예감이 들었다. 초등학교 3학년인 딸 세림이에게만은 살갑게 굴어서 그 한 가지라도 고맙게 생각하며 기다리기로 했는데…….

"방 언제 얻어 줄 거야?"

출근하려 현관을 나서던 그가 또 나를 채근했다. 술이 들어가면 내뱉던 이야기라서 그러려니 했는데 이제는 멀쩡한 맨정신에도 정색을 하며 대들었다. 나는 배수진을 치기로 했다.

"이혼해줘. 그럼 방 얻어 줄게."

아직까지 한 번도 이혼하자는 말은 없었다. 줄기차게 방을 얻어 달라면서도 이혼 이야기를 꺼내지 않는 것은 그도 이혼만은 원치 않는다는 생각이 들었고 이혼하면서까지 방 얻어 달라지는 않을 거라는 나름대로의 계산에서였다.

"……."

잠깐의 침묵이 흘렀다. 신발을 신고 멍하니 서 있던 그가 입을 열었다.

"알았어. 이혼해 줄게. ……세림이 맡아줘. 해 준 것 없으니까 달랠 것도 없지 뭐. 그냥 방 하나만 얻어줘."

그는 휭하니 현관문을 열고 나가더니 며칠 동안을 들어오지 않았다. 숨 막히도록 답답해서 수십 번 전화를 걸었으나 받지 않았다. 계산된 배수진이 무참하게 무너지고 참패한 것이었다. 하늘이 무너지는 기분이었다. 혼자 세림이 데리고 어떻게 살아갈 건지가 막막했다. 그래도 살아 있는 목숨이어서 겨우 버티고는 있었지만 제정신이 아니었다.

'아니라고. 잘못했다고 빌며 매달릴까?'

모든 자존심을 버리고 그에게 매달려 잘못한 것도 없이 잘못했다며 마구 애원해 볼까도 생각해 봤다. 그러나 그마저 이미 늦었다는 건 며칠 후 그가 돌아왔을 때였다. 다시 한 번 생각해 볼 수 없냐고 차분하게 물었더니 단호하게 아니라고 했다. 처음으로 그의 멱살을 잡고 늘어져 악을 썼다. 그가 신경질적인 반응을 보였고 나는 이성을 잃었다. 부딪쳐 발버둥 치며 최후의 발악까지 해 봤지만 쇠귀에 경 읽기였다. 내 작은 자존심은 생각지도 않은 방향으로 치솟아 내달렸고 결국 우리는 이혼하고 말았다.

　이혼의 상처가 어느 정도 아물어 갈 즈음 시장의 야채가게에서 한 남자를 만났다. 나는 고객이었고 남자는 야채가게를 운영하는 삼십대 후반의 총각이었다. 오직 돈 버는 데만 정신이 팔려 아직 결혼도 못 한 총각 사장님이었다. 남자의 형님 내외분이 가게를 맡아 보셨고 경제적인 돈 문제는 남자의 어머니가 관리하셨다. 그리고도 종업원이 다섯 명이나 되는 야채가게로는 제법 큰 규모의 소매를 겸하는 도매상이었다.

　"아저씨! 이건 너무한 거 아녜요?"

　가끔 얼굴을 비치던 남자가 자다가 일어난 표정으로 덤덤히 싸 준 참외였다. 언제라도 싱싱하고 좋은 상품만 취급해 오던 가게라서 주는 대로 들고 왔음에도 아직까지 한 번도 상한 채소나 과일을 본 적이 없었다. 그런데 오늘은 참외 색깔부터 조금 이상하다 싶더니 아니나 다를까 속이 진하게 있었다. 다시 한 알을 더 따개 봤지만 매한가지였다. 나는 부리나케 야채가게로 달려갔다. 그리고 조금 전 내게 참외를 판 남자부터 찾았고 부스스 남자가 나타났다.

　"이런 걸 먹으라고 주신 거예요?"

　나는 필요 이상으로 짜증을 부렸다. 어안이 벙벙해진 남자 대신 남자가 형님이라 부르는 다른 아저씨가 내게로 왔다.

　"무슨 일입니까?"

　"보세요! 이걸 먹으라고 주신 거냐구요?"

　나는 조각이 난 상한 참외를 비닐봉지에서 꺼내 아저씨의 코앞으로 들이밀었다. 아저씨가 난감해했다.

　"니 어디꺼 드렸노?"

　"……."

"혹 여기 이 박스에 꺼 드린 거 아이가?"

"맞습니다만 형님!"

"이거 버릴 거다. 잘못된 거 골라 둔 건데……. 우짜노….."

내게 참외를 판 남자가 미안해하기 시작했다. 깍듯이 사과를 했고 솔직히 어젯밤 가락동 청과물 시장에서 물건을 하려 다녀오다 보니 잠이 부족해서 저지른 실수라며 또 한 번 머리를 조아렸다. 남자의 태도가 너무 정중해 내가 부끄러울 정도였다.

인연은 따로 있다더니 사소한 아무것도 아닌 이 사건이 새 남편을 만나게 해준 인연이었다. 내가 가게에 들를 때마다 듬뿍 듬뿍 덤을 더 주었고 가끔은 내가 산 것 만큼의 배에 가까운 덤을 주기도 했다. 덤이다 보니 조금 상한 것일 수도 있다했지만 조금도 상하지 않은 싱싱한 새 것들이었다. 심야 시간에 일하고 낮이면 쉰다하던 남자가 낮 시간에도 가게를 들를 때마다 보였다. 나를 보는 눈빛이 뭔가 다르다는 느낌이 들었다. 괜스레 부담이 돼 다른 가게로 옮길까도 했었지만 마음뿐이었다. 나도 모르게 오히려 더 자주 가게를 들렀다.

가끔은 세림이와 함께 가게를 들르기도 했다. 외갓집에 맡겨 둔 세림이는 외할머니와 2개월도 채 살지 못하고 돌아왔다. 엄마 보고 싶다며 밤마다 보채는 세림이를 감당 못 한 어머니가 결국 세림이를 내게 데려다주고 말았다. 우리 집 단칸방에 함께 살면서 세림이를 봐 주겠다고 했지만 사흘도 지나지 않아 아버지의 호출을 받았다.

'내 일인 것! 내 업보인 것을…!'

영감탱이 그새를 못 참아 안달이냐며 가지 않겠다는 어머니를 쫓다시피 돌려보냈다. 내가 감당해야 할 모든 업보는 내가 책임지며 속죄하는 마음으로 살기로 했다. 세림이만 무럭무럭 잘 커 주기를 바랐다.

야채가게 남자가 배달차 우리 집을 찾아 왔다. 참외 사건도 있고 해서 늘 미안한 마음이었는데 이렇게 만나게 되어 반갑다며 또 한 번 사과를 했다. 내게 필요 이상의 호감을 보이는 것 같아 신경이 쓰였지만 나는 개의치 않았다. 잠깐 기다리라며 서둘러 유자차 한 잔을 대접했다. 순수한 내 마음에서 우러나온 감사 인사였는데 그 남자의 반응은 다르게 나타났다. 어느 날 남자가 갑자기 데이트 신청을 해 왔다. 동네 고객을 더 많이 소개해 달라는 의미라며 저녁을 사겠다는 것이었다. 외롭고 적적하기도 해 고마운 사람이니 데이트까지만이라고 스스로를 위로하며 만났다. 데이트가 잦아지면서 세림이와 함께하는 데이트도 있었다. 남자는 세림이에게도 끔찍했다. 차츰 연민의 정을 느끼면서도 나는 딸 하나를 둔 아줌마임을 명심해야 했다. 오직 데이트만으로도 고마워해야 했다. 가끔 남자가 프로포즈가 아닌 것처럼 프로포즈를 해 왔지만 나는 모르쇠로 일관했다. 이건 절대 아니라는 생각에서였다. 데이트 이상의 그 어떤 것도 절대 무너트리지 않기로 맹서했다. 그런데 산다는 게 그런 게 아니었다. 절대 아니라던 내 철석같던 결심이 누그러지고 내 마음이 남자에게 조금씩 빠져들 무렵 남자가 가족들에게 결혼을 선포했다. 폭풍이었다. 가족 모두가 쌍수를 들어 반대했다. 쑤셔 놓은 벌집을 무색하게 할 정도였다.

시간이 흐르면서 수많은 우여곡절을 겪었다. 하지만 자식 이기는 부모 없다더니…. 모자지간도 아니라며, 이제 남남이라며, 거들떠보지도 않던 어머니마저 결국 결혼을 승낙했다. 남자의 누나는 끝까지 반대했지만 동생인 남자를 이기지는 못했다. 결혼식 날 엘리베이터 안, 그 좁은 공간에서도 내 눈길을 피하던 남자의 누나, 어쩌면 그 시누이는 영원히 나를 인정하려 하지 않을지도 모른다.

결혼을 하고 나자 나는 하루빨리 시댁의 가족이 되고 싶었다. 새 남편하고만의 행복이 아닌 시댁 전체 가족의 일원으로 행복을 누리고 싶었다. 더 많이 사랑받고 싶고 더 많이 사랑하고 싶었다.

그런데……. 그런데 그게 나만의 생각이라는 걸 이내 알았다. 시댁식구 누구도 나를 반겨 주지 않았다. 내가 다가가려면 어느새 저만큼 훌쩍 달아나 버렸다. 출가외인의 시누이었지만 시댁에서의 영향력은 시어머니보다 더 막강했다. 시댁의 대소사를 모두 시누이가 쥐고 흔들었다. 초대 손님의 명단도 시누이가 최종 결정했다. 시어머니가 가지고 있는 최고 어른의 결정권도 시누이의 마지막 결재가 있어야만 가능했다. 시어머니와 의견이 달라지면 어떻게든 설득해서 자신의 뜻대로 관철해 버리는 시누이었다.

동서형님도 그랬다. 이 집으로 시집온 어쩌면 동병상련의 아픔을 함께할 것 같은 처지이면서도 나와는 격이 다르다는 행동이었다. 잡담이라도 나누다가 시누이가 나타나면 시침을 뚝 떼고 자리를 피했다. 시누이는 절대 권력의 소유자였고 모두들 시누이의 눈 밖에 나지 않으려 행동했다. 나와 가깝다 보면 시누이에게 어떤 차별이나 당하지 않을까 하는 눈치들이었다. 내 귀에 들리는 소문에 의하면 시누이는 순진한 남동생을 과부댁인 내가 꼬드겼다는 것이었다. 딸 하나 키우려고 남편의 재산까지 노릴지도 모른다는 엄청난 덤터기까지 씌운 소문도 돌았다.


3


"삑삑 띡띡! 띡띡 띡띡!"

현관문 번호 키 누르는 소리가 들리더니 현관으로 들어서는 남편의 목소리가 들렸다.

"나 왔어요."

싱크대에 붙어 서서 저녁준비를 하던 난 재빨리 앞치마에 손을 닦고 현관으로 다가갔다. 남편이 성큼 거실로 들어섰다.

"수고하셨네요."

신발을 벗고 올라서는 남편의 손을 덥석 잡았다. 따듯했다.

"세림아, 아빠 오셨다. 인사해야지"

이미 남편이 돌아오는 인기척을 감지했을 터인데 세림이는 모른 척하고 있었다. 내가 방문을 열자 컴퓨터 앞에 붙어있던 세림이가 무슨 일이냐는 표정으로 일어섰다.

"아빠 오셨단다. 인사해야지"

아무런 대꾸도 않은 채 일어선 세림이가 거실로 나왔다.

"다녀오셨어요."

무표정이었다. 그냥 어쩔 수 없이 하는 것처럼 보였다. 그리고는 곧바로 제 방으로 돌아갔다. 건성으로 인사하지 말라고 몇 번인가 타일렀지만 소용없는 일이었다. 초등학교 5학년인 세림이가 벌써 사춘기라고 하기에는 아직 일러도 한참이나 일렀다. 유난히 부끄럼이 많아 수줍음 때문이라고 위안했다.

"미안해요. 여보."

남편의 옷을 받아 챙기며 살갑지 못한 세림이를 대신해서 내가 사과했다. 그리고 이건 내 진심이기도 했다.

"차츰 괜찮아지겠지요. 아직 익숙하지 못해서일 거요."

남편은 미안해하는 나를 오히려 감싸 주었다.

결혼하고 처음 맞이하는 시어머니의 생일이 돌아오고 있었다. 어떻게 해야 할지 몰라 남편에게 상의했더니 그냥 참석해서 밥 먹어 주기만 하면 된다고 했다. 출장뷔페 시킬 거니까 음식 장만할 일은 없다는 것이었다. 마음의 부담이 푹 줄었다. 생일날 아침이었다. 나는 남편처럼 좀 더 어려 보이려고 곱게 화장을 했다. 그리고 빈손으로 가는 건 예의가 아니다 싶어 제과점에 들러 아주 커다란 고급 생일케이크를 하나 샀다. 꼭 비싼 것이 아니더라도 정성이라 했지만 나는 비싸고 고급스러워야 할 것 같아 일부러 큰 케이크를 골랐다.

너무 넓은 시어머니 댁은 형님네 가족 시누이네 가족 모두가 모였어도 자리가 널널해 보였다. 세림이는 왜 데려오지 않았냐는 동서 형님의 인사가 귀에 거슬렸다. 차라리 묻지나 말고 모른 체나 할 것이지. 내 반응을 살피려 하는 건 아닌지.

"왔냐?"

시어머니의 목소리에 거부감이 느껴지지 않아서 고마웠다. 싱크대 옆에서 상차림을 돕고 있던 시누이는 미동도 하지 않았다. 조카들마저도 의례적인 인사만 하고 모두들 내게서 멀리 떨어져 앉았다. 조금이라도 가까워지려 조카들에게 말을 붙이며 다가가면 조카들은 슬금슬금 자리를 떴다. 만난 지 얼마 되지 않아 서먹한 때문이라기보다 누군가에게 코치를 받았다는 느낌이 더 강했다. 초라한 자신이 너무 슬프고 부끄러워 쥐구멍이라도 찾아 들고 싶었다. 상을 차리고 저마다의 접시에 음식을 담아내고 케이크를 자르는 순서가 다가왔다.

"제가 준비해 왔어요."

나는 벌떡 일어나 티브이 옆에 둔 내가 사온 큰 케이크 박스를 해체하기 시작했다.

"아니 됐어. 그거 말고…."

시누이가 제동을 걸었다. 그리고 준비된 다른 케이크가 상 위에 올려졌다. 머쓱해진 나를 남편이 흘끔흘끔 쳐다봤다. 나는 전혀 불편하지 않다는 걸 보여 주려 애를 썼다. 혹 표정이 변하지나 않을까 잔뜩 신경을 곤두세웠다. 생일잔치가 끝날 때까지 내가 사 간 케이크는 거들 떠보지 않았다. 식사가 막바지에 이를 무렵까지 내 표정만 살펴 챙기는 남편이 고맙기 그지없었다. 집으로 돌아가는 차 안에서 볼멘소리로 남편에게 불평을 시작하려는데 남편이 먼저 입을 뗐다.

"미안해. 당신 입장 충분히 이해해."

목구멍까지 치솟는 말을 꿀꺽 삼켰다.

'그래 난 혹 하나 달고 시집온 과부댁이잖아.'

눈물이 주루룩 흘렀다.

토요일이었다. 남편이 몸살기가 있다며 일찍 퇴근해 왔다. 손으로 짚어 본 남편의 이마에서 약간의 미열이 느껴졌다. 한잠 푹 자면 괜찮을 거라며 침실로 들어가는 남편을 쫓아가 침실의 커튼을 모두 내렸다. 방이 어두컴컴했다. 아파트 정문 앞 약국으로 달려가 서둘러 쌍화탕을 사들고 돌아 왔다. 조용해 진 침실을 살그머니 열고 확인해 본 남편은 이미 깊은 잠에 빠져 있었다. 남편이 깰세라 조용히 거실로 돌아오는데 거실의 전화벨이 요란하게 울었다. 세림이었다.

"엄마. 아빠가 학교로 날 찾아왔어."

"뭐라구?"

"아빠가 나 찾아왔다구…."

"…그래서."

"아빠가 엄마 만나야 한데. 엄마 만나서 상의할 이야기가 있대. 이거 아빠 전환데 아빠가 엄마에게 전화부터 하라고 해서…."

"세림아 너 알잖니? 엄마가 아빠 전화 받을 수 없다는 거."

"알고 있어. 근데두 아빠가 무조건 전화하래잖아."

"여보세요. …여보세요."

갑자기 전 남편의 목소리가 귀를 울렸다. 나는 소스라치게 놀라며 후다닥 전화를 끊었다. 잠시 후 다시 전화벨이 울렸다. 조금 전 번호와 일치하는 전 남편의 전화였다. 전화를 끊기 위해 부리나케 수화기를 들었다 놨다. 다시 벨이 울리고 나는 전화기를 또 들었다 놔야 했다. 세 번째 전화벨이 또 울리자 나는 전화코드를 확 잡아 뽑았다. 방에서 곤히 잠들어 있는 남편이 깨어날까 봐 겁이 덜컥 났다. 물론 남편이 알고 있는 사실이지만 이렇게 찾아오리라고는 꿈에도 생각지 못할 것이었다. 아직도 정리가 되지 않았냐고 하면 뭐라고 대답한단 말인가. 가슴이 마구 쿵쿵 뛰었다.

'곧 전화할지도 모르는 시어머니의 전화는 어떻게 한다?'

'시어머니가 계시는 매장에서 막 돌아온 남편이니까.'

'아들 사랑이 끔찍한 시어머니라서 분명 전화로 어떤 상태인지 물어올 텐데….'

가슴이 두근거려 그냥 앉아있을 수가 없었다. 안절부절못하며 거실을 오갔다. 조금이라도 움직여야 가슴이 진정될 것 같아서였다. 눈에 띄는 이미 가지런한 현관의 신발을 정리한답시고 만지고 또 만졌다. 곧 시어머니 전화가 올 것 같은데도 전화코드는 다시 꽂아두지 못했다.

그때 초인종이 울렸다. 세림이가 학교에서 돌아온 모양이었다. 공연히 머리가 쭈뼛 솟았다. 인터폰 화면에 떠 있는 두 사람의 얼굴, 세림이와 전 남편이었다. 가슴이 철렁 무너져 내렸다. 조금 진정돼 가던 심장고동이 다시 폭발적으로 뛰기 시작했다. 전 남편은 또 세림이를 채근했고 세림이가 다시 초인종을 눌렀다. 초인종 소리가 평소보다 훨씬 크게 들렸다. 문을 열어주지 않자 초인종 소리가 거푸 나기 시작했다. 화면으로 보이는 전 남편이 초인종을 마구 눌러대는 것이었다. 새아빠가 집에 와 자고 있을 거라고는 짐작도 못 하는 세림인지라 잠깐 엄마에게 할 말이 있다는 친 아빠의 설득을 쉽게 받아들였을 것이 틀림없었다.

그렇지 않고서야 재혼한 새 남편이 잠들어 있는 집 초인종을 마구 눌러
델 간 큰 사람은 없을 텐데…. 초인종 소리가 온 집안을 마구 흔들어 제
켰다. 나는 갑자기 당하는 황당한 일에 어쩔 줄을 몰랐다. 전화기처럼
전원코드를 뽑고 싶은데 어디에 전원코드가 있는지 몰랐다. 우선 초인
종 소리라도 막아야겠다는 생각이 떠올라 허겁지겁 비닐봉지와 타월
을 찾아들었다. 비닐봉지로 초인종을 대충 싸고 그 위에 두꺼운 타월로
둘둘 말았다. 초인종 소리가 줄었다.

'지금 뭐 하는 짓이야…?'

잠에서 깬 남편의 외치는 소리가 들리는 것 같아서 오금이 저렸다.
마구 뛰던 심장이 터져 버릴 것 같았다. 스스로 생각해도 지금 내가 뭐
하는 짓인지 한심스러웠다.

'깨끗이 정리하고 이혼했으면 그만이지, 이제 세삼 뭐 어쩌자는 거야?'

남편만 집에 없었더라면 쫓아 나가 멱살이라도 잡고 싶은데 온 신경
이 방 안의 남편에게로만 쏠렸다. 곧이어 현관문을 박차며 두드릴까도
두려웠다.

"엄마."

초인종의 반응이 없어서인지 세림이가 인터폰을 들고 엄마를 불렀다.

다행이다 싶어 재빨리 인터폰 수화기를 집어 들었다.

"지금 아빠 집에 와 주무셔…!"

한마디하고 딸깍 수화기를 놓았다. 초인종 소리가 멈췄음에도 잡고
있는 타월은 놓을 수가 없었다. 문 밖에서 들리는 작은 소리에도 잔뜩
신경이 써지는데 금세 현관문 앞이 조용해졌다. 초인종을 감싸고 있던
타월을 살그머니 놓으면서 인터폰 화면을 살폈다. 전 남편이 세림이에
게 뭐라고 이야기하는데 세림이는 도리질을 했다. 한참 우두커니 서 있
던 전 남편이 뚜벅뚜벅 복도를 따라 사라졌다. 세림이가 현관문 앞으로

다가오자 급하게 문을 열고 당기다시피 안으로 끌어들였다. 세림이 손에는 커다란 곰 인형이 들려 있었다. 제 핏줄의 아빠가 사 준 모양이었다.

"엄마. 아빠가 같이 나가 두 시간만 놀다 오자는데…. 엄마에게 물어봐서 괜찮다 하면 내려 오래 아파트 광장 공원 벤치에서 기다리겠대."

책가방을 현관 탁자에 벗어던지면서 내 귀에다 대고 속삭였다, 아빠 방에서 주무신다니 저도 신경이 쓰이는 모양이었다. 곰 인형은 제 방으로 가져가 책상 위에 두었다. 돌아 나오는 세림이에게 나는 나지막한 소리로 말했다.

"음, 너 좋을 대로 해. 아빠 따라가서 놀다 오든지."

빈말이었다. 하루빨리 새 남편에게 적응해 주었으면 좋겠는데 그리 쉽게 아빠라는 느낌이 들지 않는 모양이었다. 새 남편 들면 기분 나빠할지 모르지만 나는 새 남편보다 세림이가 더 소중했다. 세림이 없으면 못 살 것 같았다. 속으로는 세림이가 나가지 말아 줬으면 하고 빌었다. 핏줄은 못 속인다고 매일 엄마와 몸싸움까지 해대며 격렬하게 싸우던 아빠를 미워할 줄 모르는 세림이었다. 엄마와는 수많은 갈등을 겪으면서도 자신에게만은 끔찍했던 아빠를 세림이는 내심 반가워 하고 있는지도 몰랐다. 저러다 세림이가 제 친아빠에게로 간다 할까가 가장 두려웠다.

"음! 나 안 갈 거야!"

잠깐 내 눈치를 살피던 세림이가 새침해지더니 다시 제 방으로 들어갔다. 곤히 잠든 남편은 아직까지 아무 기척도 없었다. 아마 몸살기가 심한 때문이다 싶었고 오히려 다행이다 싶었다.

"엄마, 이거 아빠가 사 준 건데 나 갖고 있어도 괜찮지?"

세림이가 다시 곰 인형을 들고 거실로 나왔다. 물끄러미 세림이의 표정을 살피던 난 고개를 끄덕거렸다.

"엄마가 사 주었다고 할게."

맥 빠진 세림이의 목소리에 가슴이 찢어지는 듯 아파왔다.

4

추석을 이틀 앞둔 날이었다.

시어머니 댁에서 차례를 지낸다고 했다. 늘 바쁜 가게일로 집안이 엉망이어서 해마다 시누이가 사람을 불러 시어머니 댁 집안 대청소를 한다고 했다.

"자기야! 이번에는 내가 할게. 나 청소 대장이거든…."

시어머니와 가까워질 수 있는 절호의 기회다 싶어 쾌재를 불렀다. 남편이 시어머니께 전화를 걸었고 허락이 떨어졌다. 시댁 모든 가족들에게 환영받으며 허물없이 섞여 살고 싶다는 게 내 작은 소망이었다. 그런 소망을 향한 작은 시도라도 해보고 싶었다.

그날은 일치감치 시어머니 댁으로 출발했다. 마침 시어머니는 베란다의 흐트러진 화분을 정리하고 있었다.

"어머님 제가 할게요."

무겁게 보여 지던 화분마저 가뿐하게 들렸다. 곧 청소할 도우미 아주머니가 도착할 거라고 했다.

'혼자서도 잘할 수 있는데-'

욕심이었다. 혼자 깨끗하게 청소하고 정리정돈을 해서 잘 보이고 싶다는 욕심이었다. 머리에 스카프를 두르고 얼굴에 마스크를 하며 긴 앞치마를 걸쳤다. 집안에 쌓인 먼지마저 홀라당 날려 버려야겠다 싶었다.

곧이어 도우미 아주머니가 나타났고 뒤따라 시누이가 현관을 들어섰다. 예기치 않은 시누이의 방문에 깜짝 놀랐다. 공손하게 재빨리 인사부터 했지만 시누이는 또 못 본 척 고개를 돌렸다. 시어머니의 말투가 갑자기 더 무뚝뚝해지기 시작했다.

"냉장고며 싱크대의 그릇을 모두 꺼내 깨끗하게 닦아야 된다."

"……."

"특히 거실은 소파를 옮겨가며 구석구석까지 닦아내고…."

현관에 서 있던 시누이가 시어머니에게 다가가 귀엣말을 몇 마디 주고받았다. 그리고 시누이는 간다 온다 말도 없이 휑하니 현관을 빠져 나갔다. 시어머니는 안방으로 들어가더니 안방 문을 닫았다. 그리고 한참 후에야 외출 준비를 하고 문을 열고 나오던 시어머니가 안방 문을 찰칵 잠갔다.

"나, 가게 나간다."

도우미 아주머니가 나를 물끄러미 쳐다봤다. 시어머니가 엘리베이터를 타고 완전히 사라진 후쯤일까 도우미 아주머니가 내게 물었다.

"며느님 아니세요?"

"그런데요."

"근데 왜 안방문은 잠그죠?"

"아, 오랜 시어머니의 습관이에요."

"지난해 추석, 큰 며느님하고 청소할 때는 큰며느님이 안방까지 휠휠 털어 냈는데…."

"……."

"며느님들도 못 믿을 새 보물이 생기셨는가 보죠?"

내 표정이 안 좋아 보였는지 도우미 아주머니가 슬쩍 농담이라는 것처럼 말꼬리를 돌렸다. 갑자기 온몸의 힘이 쭉 빠졌다.

'시누이가 귓속말을 하더라니….'

애써 태연한 척해야 하는데 혹 내 표정에 변화가 있을까 봐 잔뜩 신경이 쓰였다. 속은 더 부글부글 끓었다.

'나도 이 집 귀신으로 신고 했는데 아직도 이 집 귀신이 아니란 말인가?'

"당신 힘들지? 힘들어도 참아. 언젠가는 가족 모두 당신을 받아 줄 거야."

시댁을 다녀오는 날이면 늘 내 표정을 살피고 내 등을 어루만지며 안아주던 남편이었다. 사사건건 어머니와 부딪치는 것도 힘들고 불효일 수도 있어 때로는 당신편이 아닐 수도 있다는 남편이었다. 몰라도 좋을 일은 모르게 할 수도 있다 했다. 하지만 참지 못하면 참지 말고 마구 퍼부어 대라고도 했지만 나는 그런 남편이 더 듬직해 보여 좋았다.

다음 날, 그러니까 추석 전날이었다. 차례상 음식준비를 위해 다시 시어머니 댁을 찾았다. 이번에는 시누이가 아닌 손위 동서와 함께여서 한결 마음이 가벼웠다. 그런데 당신네 시댁 추석준비는 이미 다 마쳤는지 다시 시누이가 나타났다. 분위기가 다시 냉랭해졌다. 왜 그래야 하는지 도대체 이해가 되지 않았다. 유독 내게 눈치를 주던 시누이는 오후 세 시가 넘어서야 돌아갔다. 시누이가 돌아가고 나서야 분위기가 다소 누그러지기 시작했다. 그러나 난 여전히 이방인이었다. 왜 나를 가까이하지 않으려 하는지 전혀 이해할 수가 없었다. 집에 돌아와서도 마음이 개운해지지 않았다. 신랑에게 항의 겸 하소연할까도 생각해 봤지만 애매한 신랑에게 스트레스만 주는 일 같아 혼자 삭히기로 했다.

추석날 차례를 지내는 동안도, 차례를 지내고 음식을 나눠 먹는 동안도, 나는 완전한 이방인이었다. 나를 살갑게 대해 주는 사람이 전혀 없었다. 신랑마저 시댁 식구들의 눈치를 살핀다는 느낌이 들었다.

'어쩔 수 없지 뭐. 더 기다리며 내가 더 노력하는 수밖에….'

섭섭한 게 한두 가지가 아니었지만 나는 모른 채 참기로 했다. 모든 가족들이 이 집 귀신으로 살다 죽을 것이라는 내 마음을 알아줄 때까지 기다릴 수밖에 없었다. 헌데 그게 언제쯤일는지. 내 뒤통수를 따라다니는 남편의 나를 챙겨보는 시선이 느껴져 그나마 서운한 마음이 반으로 줄었다.


베란다가 허전해 화분 몇 개를 사야겠다고 벼르고 있던 때였다. 남편이 가게의 화물차를 끌고 집으로 왔다. 그리고 적재함이 그득하도록 싣고 온 크고 작은 화분들을 집으로 옮겼다. 녹색의 장원이 생긴 것 같아 한결 기분이 좋았다. 웬 화분이냐고 물었더니 당신에게 욕먹을 일해서 얻은 것이라며 웃기만 했다.

「축 이전!」

「발전을 위한 이전을 축하합니다」

화분으로 그득한 베란다에서 신선한 바람이 물씬 거실로 밀려왔다. 꽃향기도 잔뜩 배어있는 바람이었다. 그때 거실구석 탁자 위에 있는 집 전화벨이 울렸다.

"여보세요?"

"가 좀 바꿔라."

시어머니였다. 말투는 여전했다. 지금쯤은 좀 살갑게 대해 주어도 좋으련만 늘 그랬다. 그래도 그게 내 운명이려니 할 수밖에 없었다. 난 아무것도 몰라야 했고 아무것도 모르고 사는 게 당연했다.

"여보, 내일 가게 좀 나가 봐야겠다."

통화를 마친 남편이 내 눈치를 살폈다. 가게일은 무조건 힘들다고 생각하는 남편이었다. 때문에 가게에는 얼씬도 못 하게 했다. 하지만 난 가게에 나가는 날이 더 좋았다. 가족과 함께하는 일이어서, 가족과 함께 호흡할 수 있는 날이어서, 나도 가족의 일원이라는 데서, 더 이상 기분 좋은 날이 아닐 수 없었다. 내가 조금이라도 도움이 되고 있다 싶으면 오히려 힘이 펄펄 났다.

"좋아! 나, 가게일 조금도 힘들지 않아."

"가게 나가기 전 형수님한테 꼭 전화하고 가야 해. 그리고…."

남편은 뭔가를 이야기하려다가 슬그머니 일어나 침대에 가 누웠다. 나는 누워있는 남편에게 쪼르르 다가갔다.

"내 사랑하는 신랑 힘들지?"

신랑의 다리부터 주무르기 시작했다. 남편의 몸 구석구석을 정성들여 주물러 안마했다. 장난 삼아 남편의 심벌을 슬쩍슬쩍 건드렸더니 이내 남편의 심벌에서 반응이 왔다. 벌떡 일어난 남편이 나를 덥석 끌어안고 눕혔다. 그리고 치마를 거칠게 밀어 올렸다. 벽걸이 시계를 쳐다봤다. 아직 세림이가 학교에서 돌아올 시간은 두 시간도 더 남았다.

"여보 좀 천천히…. 세림이 돌아올 시간 아직 멀었어."

5

"형님 저예요. 가게 일손이 부족하다면서요. 지금 가게로 나가려는 중인데요. 출발하기 전 형님하고 통화하고 나가라 해서요."

"응, 동서…. 근데 말이야."

"뭔데요?"

"오해하지 마."

"알았어요."

"가게 옮겼어. … 대로변으로 나왔어. 그리로 와야 해. 전에 있던 가게자리로 갈까 봐 미리 전화하라고 했을 거야. 어제 삼촌이 꽃 잔뜩 싣고 들어갔지?"

"네."

"이전 개업식 했어. 가까운 친척 친구들 모두 모였댔지. 근데….”

"…….”

"근데 동서에게 연락하지 못해서… 미안해."

"아뇨, 괜찮아요."

"사실은 말야. 동서에게는 연락하지 말라고 해서….”

"누가요? 아니 왜요?"

"…나도 잘 몰라. …아마도….”

"아마도… 뭔데요?"

"아마도…. 오해하면 안 돼."

"오해할 것도 없죠 뭐."

"그러네, 누구의 의견인지는 몰라. 그런데….”

"그런데…. 그리고 뭐죠?"

"가게 이웃 사람들 말야. 전부터 동서 아는 사람들 그 사람들도 오는데….”

"……….”

"동서가 우리 삼촌, 그러니까 우리 사장님의 사모님이라는 게….”

"그게 어떻다는 거예요."

"그게…그게…창피하다는 거야. 혹 달린 과부댁이 총각인 우리 사장님과 결혼했다는 사실을 온 동네 알리게 되는 게 싫다는 건가 봐."

"……."

"그러니까 동서에게는 알리지 말랬어. 가게일 도와주는 거하고는 또 다른 공식적인 자리라는 거야. 저절로 알게 되면 알게 되더라도 공식적인 자리에 내세우지는 않겠다는 거야."

"아…!"

갑자기 수화기를 들고 있던 손가락의 힘이 스르르 풀렸다. 수화기가 저만큼 툭 떨어져 나뒹굴었다. 수화기를 통한 형님의 목소리가 가늘게 들렸다. 하지만 난 다시 수화기를 집어 들지 못했다. 정신을 잃은 것까지는 아닌데도 맥이 빠져 옆으로 픽 쓰러지고 말았다.

'그랬지! 난 이방인이었잖아!'

'새삼스러울 것도 없는데 뭘 놀라는 거야. 난 영원한 이방인일 뿐인데….'

"여보세요……. 여보세요……."

수화기에는 여전히 형님의 다급한 목소리가 흘러나오고 있었다.

이야기 일곱

# 실버(silver) 일꾼의 애환

요란하게 경비실문을 두드리는 소리가 들렸고 놀란 박노인이 벌떡 일어났다.

"엘리베이터에 사람이 갇혀 있단 말이야."

"......"

벌써 한 시간도 더 지났는데 도대체 당신 뭐 하고 있는 거요. 여기 잠자러 온 사람이요?"

새벽 두 시가 막 지나가고 있었다. 대기하면서 눈 붙일 수도 있는 시간이어서 박노인은 경비실 옆 간이침대에 누워 살큼 졸고 있는 중이었다. 경비실 앞에는 취객으로 보이는 한 사람이 겨우 몸을 지탱하고 서서 어눌하게 떠들어 대고 있었다. 정확한 발음은 아니지만 대충 그런 뜻으로 이해 됐다. 허둥지둥 CCTV를 확인했더니 4호기 안에 갇혀있는 한 남자가 엘리베이터 벽면에 발길질을 하며 고함치고 있는 모습이 보였다. 박노인은 엘리베이터와 연결된 인터폰의 수화기를 들었다.

"잠깐만 기다리세요. 심하게 요동치면 엘리베이터가 추락할 수도 있습니다. 지금 즉시 구출해 드리도록 하겠으니 조금만 기다려 주세요."

서둘러 엘리베이터 비상키를 찾아 들고 엘리베이터가 멈춰 있는 6층으로 올라갔다. 엘리베이터 덧문을 열어 보고 다행히 덧문과 일치한 지점에 멈춰 서 있다면 구출이 가능하나 그렇지 않은 위치에 멈춰 있다면 119나 엘리베이터 관리업체에 연락해야 했다. 조심스럽게 엘리베이터 덧문을 빠끔히 열자 엘리베이터는 정확하게 6층 위치에 멈춰있었다. 문이 활짝 열리고 밖으로 나온 취객은 다짜고짜 박노인의 멱살부터 붙잡았다.

"당신 뭐 하는 사람이야?"

"……"

"내가 비상벨을 몇 번이나 누르고 비상통화 인터폰으로 얼마나 고함쳤는지 알아? 당신 뭐 하고 있었어. 잤지?"

"죄송합니다. 미처 듣지 못해서…"

"못 듣기는… 푹 잤기 때문에 못 들었잖아?"

취객은 부여잡은 멱살을 마구 흔들어댔다. 박노인은 잡힌 멱살을 뿌리치려 안간힘을 썼으나 취객의 힘은 장사였다.

"미안합니다. 이 손 좀 놓고 이야기합시다. 숨이 막혀서…."

잡았던 멱살을 놓으며 취객은 다시 박노인을 향해 발길질을 시작했다. 정확하지 못한 취객의 발길질을 이리저리 피하며 박노인은 죄송하다는 말만 되풀이했다. 취객은 근무태만이라며 갖은 욕설을 다 퍼붓더니 경비실 문을 두드리던 취객과 더불어 슬그머니 사라졌다.

"똑바로 해. 알았어?"

벨이 틀어져 목구멍까지 치달아 온 욕설을 꾹꾹 눌러 참기를 잘했다 싶었다. 오늘이 불타는 금요일인 불금이었고 유흥업소들이 즐비한 건물이다 보니 1층 로비는 취객들로 붐비고 있었다. 북새통을 이루는 1층 로비는 생기가 돌았고 之(갈 지)자로 걷는 슬로모션의 사람들은 대부분 만취한 사람들이었다.


1


경비실에서 살림을 차리다시피 했던 최노인이 타의에 의해 사표를 냈다.

근무 중에도 늘 잠에 취해 졸고 있다는 입주자들의 항의 때문이었다. 정히나 졸리면 경비실에 붙어있는 취침실에 들어가 잠깐씩 눈 붙이라는 관리소장의 배려에도 불구하고 최노인은 경비실 의자에 몸을 기댄 채 침을 흘리면서 졸았다. 엄연한 근무시간에 취침실에서 존다는 것은 근무태만일뿐더러 그게 이유가 돼 쫓겨날지도 모른다는 최노인 나름대로의 판단 때문이었다. 하지만 쏟아지는 잠은 어쩔 수 없는 노릇이었다. 처음에는 경비실 밖을 한 바퀴 돌면서 졸음을 쫓았으나 시간이 흐르면서 졸음을 의식하는 감각도 무뎌지기 시작했다. 모니터의 이곳저곳을 살피다 보면 어느새 눈이 스르르 감겼다. 깜짝 놀라 깨어보면 입가에 침이 흘러 있었고 경비실을 지나 2층으로 올라가는 입주자들의 싸늘한 눈길이 느껴지고는 했다. 경비는 지나가는 사람들을 유심히 살피는 것만으로도 제 발 저린 도둑의 경계심을 유발시킨다고 했다. 그런데 허구한 날 경비실 안에서 졸고만 있고 보면 만일 도둑이 든다 해도 그들을 안심시켜 활보할 수 있도록 해 준다는 논리의 항의였다.

최노인은 시말서를 썼다. 그러나 쏟아지는 졸음은 어쩔 수가 없었다.

무려 다섯 장의 시말서를 쓰고 난 뒤에도 최노인의 조는 버릇이 고쳐지지 않는 것으로 판단되자 관리소장은 사표를 종용했다. 입주자들의 항의를 더 이상 견딜 수 없다는 것이었다.

박노인은 시원섭섭했다. 이미 2년여 동안 함께 일해 온 동료이기는 하나 늘 졸음에 젖어 있는 최노인에 대한 불만이 자신에게마저 번질까가 두려웠었다. 졸다가 미처 해놓지 못한 이곳저곳의 정리정돈이 박노인의 몫이 되는 것에도 불만이 쌓여가는 중이었다. 일 년만 더 근무하고 싶다는 최노인의 의사는 반영되지 못했다. 결국 최노인은 사표를 썼고 그날부터 출근하지 않았다. 후임이 출근할 때까지 근무해 달라는 부탁을 최노인은 일언지하에 거절했다. 쓸모없는 인간은 하루라도 빨리 사라져야 한다며 불편한 심기를 감추지 못했다. 후임이 결정되지 않았는데도 최노인이 출근하지 않았다. 니들 알아서 하라는 심보 같았지만 어쩔 수가 없었다. 내리 삼 일 동안을 박노인 혼자서 감당해야 했다. 오늘에야 신입 경비가 결정되어 출근한다 하니 그나마 천만다행이었다.

건물외곽 청소부터 시작했다. 웬 전단지 광고물은 그리도 많은지 반절지에 천연색으로 인쇄된 선명한 나신의 여체가 눈에 들어왔다. 그리고 커다란 활자의 카피도 뚜렷하게 보였다.

'노 팬티' '노 브라' '노 스타킹' - '쓰리 노의 집'

'설마 발가벗고 있는 것은 아니겠지, 원피스 정도의 겉옷은 입었을 거야.'

'속임수일 거야. 아니 속임수가 분명해'

한두 번 보는 것도 아니어서 데면데면하다가도 실제로는 어떤 곳일까 궁금하기도 했다. 넘치는 광고물들을 긁어모아 커다란 쓰레받기에 담았다. 건물 뒤켠까지 휘돌아 외곽 청소를 마치고 1층 화장실로 향했다. 주말마다 붐비는 취객들이 말도 못 할 정도로 더럽히는 화장실이었다.

대충 쓰레기를 줍고 대걸레로 숨벙숨벙 밀었다.

화장실 세면장에서 세수까지 마치고 경비실로 돌아오자 오늘부터 새로 근무하는 김 노인이 기다리다가 인사를 건넸다.

"김판술입니다. 잘 부탁합니다."

어눌한 충청도 사투리의 느릿느릿한 말투에서 꽤나 느린 사람이겠다 싶었다. 별로 어려운 일은 없으므로 서로 이해하는 것이 무엇보다 중요함을 강조하는 것으로 상견례를 대신했다. 김 노인은 철제가구회사에서 일한 지 오래된 가구제조 기능자라고 했다. 동남아 웬만한 나라는 모두 돌아다니며 일한 베테랑 가구 기술자였으며 정년퇴직하고 집에서 편히 쉬어야 하겠지만 쉰다는 사실이 그리 달갑지가 않았다고 했다.

관리소장으로부터 간단한 설명은 들었다지만 자세한 근무수칙의 전수는 선임자인 박노인의 몫이었다. 빌딩의 대충구조와 입주업체에 대한 특성 등의 설명부터 마친 뒤 순찰 코스를 안내했다. 10층 옥상의 물탱크 실부터 9, 8, 7층의 불가마사우나 계단을 거쳐 6층에 도착해서는 보다 자세한 임무를 설명했다. 화장실의 세면기 작동 여부와 하수도관을 지나 흐르는 원활한 하수의 흐름을 살피는 것은 물론 변기의 막힘 등도 잘 살펴야 한다는 것을 강조했다. 복도의 무질서한 물건 적치도 불가하며 복도천장의 형광등이 제대로 켜져 있는지도 중요 체크사항임을 일러 줬다. 지하 주차장에서는 시동을 걸어둔 채 잠들어 있는 자동차를 발견하는 즉시 깨워서 시동을 끄도록 해야 함도 일러 주었다. 근무 교대시간인 아침 6시 이전까지 건물 주변 청소를 마쳐야 하는 것도 중요한 근무수칙임을 강조했다. 청소를 담당하는 미화반 아줌마들이 출근하지 않는 휴일 아침에는 1층에 소재한 화장실 청소도 주 임무라는 설명을 빠트리지 않았다.

1층 로비 통로는 주변 건물을 드나드는 사람들의 통로로도 이용되

고 있었다. 인파가 붐빈다는 것은 상가 건물로서 둘도 없는 좋은 조건
이겠지만 청소 아줌마나 경비 자신들에게는 그리 좋은 일이 아니었다.
1층 로비가 쉽게 지저분해질뿐더러 입주민보다 자나가는 사람들의 이
용도가 더 많은 화장실 또한 수시로 체크해 청소하지 않으면 이내 말이
아닐 정도로 지저분해지기 때문이었다. 마지막으로 경비실 문 옆에 붙
여진 근무자의 이름 및 전화번호가 기재된 명패는 근무교대 시 반드시
다음 근무자의 명패로 돌려 놓아야 함도 일러 주었다.

2

　유흥업소가 많은 건물인지라 주말인 금요일에는 평소보다 훨씬 더
많은 취객들이 붐볐다. 붐비는 취객들의 숫자에 비례해서 토하는 사람
들이 늘었으며 장소 불문하고 토해 놓은 곳곳의 오물을 치우는 일은 끔
찍했다. 화장실 같은 곳은 그래도 괜찮은 편이었다. 복도와 엘리베이
터에는 물론 1층 로비 중간에도 역겨운 냄새를 풍기는 오물들이 즐비
할 때는 이제 이 일도 천직이려니 해야 했다.
　경비실은 대기하며 앉아 쉬는 곳이 아니었다. 수시로 CCTV의 모니
터를 살펴야 했다. 4대의 엘리베이터 내부는 물론 엘리베이터와 연결
되어 있는 층마다의 복도 그리고 이면복도, 1층 로비와 출입구 등 건물
구석구석이 한눈에 들어왔다. 주차장을 관할하는 CCTV는 주차원들이
살펴야 하는 몫이어서 주차관리소로 옮겨가 그나마 다행이었다.
　경찰 아저씨들이 찾아와 며칠 전의 화면을 확인하기도 했다. 사우
나 찜질방에서 일어나는 핸드폰 도난사고가 빈번했고 유흥업소에 일

어나는 주취 폭력도 거의 주말마다 되풀이했다. 슬쩍 내다버린 복도의 폐가구들도 CCTV를 검색하면 누구의 짓이라는 게 금방 들통 났고 당사자를 찾아가 주민센터의 대형폐기물 스티커를 사다 붙이도록 했다.

실시간으로 체크되는 엘리베이터 내부의 풍경은 근무시간을 지루하지 않게 해줘서 괜찮았다. 왕래 객이 뜸해지는 심야 시간대일수록 엘리베이터 풍경은 더 재미있어졌다. 1층에서 꼭대기 층 사우나까지 직행하는 운행시간이 제법 긴 4호기 엘리베이터가 더욱 그랬다. 커플로 보이는 남녀가 단둘이만 탔다 하면 엘리베이터 문이 닫히기가 무섭게 포옹을 시작했다. 남자가 여자의 목을 껴안고 여자의 머리가 뒤로 젖혀지면서 진한 키스를 시작하는가 하면 여자가 먼저 맹공격을 하는 커플도 있었다. 로터리에서 신호를 기다리던 젊은 커플의 키스장면도 심심찮게 보는 세상이라 대로변에서 보다 진한 애정행위를 볼 수 있을 날도 멀지 않으리라 싶었다.

중년의 남녀가 엘리베이터 안에서 애정행각에 몰두할 때면 박노인은 혀를 끌끌 찼다. 뭐가 그리 급해서 저기 저 협소한 공간에서 저리도 서둘까. 부부라는 생각이 들지 않았다. 젊은 커플들은 키스에 몰두하는데 중년의 커플들은 남자의 손이 여자의 티셔츠 아래로 끼어들고는 했다. 엘리베이터가 멈추고 문이 열리면 중년의 남자는 근엄한 얼굴로 로비에 나타났다.

아직 취객이 보여야 할 시간도 아닌 이른 저녁이었다. 박노인이 막 저녁식사를 마치고 CCTV로 눈을 돌리는 순간 2호기 엘리베이터에 여자취객 한 명이 남자에게 의지해 비틀거리며 타는 모습이 보였다. 엘리베이터에 오르자 말자 여자 취객이 털썩 주저 물러앉았다. 남자는 어쩔 줄 몰라하고 있었다. 1층에서 엘리베이터 문이 열리자 먼저 내린 남자가 여자를 끌어내리려 안간힘을 썼으나 축 늘어진 여자는 꿈쩍도 하지 않았다. 엘리베이터 문이 반쯤 닫히자 당황한 남자가 손으로 밀어 다시 열었다. 엘리베이터 문이 닫히다가 열리기를 몇 번이나 반복했지만 남자는 여자를 끌어내리지 못해 쩔쩔 매기만 하고 있었다. 고개를 떨어뜨리고 있던 여자가 고개를 번쩍 들더니 손으로 입을 막으며 이물질을 토하려 하기 시작했다. 박노인은 경비실을 박차고 엘리베이터로 향했다.

"아니, 여기서 토하면 안 되지."

"……"

"뭐하셔? 얼릉 끌어내리지 못하고….”

박노인의 목소리에 짜증이 섞이자 남자는 어쩔 줄을 몰라했다. 아직은 사회초년생의 풋풋한 청년처럼 보였다. 거기에다 체력이 좋아 보이지도 않는 약골 모범생처럼 보였다.

"자. 자 -"

박노인이 여자의 한쪽 팔을 들어 올리자 남자가 따라 다른 쪽의 어깨를 들어 올려 엘리베이터 밖으로 끌어냈다. 여자가 다시 털썩 바닥에 퍼질러졌다. 한쪽 손으로 입을 가리던 여자가 울컥 기어코 제법 많은 양의 오물을 토하고 말았다.

"저거. 저-"

박노인은 여자의 안위보다 치워야 할 오물에 더 먼저 신경이 쓰였다.

"총각 어떻게 좀 해봐."

"……"

처음 당해보는 경험이 전혀 없어 보이는 남자는 안절부절못하기만 했다. 너무 약해 혼자의 체력으로는 여자를 데리고 나갈 수 없어 보였다.

"나, 화-장실, 화-장실 좀…"

다시 입을 가리던 여자가 다른 한쪽 팔을 휘저으며 겨우 알아들을 발음으로 화장실을 찾았다.

"자. 자-"

박노인은 다시 서둘렀다. 여자의 한쪽 팔을 들어 어깨동무를 했다. 남자도 박노인을 따라 다른 쪽의 어깨를 들어 올렸다. 축 늘어지며 비틀거리는 여자를 1층 여자 화장실까지 억지로 데리고 갔다. 담배를 피우고 있던 앳된 여자애가 꼴사납다는 듯 눈을 흘기며 나갔다. 다른 칸에서 볼일을 마친 중년의 여인은 박노인은 안중에도 없다는 듯 꽃무늬 팬티 위로 천천히 치마를 끌어올리면서 혀를 쯧쯧 찼다. 화장실 문에 의지해 간신히 몸을 지탱하고 서 있던 여자는 그래도 정신은 있었던지 남자와 박노인을 향해 손을 휘이휘이 저으며 나가라는 시늉을 했다. 박노인은 남자의 어깨를 툭툭 쳤다.

"이제부터 당신이 책임지고 되도록이면 빨리 수습해서 돌아가셔."

박노인은 화장실 옆에 비치돼 있는 청소도구함에서 커다란 쓰레받기를 들고 엘리베이터 입구로 돌아왔다. 오물을 발견한 사람들이 질색을 하고 있었다. 엘리베이터를 기다리는 동안 코를 틀어쥐어 막고 멀찌감치 떨어져 서 있는 사람도 보였다. 처음에는 당황해서 어쩔 줄 몰라했던 박노인이었지만 지금은 그깟 오물쯤이야 식은 죽 먹기였다. 박노인은 쓰레받기에 오물을 쓸어 담고 다시 화장실로 향했다. 그 남자는 화장실 입구에 서 있었다. 박노인은 오물을 변기에 쏟아붓고 물을 내린 후 쓰레받기는 대걸레를 씻는 통에 물을 받아 헹궜다. 그리고 대걸레를 들고 엘리베이터 앞의 오물을 말끔히 닦아 냈다. 대걸레를 청소 도구함에 넣어두기 위해 화장실로 돌아온 박노인은 휘청거리면서 화장실을 떠나 밖으로 걸어가는 여자와 남자를 발견했다.

"휘유!"

식은 죽 먹기라지만 오물은 오물이어서 또 한 번 오물을 치우지 않아도 되겠다는 안도의 한숨이 저절로 나왔다.

"아저씨 여기 있었네요. 여자 화장실 좀 들어가 보세요."

독도참치 주방 아주머니가 코를 틀어쥐고 황급히 화장실을 빠져나왔다. 여자 화장실로 들어서자 비교적 넓은 공간인 장애인 화장실문이 열려 있었고 변기 위에는 물론 주변바닥이 온통 오물로 뒤덮여 있었다. 박노인은 그 젊은 남녀의 위치부터 확인해야겠다는 생각으로 서둘러 1층 로비로 나왔다. 예상대로였다. 여자는 다시 퍼질고 앉아 조금씩 조금씩 오물을 토하고 있었다.

"어떤 사이셔?"

박노인은 남자에게 물었다. 남자는 눈을 껌벅이며 당황해 하기만 했다.

"여자 친구 맞아?"

"… 아 네…"

여자인 친구일 뿐이지 연인의 여자 친구는 아니라는 느낌이 들었다.

"어떻게 해 봐. 업고 큰길로 나가 택시를 타든지?"

"… 아 네…"

여자는 계속 고통스러워하며 구역질을 해댔다. 이제는 토할 오물도 없는 때문인지 조금씩 조금씩만 토해냈다.

"여자 친구 맞아?"

박노인은 다시 한 번 다그쳐 물었다. 눈만 껌벅이던 남자가 고개를 끄덕이며 건성으로 대답했다.

"아 네…"

"저 상태로는 당신이 업고 가기도 힘들겠다. 어쩔 거야?"

박노인은 되도록 빨리 이 두 남녀를 여기에서 떠나보내야 했다.

"건물 뒤쪽으로 길만 건너면 모텔이 있어. 거기 가서 재우던지… 혼자 데려가기 힘들면 내가 거들어 줄게."

"아 네…"

남자는 곤란하다는 표정이 역력했다. 하지만 박노인은 다시 한 번 더 다그쳤다.

"어쩔 거냐구?"

몇 번이나 재촉을 하고 나서야 머쓱해진 남자가 도움을 청했다. 박노인이 한쪽 어깨를 들쳐 매고 남자가 또 한쪽을 들쳐 매자 축 늘어졌던 여자가 가까스로 일어섰다. 군데군데 오물이 묻어 흉하기만 한 여자에게서 은은한 향수 냄새가 박노인의 코를 자극했다. 곁눈으로 훔쳐본 여자의 브이네크 셔츠 사이로 브래지어에 가려진 여자의 앞가슴이 출렁거렸다. 젊다는 것이 부러웠다. 다시 젊어질 수는 없는 것이어서 더더욱 부럽다는 생각이 들었다.


3


오전 9시가 조금 지나서였다. 박노인의 전화벨이 요란하게 울렸다. 혹 중요한 전화를 받지 못할까 볼륨을 최대한으로 올려놓은 탓에 옆 사람도 깜짝 놀랄 정도의 요란한 벨 소리였다. 전화를 건 사람은 퇴근한 지 얼마 되지도 않은 김 노인이었다. 무슨 일인가 했더니 밤새 착신으로 돌려놓았던 관리실 대표전화를 해지하지 않은 채 퇴근했다는 것이었다. 관리실로 걸려오는 전화가 김 노인의 착신전화로 몰려들고 있다고 했다.

신참인 김 노인에게도 벨소리를 최대한 높여두라고 당부한 적이 있어 김 노인의 전화벨도 마찬가지일 거라는 생각이 들자 박노인은 고소를 금치 못했다. 퇴근할 때마다 혹 잊어버린 일은 없는지 꼼꼼하게 체크해야 된다고 신신당부해 두었는데 전화착신을 해지하지 않았다니.

"이번 한 번뿐이야. 다음부터는 당신이 되돌아와서 착신해지를 하고 가야 해."

경비실 문 앞에 걸려 있는 근무자 명패까지도 김 노인의 이름과 전화번호가 써진 것 그대로였다. 택배기사들이 입주자들과 연락이 닿지 않으면 경비실을 찾게 마련이고 순찰 때문에 경비실이 비어 있을 때는 명패를 보고 전화로 부탁을 하는 건데 비번 날 자다가도 느닷없이 날벼락 전화를 받는 경우였다. 박노인도 몇 번이나 겪었던 일이어서 퇴근할 때면 으레 꼭꼭 챙겨보는 일이었는데 김 노인은 아직까지도 몸에 배지 않은 모양이었다.

시간이 가고 조금씩 업무에 적응하면서 김 노인은 박노인과 부딪치기 시작했다. 선임인 박노인의 이야기라면 무조건 고분고분해하던 김 노인이 자신의 목소리를 내기 시작한 것이었다. 근무규정에 없는 일은 안 할 수도 있다든지, 경비가 해야 할 일이 아닌 일은 할 필요가 없다든지 심지어 복도의 전구마저 경비가 갈아 끼울 일은 아니지 않느냐고 했다.

평일에는 별 문제가 되지 않았다. 청소 아줌마들이 쉬는 일요일 아침이 문제였다. 가뜩이나 유흥업소가 밀집해 있는 건물이다 보니 주말 밤이면 건물은 북새통을 이루었다. 자정이 넘으면 취객들이 휩쓸고 다니다가 새벽 동틀 무렵이면 젊고 예쁜 아가씨들이 패를 지어 몰려다니기도 했다. 짝을 지어 술을 마신 커플취객들은 주로 새벽녘에 나타났다. 동이 트고 아침이 오면 건물은 다시 정적을 되찾지만 복도며 엘리베이터는 쓰레기가 날아다니고 곳곳에는 토한 오물과 심지어 소변 흔적마저 도처에 보이고는 했다. 경비가 바빠지는 시간이었다. 서두르지 않으면 근무교대 시간까지도 청소를 마치지 못하기가 일쑤였다.

근무순서가 되면 설날 아침이라도 꼭 출근해야 하는 것이 경비업무였다. 그럼에도 불구하고 국경일, 공휴일을 꼭꼭 지켜 쉬는 청소 아줌마들이었고 그런 날이면 청소 일을 대신 해 주어야 한다는 것에 김 노인은 강한 반발을 보였다. 박노인도 절대 공감했지만 불평은 하지 않았다. 주어진 업무라면 충실하게 수행해야 한다는 박노인 나름대로의 생활철학이 있어서였다.

입사해서 처음으로 여자 화장실 청소를 하던 날의 기억은 결코 잊혀질 것 같지 않았다. 일요일 이른 아침 6시, 막 근무교대를 마친 신입 경비 박노인은 선임 최노인이 알려 준대로 커다란 검은 쓰레기봉투와 집게를 들고 여자화장실에 들렀다. 혹 화장실에 볼일 보는 여자 손님이 있을 것도 같아 노크대신 큰 헛기침을 연신 해댔다. 문이 닫힌 구석 칸에서 담배연기가 풀썩풀썩 솟아올랐다. 박노인은 우선 열려진 화장실의 휴지부터 담기로 했다. 겨우 하룻밤 지난 화장실에 산더미처럼 쌓인 휴지더미를 보고 박노인은 깜짝 놀랐다. 하기야 CCTV로 보이는 화장실 입구가 늘 분주하게 드나드는 사람들로 붐비다시피 하긴 했지만 이리도 많은 휴지들이 널려 있을 줄은 짐작하지 못했다.

구석에 놓인 제법 큰 휴지통이 넘치다 못해 바닥에도 수북하게 쌓여 있었다. 마스크로 중무장한 박노인의 코에 퀴퀴한 냄새가 배기 시작했다. 집게 가득 휴지를 집어 봉투에 담았다. 드문드문 핏빛 생리대도 눈에 띄었다. 처음 보는 모양의 것이었지만 바로 생리대라는 것을 알았다. 다져진 휴지통의 중간쯤에서 입다가 버린 팬티도 한 장 나왔다.

'이건 또 무슨……?'

지금은 그저 그러려니 하지만 그때의 박노인에게는 기이하기만 한 사건이었다.

'왜 화장실에서 팬티를 갈아입지?'

'집에 돌아가서 갈아입어도 될 텐데, 그새를 못 참다니….'

박노인은 마스크 속 입안의 혀를 끌끌 찼다. 팬티를 화장실에서 갈아입어야 하는 이유는 아직도 미스터리였다. 가끔은 여자들의 행동이라고 믿기지 않는 일도 발생했다. 변기 커버를 뜯어 팽개친 풍경이며 문짝마저 흔들어 팽개친 괴력은 도대체 어디에서 나온 힘일까? 과음해서 비틀대는 여자들의 소행이 틀림없고 보면 취기가 있을 동안의 힘은 장사가 되는 것은 아닐까? 여자는 예쁘고 아름답기만 한 존재라는 이미지가 이 건물에 근무하면서 산산조각이 났다.

"여자 화장실 청소는 정말 곤란합니다. 공휴일에는 청소아줌마 교대로 출근토록 말씀드려 보는 건 어때요?"

선임 최노인에게 상의했지만 씨알도 먹혀들지 않았다. 선임은 절이 싫으면 중이 절을 떠나라는 것이었다. 약간의 불만이 없지도 않았으나 박노인은 마스크를 쓰며 단단하게 각오했다. 이런 일도 못 한다면 집에서 소파에 뒹굴며 티브이나 봐야 할 거라는 생각이 들어서였다. 가슴에서 일고 있던 불평불만도 일찌감치 접기로 했다. 더러운 오물을 치우는 일이지만 단단한 각오로 임하자 별것도 아닌 쉬운 일이라는 걸 이내 알게 됐다. 힘들고 어려운 일들이 갑자기 쉬워지는 것도 신기했다. 박노인은 절을 떠나지 않고 머무는 것으로 결론 냈다. 그날 이후로는 여자 화장실의 생리대도 자주 보이는 벗어버린 팬티도 역겹지가 않았다. 그런데 새로 입사한 신입 김 노인이 박노인의 이런 전철을 되풀이하고 있는 것이었다.

김 노인은 박노인처럼 쉽게 마음 정리를 하지 못하는 것 같았다. 휴일이면 더 많은 손님들로 북적거리는 상가건물의 특성상 청소 아줌마들의 휴일을 평일로 바꿔야 한다는 것이었다. 아니면 당번제로 휴일근무를 시켜야 한다는 것이 김 노인의 지론이었다. 마침 근무 교대시간에 일찍 출근한 관리소장이 경비실에 들렀다.

"모닝커피 한잔합시다."

정수기에서 뜨거운 물을 받아 믹스커피를 타서 마시는 것이지만 수시로 마셔야 정신이 드는 중독이다시피 한 일상이었다.

"소장님께 상의드릴 말씀이 있는데요."

커피를 마시고 있는 소장님의 얼굴에 긴장이 돌았다. 새로운 경비가 입사할 때마다 꼭꼭 한 번씩 겪는 엉뚱한 통과의례가 있었던 때문이었다.

"소장님, 일요일 아침 여자 화장실 청소 말인데요."

김 노인은 박노인에 비해 할 말은 하는 성격이었다. 박노인에게 주장하던 청소 아줌마들의 근무시간에 관한 의견을 소상하게 털어 놓았다.

"퇴근하는 분은 시간에 쫓길 수도 있으니 그럼 출근하는 분이 하세요."

관리소장은 한마디로 잘라 말했다.

"하루 종일 경비실에 앉아 있는 것도 고역이잖아요. 시간도 많으니 그냥 하세요. 움직이는 것은 건강에도 좋다지 않아요?"

커피를 다 마신 소장님이 경비실을 나서자 허탈한 표정의 김 노인이 불쑥 내뱉었다.

"죽느냐 사느냐 이것이 문제로다."

햄리트의 대사가 저절로 떠올랐다. 하지만 오래 가지 않았다. 며칠이 지나자 김 노인은 절간에 머무르기로 작정했다. 잠깐이면 끝낼 수 있는 그깟 1층 화장실 청소 때문에 청소 아줌마가 출근해야 한다는 것은 김 노인 스스로가 생각해도 짧은 생각이었다.

출근시간이 9시임에도 관리소장은 이미 8시 30분이면 출근해 있었다. 8시 30분까지 출근해야하는 청소 아줌마들보다도 먼저 도착하는 날이 훨씬 더 많았다. 그날은 박노인의 근무순서였고 전날 출근해서 밤을 새운 김 노인이 퇴근한 지 얼마 지나지 않은 시간이었다.

"빗자루 찾아들고 좀 나오세요."

건물주위를 한 바퀴 돌아 온 관리소장이 경비실문을 두드렸다. 박노인은 서둘러 빗자루를 찾아들고 관리소장이 나오라는 주차장 입구 쪽으로 나갔다. 관리소장은 주차장 입구에서 가져온 빗자루로 흐트러져 굴러다니는 휴지조각들을 쓸어 모으고 있었다. 입구 화단의 회양목 사이사이에도 담배꽁초들이 눈꽃송이처럼 걸려 있었다.

"청소를 한 거야? 안 한 거야?"

박노인이 혼자말로 중얼거렸으나 소장님은 아무런 대꾸도 하지 않았다.

'도매금으로 게을러터진 사람 취급받게 만들다니…'

그만큼 일러 주었는데도 매사가 대충인 것 같은 김 노인의 처사에 화가 치밀어 올랐다.

청소를 마친 소장님이 사무실로 돌아가자 박노인은 건물둘레를 한 바퀴 더 돌면서 청결상태를 꼼꼼하게 살폈다. 코너에 위치해 있는 편의점 앞이 엉망이었으나 그곳은 편의점에서 알아서 청소하는 곳이라 못 본 체하고 지나쳤다. 주차장 입구를 제외하면 별 문제될 곳은 없어 보였다. 돌아와 빗자루를 세워두고 경비실문을 열고 들어서자마자 신호음이 요란한 박노인의 전화벨이 울렸다.

"6층이라고요?"

한마디 대답만으로 전화를 끊은 박노인은 다급하게 사무실로 통하는 인터폰을 집어 들었다.

　"6층 M병원 바닥이 온통 물 천지라 합니다."

　인터폰을 던지다시피 제자리에 걸어 둔 박노인은 엘리베이터를 타고 황급히 6층으로 올라갔다. 청소 아줌마가 물을 퍼 담을 것으로 보이는 양동이를 들고 열려진 병원 문 안으로 들어가고 있었다. 바닥의 물은 이미 복도까지 흘러넘치고 있었다. 일찍 출근한 간호사 몇 명이 발등이 잠기는 병원바닥을 점벙점벙 걸어 다니며 어쩔 줄 몰라 하기도 했다. 1층 담당 청소아줌마가 올라오고 관리소장님도 뒤를 이어 나타났다. 청소아줌마들이 양동이에 물을 퍼 담기 시작했다. 간호사들도 황급히 주방의 큰 그릇들을 찾아 바닥의 물을 퍼 담았다. 박노인도 간호사가 챙겨주는 플라스틱 양동이로 부지런히 물을 퍼 날랐다. 가까운 싱크대에 버리기도 하고 복도 끝 코너에 있는 화장실 세면기에 버리기도 했다. 출근하는 간호사들은 도착하는 족족 즉시 달려들어 물부터 퍼냈다. 바닥의 물은 좀체 줄지 않았고 이대로라면 오늘 종일 퍼 날라도 다 퍼낼 수 있을까 싶었다.

　가뜩이나 짧은 치마인 데다 쪼그려 앉아 물을 푸는 간호사들의 팬티가 훤히 드러나 보였지만 정작 당사자인 간호사들은 다급한 마음에 미쳐 신경 쓸 틈이 없는 모양이었다. 박노인과 마주앉아 물을 푸던 간호사의 팬티가 시야에 들어왔다. 앙증맞은 보라색 팬티에서 박노인의 눈길이 멎는 순간 당황한 박노인은 벌떡 일어섰다. 때마침 보일러실을 살피고 있던 관리소장님이 물이 새고 있는 배관을 발견해 응급조치를 했다하며 발등까지 차는 물을 첨벙거리며 나왔다.

　"박 반장님은 지하창고에 가서 수중펌프 좀 가지고 오세요? 어디 있는지는 아시지요?"

응급상황을 대비해 수시로 챙겨 일러주던 기억이 있기는 한데 수중모터의 모양이 금방 떠오르지 않았다. 그게 그거 같은 장비들인 데다 기억력도 많이 떨어진 박노인이다 보니 제대로 찾을 수 있을지 걱정이었다. 박노인은 무조건 지하 창고를 향해 엘리베이터를 탔다.

지하 2층에 있는 창고는 언제나 퀴퀴한 냄새가 진동했다. 수도꼭지를 비롯한 배관자제는 물론 변기부품 센서류 하다 못해 본드류까지도 비치돼 있고 간혹 버려지는 부품들도 아직 쓸 만한 것들은 골라 모아두는 곳이었다. 다행히 수중펌프를 쉽게 찾았다. 부랴부랴 6층으로 돌아온 박노인은 관리소장님을 도와 펌프를 설치했고 바닥의 물은 생각보다 쉽게 줄어들었다. 남아있는 물은 다시 걸레로 훔쳐 냈다. 이제 바닥 청소만하면 마무리되는 순간이었다. 5층에 입주해 있는 룸살롱의 웨이터가 헐레벌떡 올라왔다.

"우리 천장으로 물이 세는데 뭐예요?"

밤샘영업을 마치고 청소마저 끝낸 뒤 소파에서 막 잠이 들려는데 한 방울씩 물이 얼굴에 떨어지더라는 것이었다. 이번에는 다시 우르르 5층 룸살롱으로 몰려갔다.

5

경비업무는 모니터하고의 씨름이었다.

온종일 마주하는 모니터 화면의 밝은 불빛이 눈을 항상 뻑뻑하게 만들었다. 사람들은 TV앞에서 시간을 죽이고 있을 것쯤으로 생각할지 모르지만 TV는 고개를 돌려야만 볼 수 있는 위치에 있었다. 옆쪽으로

비스듬하게 놓여있는 TV는 고개가 아파서라도 오래 볼 수 없다.

곁눈으로 살피던 텅 빈 3호기 엘리베이터 안에 움직이는 작은 물체가 보였다. 강아지였다. 강아지 한 마리만 동그마니 엘리베이터를 타고 있었다. 건물 내 강아지를 기르고 있는 업소가 서너 군데쯤 됐고 박노인은 각기 다른 강아지들의 특징을 그런대로 기억하고 있었다. 확실해 보이지는 않았지만 모니터에 보이는 강아지는 5층에 입주해 있는 쇼킹이라는 업소의 놈이 분명해 보였다.

"엄마하고 같이 가자. 혼자 가면 길 잃잖아. 같이 가."

'강아지에게 내가 네 엄마라니.'

처음에는 무척 어색하게 들렸었다. 그러나 강아지에게 주인의 호칭을 뭐라 해야 좋을지를 곰곰 생각해 보았는데 별다른 좋은 호칭이 떠오르지 않았다.

'그렇구나! 그래서 엄마라고 하는구나!'

'강아지에게 자신이 엄마라 하면 강아지의 엄마인 그 엄마도 혹시…?'

박노인은 피식 웃었었다.

강아지가 엘리베이터 스위치를 누르고 탔을 리는 만무이고 열려진 엘리베이터에 냉큼 올라탄 것이 분명했다. 중간에 어떤 사람이 탔다가 내리는데도 강아지는 엘리베이터에서 내리지 않았다. 1층에서 붙잡아 두어야겠다는 생각으로 모니터 앞을 떠나 1층 로비의 엘리베이터 문으로 향했다. 그런데 엘리베이터는 1층에서 멈추지 않고 지하 1층으로 직행해 버리지 않는가. 지하 1층에서 잠깐 멈추더니 다시 지하 2층에도 멈추었다. 누가 밖에서 스위치를 눌러놓은 때문인 것 같았다. 다시 경비실로 돌아와 살펴 본 모니터의 엘리베이터에는 강아지가 사라지고 없었다. 지하 1층 아니면 지하 2층에서 내린 것이 틀림없었다.

'제 놈이 가면 어디 가겠어.'

대수롭지 않게 생각하고 강아지를 찾아 일어서려는데 다시 3호기 엘리베이터에 쇼킹의 여사장이 나타났다. 뭔가 서두르는 모습이 역력했다. 1층에서 내린 여사장은 로비를 지나 밖으로 냅다 달리기 시작했다.

"우리 해피. 우리 해피. 우~ 우리 해피…."

울먹이고 있었다.

"해피야~. 해피야~. "

박노인이 황급하게 경비실을 나와 뒤쫓아 따라 갔으나 여사장은 이미 건물 옆으로 돌아갔는지 보이지 않았다. 박노인은 우선 강아지부터 잡아 두어야 할 것 같아서 엘리베이터를 타고 지하층으로 내려갔다. 지하 1층인지 2층인지는 엘리베이터를 마중하려는 순간에 통과해서 알 수 없었다. CCTV를 확인하고 쫓아가기에는 시간이 급했다. 우선 지하 1층부터 살폈다. 주차된 자동차 뒤편까지 두루 살폈으나 보이지 않았다. 다시 지하 2층으로 내려갔다. 주차된 차량의 숫자가 그리 많지 않아 샅샅이 뒤졌지만 강아지는 역시 보이지 않았다. 아무래도 쇼킹 여사장을 데리고 내려와 함께 찾아 봐야겠다는 생각이 들었다. 후각이 특별한 강아지이고 보면 제 주인의 냄새를 알아채고 제 발로 나타나지 않을까 싶어서였다. 내려온 김에 펌프실 옆에 버려진 빈 종이박스나 치워야겠다고 박스를 집어 드는 순간 박스 옆에 숨어있던 강아지가 놀라 비명을 질렀다. 황급히 도망가려던 강아지가 공교롭게도 박스 안으로 뛰어 들었다. 박노인은 재빨리 박스 안의 강아지를 붙잡았다.

엘리베이터를 타고 1층으로 올라오자 여사장은 1층 로비를 헤집고 다니며 계속 울먹이고 있었다. 흡사 미친 사람처럼 보였다.

"해피야! 엉~ 해피야~."

강아지를 안고 나타난 박노인을 보자 여사장은 울컥 울음부터 토해

냈다. 강아지를 껴안고 얼굴을 비벼대며 한참 동안이나 찔끔거리며 울었다. 여사장은 몇 번이나 고맙다는 인사를 하고 5층으로 돌아갔다. 박노인은 이해되지 않았으나 저럴 수도 있구나 싶기는 했다. 5층으로 돌아간 여사장에게서 금방 전화가 왔다. 고마워서 저녁을 사겠다는 것이었다. 몇 번이나 사양했지만 굳이 사겠다고 해서 그럼 저녁에 출근하는 영선주임과 함께 먹겠다며 탕수육이나 하나 시켜 달라 했다. 영선주임이 도착하는 시간에 배달되도록 시간마저 예약해 달라고 했다.

관리사무소에 들려 근무복으로 갈아입고 나온 영선주임은 웬 탕수육이냐며 눈이 휘둥그레졌다. 몇 점 집어 삼키던 영성주임에게 탕수육을 먹게 된 사연을 들려주자 빙긋이 웃었다.

"5층 복도에서 강아지를 만날 때마다 슬쩍 잡아다 경비실에 숨겨 두시죠. 탕수육이잖아요?"

박노인도 따라 피식 웃었다.


6


박노인이 고향 친목회에 다녀온 날 밤이었다. 몇 잔 의 소주를 마신 탓도 있었겠지만 먼 길 고향까지 갔다온 수면부족의 후유증이었으리라. 충분히 쉬어 두어야 할 시간을 눈을 부라리며 버틴 때문인지 졸음이 쏟아졌다. 경비실을 나가 건물을 한 바퀴 돌면서 찬바람으로 잠을 쫓았고 겨우겨우 자정이 넘어서자 옥상부터 지하 3층까지의 정기순찰을 돌았다. 이제부터는 좀 쉬어야겠다는 생각으로 경비실 옆 간이침대에서 허리를 폈다. 심야시간에는 잠깐 눈을 부쳐도 좋다는 근무 지침이 있기는 했지만 긴장 풀어 마음 놓고 푹 잠들어 본 적은 없었다. 눈은 감고 있었지만 귀로는 온갖 소음 다 들으며 잤다. 자는 건지 깨어있는 건지의 구분은 명확하지 않았다.

잠이 든 것 같지도 않았는데 깜박 잠이 들었던 모양이었다. 인터폰 소리는 듣지 못했고 요란한 전화벨소리에 깜짝 놀라 벌떡 일어났다. 주차장 게이트로 오라는 말만 하고 전화는 끊겼다. 야간 주차 근무자가 기다리는 주차게이트로 냅다 달렸다.

키가 장대처럼 큰 젊은 사내가 비틀거리며 서 있었고 주위에는 서너 명의 건물에 입주해 있는 밤업소 관계자들이 젊은이를 에워싸고 있었다.

"왜 인터폰은 안 받아요?"

야간 주차 근무자가 퉁명스럽게 말을 건넸다.

"어? 어….."

하지만 지금은 쉬고 있는 주어진 수면시간이라는 대답은 얼른 목구멍으로 밀어 삼켰다.

"저 친구가 화장실옆 상동부동산 업소의 대형 유리를 발로 차 구멍을 냈답니다. 도망가려는 것을 잡았데요. 특수유리라 들었는데 꽤나 비싸겠지요?"

"그럼 빨리 경찰을 불러야지."

"이미 불렀어요."

키가 큰 젊은 사람이 만취한 몸을 가누지 못하겠는지 휘청거리며 서 있었다.

"지금부터는 경비실에서 책임지셔요."

주차 근무자는 떨떠름한 표정으로 일관했다. 치킨집 종업원이 발견하지 못했으면 벌써 도망갔을 거라는 둥 힘을 합세해 젊은이를 제압한 밤업소 종업원들이 경비소홀이 원인이라는 뉘앙스의 불평들을 해대고 있는 중이었다. 사람들이 하나둘 자리를 떴다. 박노인은 은근히 겁이 났다. 이 늙은 노인의 체력으로 저 젊은 청년을 제압할 수 없을 것 같은 불안감이었다.

"경찰은 언제 온대?"

박노인은 다시 주차 근무자를 향해 말을 건넸다.

"올 때쯤 됐어요."

박노인은 안절부절못하기만 했다. 경비실로 데려가 붙잡고 있는 게 맞다 싶으면서도 혼자 이 젊은 청년과 독대하고 있어야 한다는 게 두려웠다. 차라리 주차 근무자가 옆에라도 있는 여기가 좋다 싶어 꾸물대기로 했다.

"젊은이 많이 마셨어?"

"아뇨. 술 취하지 않았습니다."

혀 꼬부라진 소리로 대답하는 젊은이의 다부진 입 모양새가 다시 한번 박노인의 간담을 서늘하게 했다 여차하면 한 대 쥐어박고 달아날 것도 같은 표정이었다.

"잘은 모르지만 참지 그랬어."

"알 거 없습니다."

박노인은 발길질을 참으라는 소리였지만 젊은이는 사생활은 간섭 말라는 투로 대답했다. 어색한 분위기도 완화할 겸 도망가려 할지도 모를 젊은이의 집중력을 흩트려 보겠다는 심산으로 말을 건넸지만 젊은이는 퉁명스럽기만 했다. 젊은이가 비틀거리며 자리를 옮기려 했다.

"도망가면 안 돼."

박노인은 작지만 단호하게 외쳤다. 자신도 모를 만큼의 단호함이었다.

"경찰이 오면 변상한다는 약속을 하고 가야 해."

"걱정 마세요. 다 변상해 줄 겁니다."

발음도 정확하지 않을뿐더러 제자리에 서 있기마저 어려운 젊은이
는 비틀걸음으로도 용케 버텨내고 있었다.

"아저씨 저 오줌 좀 쌉시다."

젊은이가 긴 팔을 휘이 한 번 휘저었다.

"…그래?"

박노인은 쉽게 대답하지 못했다. 화장실로 가는 도중 갑자기 도망
이라도 가면 어쩌나 싶어 조금만 참으라고 하고 싶은데 급한 생리현상
을 참기란 그것도 쉬운 일이 아니기 때문이었다.

"조금만 참아 보지. 경찰 올 때 됐으니 오면 같이 가자고…."

"아저씨. 저 도망 안 갑니다. 그리고 다 변상할 거니까 그것도 걱정
마시라니까요."

젊은이가 버럭 고함을 질렀다. 똥 낀 놈이 성낸다더니 그 꼴이었다.
그 때 갑자기 박노인의 머리를 스치는 좋은 생각이 떠올랐다. 주차장
옆으로 난 작은 공간에 있는 하수구였다. 출입구가 주차장 쪽에만 있는
것이어서 안으로 깊숙이 들어가 봤자 반대편 끝 쪽에는 2m도 넘는 담
벼락으로 가로막혀진 공간이어서 절대 도망갈 수 없는 곳이었다. 입구
쪽에 버티고 있으면 절대 도망갈 수 없다는 생각이 들었다.

"알았어. 젊은이 이쪽으로 와봐. 여기 안쪽에 하수구가 있어 거기에
다 실례해."

젊은이가 어두운 하수구 쪽으로 들어가고 박노인은 입구 쪽에 버티
고 섰다. 소변보는 소리가 들리는 듯도 싶어 박노인은 안심하고 서 있
었다. 생각보다 시간이 조금 더 걸린다는 느낌도 들었지만 술 마신 뒤
의 소변이다 보니 양이 많아 시간이 좀 걸리는 게 당연하다 싶었다. 그
런데… 시간도 시간이려니와 너무 조용하다는 느낌이 들면서 아차 싶
었다. 박노인은 어두운 공간을 서둘러 헤집고 들어갔다. 에어컨 실외

기, LP가스통 뒤 같은 곳에 숨어 있다가 갑자기 일격을 가할 지도 모른 다는 생각에 바짝 긴장했다. 천천히 천천히 안쪽 깊숙이까지 찾아 봤지 만 젊은이는 보이지 않았다.

"경비아저씨. 어디 있습니까?"

그때서야 경찰이 도착한 모양이었다. 주차장 입구에서 경찰의 고함 이 들려왔다. 박노인은 다시 절뚝절뚝 걸어 바깥쪽으로 나갔다.

"소변이 급하다 해서 그냥 여기 하수구에 싸라고 하고 밖에서 기다 렸더니…"

2인조로 출동한 경찰 한 명이 건물을 우회해서 재빨리 반대편으로 뛰어 갔다. 나머지 한 명과 함께 공간 끝까지 들어가며 찾아봤지만 젊 은이의 흔적은 발견하지 못했다. 공간 끝 쪽에는 두 개의 드럼통이 놓 여 있었고 드럼통을 밟고 담장을 넘는다면 그리 어려운 일도 아닐 것 같았다. 서둘러 확인한 반대쪽에도 뛰어내리기 적당한 자투리 화단이 있었고 짓밟혀 부러진 꽃들이 즐비하게 널브러져 있었다.

"꽃들이 왜 부러져 있는지 아시겠지요?"

경찰은 부러진 꽃들을 가리키며 범인이 도망갔다는 사실을 설명하 려 들었다. 박노인은 망연자실했다. 주차 근무자는 잡아다 준 범인도 놓쳐 버렸다고 투덜거렸다. 그러면 저 깨어진 특수유리는 누가 변상할 거냐며 비아냥거리기도 했다. 경찰이 돌아가고 다시 경비실로 돌아온 박노인은 자리에 앉아 눈을 감았다. 귀책사유에 따라 변상할 의무도 주 어진다는 경비업무 매뉴얼이 떠올라 덜컥 겁이 났다. 특수유리 값이 박 노인의 몇 달치 월급을 상회하리라는 주차 근무원의 말이 귀에 뱅뱅 맴 돌고 있었다. 박노인은 경비일지 묶음에서 일지 한 장을 북 찢어냈다. 그 리고 깨끗한 뒷면에다 써 내려가기 시작했다.

시말서

박충근

상기 본인은 ……

한참을 생각에 잠기던 박노인은 다시 또 한 장의 일지를 더 찢었다.

사직서

박충근

상기 본인은 ……

편히 쉬고 싶었다. 내 돌아가 죽겠다는 고향마을이 눈에 선했다.

이야기 여덟

# 마지막 사랑

서둘러 집을 나섰다.

"씻지 말고 그냥 와. 여기 와서 씻어도 되잖아."

세수만 하고 로션만 대충 바른 얼굴이 꾀죄죄했다. 몰라보도록 예쁘게 화장하고 싶었는데 시간이 너무 급했다. 맨얼굴에 신경이 쓰이지 않는 것은 아니지만 화장하는 시간도 아까웠다. 나를 기다리고 있을 그를 생각하면 한시 바삐 그에게로 달려가야 하기 때문이었다. 나를 좋아하는 건 내 얼굴이 예뻐서가 아닌 내 마음이 아름다워서라는 그의 말을 철석같이 믿기 때문이기도 했다. 버스를 타고 전철을 타고 다시 전철을 갈아타야 하는 그를 만나러 가는 길은 꽤나 오랜 시간이 걸렸다. 저녁 8시 30분까지 일한 탓에다가 버스에 오르면서 긴장이 풀려서일까 졸음이 쏟아졌다. 빈자리가 있어 잠깐 앉을 수 있었던 전철에서는 고개를 떨구면서 졸기까지 했다.

"어디쯤 오고 있어요?"

카톡이 떴고 카톡이라는 셀폰의 외침에 화들짝 놀라 깨어났다. 전철은 마침 내려야 할 역에 막 들어서고 있었다. 개찰구 밖에서 기다리던 그가 덤덤하게 나를 맞아 주었다. 처음 만날 때부터 호들갑 형이 아닌 덤덤하기만 했던 그인지라 반갑지 않다는 표정의 그를 만나도 나는 섭섭하지 않았다.

<br>

1

<br>

내가 처음 그를 만날 수 있었던 것은 미리 한국에 나와 있던 언니 덕분이었다. 고향인 중국 화룡시 서성마을에서는 겨우 아들하나 낳자마자 남편과 헤어졌었다. 이런저런 사연이야 있었겠지만 이혼한 남자 복 없는 내게 또 무슨 남자냐 싶어 남자 만나기는 되도록이면 피하고 있는 중이었다. 더구나 중국에서 온 조선족이라 하면 일단은 한 자락 깔고 대하는 건방지기만 한 한국 남자들을 이미 수도 없이 많이 겪은 탓이기도 했다. 만나는 남자마다 진심이 없는 동물 같은 욕정의 남자들뿐이었다. 어떻게 한 번 안아볼까 하는 욕정의 인간들이었다. 괜찮은 한국남자 만나 팔자 한 번 고쳐 볼까 하던 생각은 일찌감치 접어 두는 게 마음 편했다.

언니가 수시로 괜찮은 남자 소개해 준다 했지만 나는 늘 귓등으로 들었다. 시도 때도 없이 전화를 해대는 언니의 성화가 듣기 곤란해 전화를 꺼두기도 했지만 언니는 집착에 가깝도록 전화를 해댔다. 중국에 두고 온 아들놈이 걱정 돼 잠깐 전화기를 켜는 순간 벨이 울리며 느닷없는 언니의 독촉을 들은 적도 있었다. 먼 이국에서 홀로 살아가는 동생이 너무 안쓰러운 때문이라는 짐작이 들면서도 그런 언니의 친절이 부담스럽기만 했다. 사양에 사양을 거듭했지만 집착에 가까운 언니의 성화를 이겨내지 못하고 약속을 잡고 말았다. 그냥 의무적으로 얼굴이나 한 번 보고 언니 입장 곤란하지 않게 정중하게 거절하고 돌아갈 작정이었다. 혹 언니가 일하는 직장에서 영향력을 행사하는 사람이라는 생각도 들어 신중에 신중을 기하기로 했다.

약속한 날보다 일주일 전에 갑자기 언니를 방문했다. 허를 찔러 준비되지 않은 남자를 만나보고 싶어서였다. 출발하기 직전 오늘 시간 있어 언니에게 간다고 연락했더니 언니는 부랴부랴 남자에게 연락을 했다는 것이었다. 남자는 언니의 직장과는 관계없는 사람이어서 언니에게 부담 줄 일 없어 다행이었다.

남자를 소개 받는 자리임에도 작은 설렘조차 없었다. 이 남자를 만나봐야 하는 건 언니의 강권 때문이었고 한 번은 꼭 만나야 할 의무처럼 느껴져 오히려 차분해 졌다.

커피숍에서 언니와 함께 아메리카노를 시켜놓고 앉아 있는데 남자가 나타났다. 언니가 벌떡 일어나서 남자를 데리고 왔다.

'아니…?'

앞자리에 앉으며 꾸벅 인사를 건네는 남자가 의외로 눈에 쏙 들어왔다. 첫인상이 여느 남자와는 조금은 다른 것 같기도 해서 바로 일어서려던 애초의 생각을 일단은 접어 두기로 했다. 입에 침이 마르도록 칭찬을 아끼지 않던 언니의 말이 얼마만큼 신빙성이 있는지를 시험해 보고 싶어졌다.

"저녁식사 했는지요?"

내가 별로라고 생각 되더라도 밥 한 끼는 사주고 보낼 줄 아는 사람 같았다. 갑자기 남자가 괜찮아 보이면서 호기심이 일었다. 이 남자는 나를 어떻게 생각하는지가 궁금해지기 시작했다. 언니가 바쁘다고 자리를 피했고 나는 저녁을 먹었음에도 남자를 따라 나섰다. 술 한 잔 곁들여도 좋으련만 남자는 맹숭하게 밥만 먹었다. 기껏 사준 저녁이 설렁탕이었고 남자는 설렁탕 국물마저 훌훌 마셨다. 식당에서 나오자 갈 곳이 막연했다. 이미 40대 중반으로 들어선 인생을 조금은 아는 나는 술이라도 한잔했으면 싶은데 이 남자는 술 이야기는 입 밖에도 내지 않았다. 어디로 가야 할지 몰라 절절매는 남자가 나를 점점 더 궁금해하게만 했다.

"노래방에나 갑시다. 나 아직 돌아가기 이른 시간이거든요."

내가 남자의 등을 밀어 앞장세워 걸었다. 초저녁의 노래방은 한산했다. 룸에 들어서고 노래를 부르고 남자는 어색해하기만 했다. 미적거리며 겨우 손만 잡은 채 더 이상의 신체 접촉을 꺼려하는 눈치였다. 좀체 접근하려 들지 않았다. 이전에 만났던 마구잡이로 접촉을 시도하며 기회만 되면 모텔로 유인하려 했던 스쳐간 한국남자들과는 판이하게 달랐다. 남자에게 조금씩 흥미가 더해졌다. 언니의 말이 옳은지는 좀 더 두고 볼 일이었다.


2


남편과의 이혼은 술이 원인이었다.

술에 절어 귀가하는 남편과 티격태격하며 시작한 냉전이 장기전으로 번지면서 조금씩 틈새가 벌어졌다. 술만 들어가면 이혼하자는 말을 밥 먹듯 되뇌었고 남편으로서의 책임과 의무를 다하지 못한다는 내 불평은 조금도 이해하려 들지 않았다. 이혼하자는 말이 허투루 뇌까리는 말이라는 것을 일찌감치 간파하고 있었지만 나는 더 이상 남편의 투정을 두고 볼 수 없었다. 중간에 끼어 있던 홀시어머니는 진심으로 나를 아껴 주었지만 시어머니의 사랑만으로는 시집살이를 계속할 수는 없었다. 자의반 타의반으로 결국 이혼에 합의했다. 겨우 돌 지난 아들은 내가 맡아 키우기로 했다. 술독에 코를 박고 사는 남편에게 아이를 맡긴다는 것은 상상조차도 무리였다.

남편이 처음부터 술독에 빠져 사는 사람은 아니었다. 어머니 모시고 열심히 사는 착하디착한 총각이라는 건 동네 사람들 모두가 인정했었다. 그 총각하고 연애한다는 소문이 나돌면서 너 사람하나 잘 골랐다고 추겨주는 사람도 많았다. 부모님도 반대하지 않았다. 사람은 착한데 워낙 가진 것이 없으니 그게 걱정이라고만 했다.

데이트는 논밭이 어우러진 들판아래 냇가이거나 서성마을 뒷동산에서 했다. 나 역시 말이 많은 애교쟁이 여자가 못 되어서 우린 묵묵히 걷는 것으로 데이트를 즐겼다. 그와 나란히 걷는 것만도 내게는 커다란 행복이었다. 결혼 후 어떻게 살림을 꾸리고 살 것인가에 관해서는 깊게 생각해 보지 않았다. 내가 좋아하는 사람과 결혼하면 행복은 저절로 굴러 들어오는 줄 알았다.

결혼을 하고 살림을 차린 신혼집은 달랑 단칸방 하나 있는 그의 집이었다. 서성마을의 모든 집들은 부엌과 거실이 개방되어 있었다. 부엌아궁이의 화력이 거실의 공기를 데울뿐더러 하나 뿐인 온돌방의 구들을 데우는 것이었다. 거실은 부엌과 벽이 없는 마루방을 뜻하는 것으로 부엌이 실내에 있는 원룸과 같은 그런 집이었다. 하나뿐인 온돌 안방에 시어머니와 신랑과 함께 살았다. 어쩌다 신랑이 들에서 일하다 조금 일찍 귀가하고 아직도 시어머니가 밭이랑에 있다는 것을 아는 날이면 번개 불에 콩 구워먹는 섹스를 했다. 한밤중 신랑을 깨워 등 뒤로 당겨 행위를 유도했지만 신랑은 내 손을 내치는 것으로 나를 무안하게 만들 때도 있었다. 어머니가 잠에서 깰 수도 있다는 것이었다. 어머니와 함께 자는 방에서의 섹스는 금기사항이었다. 몰래몰래 이루어진 도둑 섹스행위에도 임신이 되었고 아이가 태어났다. 건장한 사내아이의 손자를 본 시어머니는 무척이나 좋아했다. 아이와 남편과 시어머니가 함께 자야 하는 잠자리에 대한 불만이 조금씩 높아 졌다. 단지 섹스행위만을 위한 잠자리의 불만이 아닌 이런저런 불편함의 불만이었다. 나는 부엌에 붙어있는 마루방에 둥지를 틀었다. 부엌하고는 벽이 없어 휑한 방이었지만 그래도 온 식구가 함께 비벼대며 자야 하는 안방보다는 훨씬 편했다. 으레 남편이 따라 나와 함께 자 주려니 했는데 남편은 늘 안방에서만 잤다.

달이 휘영청 밝은 날 밤이었다. 초저녁부터 곯아떨어졌다가 잠이 깬 것은 아마 자정 무렵이었으리라. 아이는 늘 시어머니가 맡아 주었고 그날 밤도 아이는 시어머니가 안고 잤다. 살며시 안방 문을 열고 들어가 남편의 옆구리를 쿡쿡 찔렀다. 놀라서 잠이 깬 남편이 엉거주춤 따라 나왔다. 마루방으로 나오자 말자 나는 남편의 바지를 벗기기 시작했다. 남편의 반응도 빨랐다. 아랫도리만 적당하게 벗었던 도둑섹스에서 벗어나 옷을 모두 벗어 버린 알몸으로 시작했다. 남편은 순식간에 격한 고지를 향해 숨을 헐떡이고 있었다. 그때였다. 조금씩 칭얼대던 아이가 떼를 쓰며 큰 소리로 울기 시작했다. 조금 칭얼대다가도 이내 잠드는 아이여서 곧바로 다시 자려니 싶었는데 모처럼의 사랑행위마저 방해하려 들 모양이었다. 다시 한 번 째지게 울어대는 아이의 울음소리가 심상찮다 싶어 나는 남편을 밀치고 벌떡 일어났다. 급한 대로 아랫도리만 치마를 걸쳐 가리고 안방으로 뛰어들었다. 아이를 달래던 시어머니가 얼른 아이를 내게 안겨 주었고 나는 젖을 물려 아이의 울음을 그치게 했다. 아이는 아무 일도 없었다는 듯 젖을 빨았다. 한참 젖을 빨던 아이는 배가 불렀던지 다시 스르르 잠이 들었다. 아마 아이는 심하게 배가 고팠던 모양이었다.

"잠들었나 보다. 애는 내가 볼 테니 나가 보거라."

시어머니가 다시 아이를 받아 뉘였다. 그때까지도 나는 젖가슴이 온통 드러난 반 나신의 나를 인식하지 못했다. 다시 마루방으로 돌아오자 남편은 싸늘하게 식어 있었다. 웅크리고 돌아 누워 있기에 내 쪽을 향해 누우라고 잡아 당겼으나 요지부동이었다. 남편은 어머니가 알게 된 섹스행위에 신경이 쓰이는 모양이었다. 아이 배고프게 재워 놓고 섹스행위만 탐한다며 나를 몰아 세웠다. 윗도리도 입고 갈 것이지 밤 새 발가벗고 안고 자는 줄 알거 아니냐고 책망했다. 남편은 슬그머니 안방으로 들어갔고 이후 남편은 마루방에서 잘 기색을 보이지 않았다.

토벽에 여닫이문 한 짝으로 분리된 마루방과 안방은 시야만 가릴 뿐 소리는 차단하지 못했다. 안방에서 자는 남편의 코고는 소리가 옆에서 자는 사람의 것처럼 들렸다. 농사일의 고단함 때문인지 나는 늘 초저녁부터 깊은 잠에 빠졌다. 살풋 초저녁잠에서 깨어나면 으레 남편의 요란한 코 고는 소리를 들어야 했다. 함께 자 주었으면 싶은 내 소망을 남편은 여지없이 깔아뭉갰다. 심한 코골이는 그가 고단하기 때문이라기보다 내가 안중에도 없는 때문이라 생각 들었다. 가끔은 마루방으로 나가 자라는 시어머니의 나지막한 호통에도 남편은 꿈적도 하지 않았다. 그와 함께 자고 싶다는 것은 섹스를 탐하는 때문만은 아닌데도 남편은 나를 그쪽으로만 몰아 세웠다. 사실 도둑섹스 행위의 밋밋함이 아쉽지 않은 것은 아니었다. 하지만 그 보다도 그와 살을 맞대고 낮에 있었던 살아가는 이야기들을 살갑게 소곤거리고 싶은 작은 내 소망을 몰라준다는 것이 더 아쉽다는 것이었다. 그런 줄도 모르고 남편은 나를 색골로만 취급했다. 내가 안방에서 잠을 자려 하는 날에는 남편은 마루방에서 고꾸라졌다. 이제나 저제나 하고 기다리는 나는 안중에도 없었다. 화가 머리끝까지 치밀어 올랐고 남편이 미워지기 시작했다.

충돌이 이어지면서 남편은 술이 늘었다. 조금만 티격거리는 날이면 남편은 으레 술을 찾았다. 이유도 없이 떡이 되도록 술을 퍼마시고 오는 날도 있었다. 그럴 때마다 시어머니는 안절부절못했다. 며느리인 나를 붙잡고 저런 자식 낳은 당신을 용서하라고 울먹거리기도 했다. 남편과 나의 자존심 싸움은 파국으로 이어졌다. 허구한 날 술로 지새는 남편을 본 이웃들조차 헤어지는 게 낫다고들 쑥덕거렸다. 지척에 살고 있는 친정어머니도 조금만 참고 살다보면 괜찮을 거라던 이야기를 접었다.

우리는 덤덤하게 그러면서도 쿨하게 이혼하기로 했다. 지금 생각하면 홀어머니 시하에서 자란 남편의 어머니를 향한 끈끈한 사랑이 문제였던 것 같았다. 어머니가 보는 앞에서는 어머니보다 더 소중한 사람 없다는 것을 보여주고 싶어 하는 남편의 욕심이 과한 때문이었다. 아내와 붙어 다니며 시도 때도 없이 노닥거린다는 소리는 전혀 듣고 싶지 않았을 것이리라. 아내를 어머니보다 우선순위에 둘 수 없다는 남편의 효행이 원인되어 갈등을 빚었고 갈등의 스트레스는 술로 번졌다. 그런데 그 술이 결국 우리를 파행으로 몰고 가고 말았다.


3


친정으로 돌아왔지만 이혼한 남편이 지척에 있는 마을에서 더는 살 수 없었다. 부딪치지 않으려 해도 부딪치는 것은 물론 시시콜콜한 남편이야기를 모두 들을 수 있을뿐더러 내 모든 이야기도 그에게 전해질 수도 있는 것이어서 더 이상 이곳에 머물 수가 없었다. 한국에 건너가 일하는 언니를 수소문했다. 아들 송파는 당분간 친정어머니에게 맡기고 떠나기로 했다. 송파를 두고 떠나는 것이 가슴이 찢어지도록 아팠다. 하지만 살다보면 행복한 날이 올 거라며 입술을 깨물고 한국으로 떠났다.

언니 네는 대림동 쪽방 촌에 살고 있었다. 좁은 단칸방에 형부와 셋이 몸을 부대끼며 살아야 했다. 언니는 언니여서 괜찮은데 형부에게는 많이 미안했다. 언니가 알아봐 준 처음 직장은 식당이었다. 밤 열 시까지 일하는 조건이었다가 밤새는 조건으로 바꾸었다. 언니네 부부가 오붓하게 잠 잘 수 있어야 더부살이의 부담이 조금이라도 가벼워 질 것 같아서였다. 중국에서의 식당일에 비하면 편리한 도구와 시설이 있어 무척 쉬웠다. 한 달 만에 설거지를 졸업했다. 젊고 빠르다는 이유로 홀 서빙을 하라는 것이었다. 그게 그거였지만 설거지통에 매달려 늘 물에 젖어 있지 않아서 좋았고 손님들과 대화를 나눌 수 있는 것도 좋았다. 밤늦게 들린 여유가 있는 손님들은 소주 한잔씩을 건네기도 했고 주인 눈치를 살피던 내게 식당 사장님은 찡긋 한쪽 눈을 감아 승낙을 해 주기도 했다. 소주 한잔을 건네주면 한잔 따라 달라하게 마련이라며 내 말투에서 중국에서 온 조선족이냐며 많이 외롭겠다고 슬쩍 유혹의 손길을 내비치는 손님도 있었다. 수작을 걸어오는 손님은 다시 값비싼 안주를 시켜 소주 한잔을 더 했고 식당 사장님은 은근슬쩍 부추기기도 했다. 팁이라며 주는 돈에 재미가 붙은 나는 좀 더 과감하게 대시를 했다. 엉덩이를 툭툭치는 손님에게도 화내지 않았다. 일이 끝나면 나는 언니 네 집으로 돌아가지 않았다. 식당의 쪽방에서 쪽잠으로 견디기 시작했다. 서너 시간의 쪽잠에서 깨어나면 나는 다시 종종 걸음으로 식당을 헤집고 다녔다. 돈을 벌어야 했다. 빨리 돈을 모아야 한다는 강박관념으로 피곤한지를 몰랐다. 잠깐씩 서서 졸기도 했다.

그날은 손님들이 권하는 소맥을 과하게 마신 모양이었다. 걸어가면서도 졸았다. 보다 못한 주방 언니가 잠깐이라도 쉬어야 한다며 등을 떠밀었다. 나 스스로도 더 이상 견디지 못할 것 같아 지친 몸을 이끌고 쪽방으로 향했다. 쪽방에는 야간근무를 하던 식당 사장님이 피곤했던지 누어 있다가 내가 나타나자 후다닥 사라졌다.

"조금씩 받아 마시지."

긴장이 풀어져서인지 몸의 균형도 제대로 유지하지 못하는 내게 위로랍시고 퉁명스레 한 마디 건넸다. 방안으로 들어서기가 무섭게 옷을 훌훌 벗어 던졌다. 주방 안쪽에 위치한 쪽방은 아무나 접근할 수 없는 곳이어서 그리 신경 써 조심하지 않아도 되기 때문이었다. 그 자리에 고꾸라져 엎어 가도 모를 정도로 깊게 잠들었다. 꿈일까. 꿈일까. 갑자기 엄마 일어나라고 외쳐 부르는 다급한 아들의 목소리에 눈이 떠졌다. 비몽사몽 중에도 가슴을 누르는 묵직한 무게를 느낄 수가 있었다. 밀치고 일어나기가 너무 무거웠다. 어렴풋이 정신이 들면서 나는 화들짝 놀랐다. 누르고 있는 물체는 사람이었고 누군지 모를 남자였다. 남자는 옷 입은 채로 나를 짓누르고 있었고 바지지퍼를 열고 그 물건만 꺼내놓고 있었다. 내 팬티는 이미 벗겨져 있었고 성난 남자의 물건이 내 거기 위에서 굼틀거리고 있었다. 대자로 뻗어 자던 내 양쪽 팔은 아무런 장애를 받지 않고 있어서 다행이었다. 오른팔을 머리위쪽으로 치켜 들으며 주먹을 불끈 쥐었다. 그리고 남자의 얼굴 부위를 향해 힘껏 주먹을 날렸다.

"어쿠!"

남자가 벌떡 일어나 문을 박차고 달아났다. 불을 밝히고 혹시나 하고 살펴봤지만 별일은 없었다. 주방으로 나가 누가 주방에 들어 왔었는지 알아보고 싶었지만 쌓인 피로와 겹친 과로로 제대로 몸이 움직여지지 않았다. 많이 마신 술 탓이었다. 억지로 일어나려 했더니 잠들기 전보다도 더 몸의 균형을 유지하기 힘들었다. 다시 자리에 앉았다. 어쩌면 남자가 또 문을 박차고 들어올지도 모른다 싶어 그제야 문을 잠갔다.

얼마를 더 잤는지 요란하게 문 두드리는 소리에 부스스 일어났다. 문을 열어 주자 주간 근무자 주방 언니가 해가 중천에 떴다며 투덜거렸다.

"조금만 마셔야지 손님이 준다고 덥석덥석 받아 마시더라니…."

주방으로 나와 냉수부터 한 잔 들이켰다. 간밤에 일어났던 일이 꿈인지 생시인지 구분되지 않았다. 식자재 창고에서 오늘 쓸 야채들을 꺼내 들고 나오는 붕대로 이마를 질근 동여맨 사장님이 보였다. 내 앞을 지나치면서도 못 본체 했다. 일부러 눈을 마주치지 않으려 하는 것 같았다. 사장님의 동여맨 붕대를 궁금해했더니 주방 언니는 지난밤 문턱을 헛디디며 넘어져 다친 상처라고 했다. 그리 깊지 않아 천만다행이라는 것이었다. 정면으로 쳐다 본 사장님의 왼쪽 눈두덩이 퍼렇게 멍이 들어 있었다.

'글쎄….'

문턱에 부딪쳤다는 상처부위가 내가 휘두른 주먹 위치와 어쩜 그리도 같은 부위일까. 간밤의 일이 꿈이 아니라는 확신이 들었다. 내게는 무척이나 친절한 사장님인데 그냥 모른 체할걸 그랬나. 벌써 40대에 들어선 성생활에 이골이 난 주제에.

사장님의 눈두덩이 퍼런 멍이 가시기도 전에 내가 먼저 꼬리를 쳤다. 사장님은 신원이 확실하고 내게 해코지 할 사람 아니다 싶어서였다. 나도 여자인지라 가끔은 너무 외로웠고 따뜻한 남자의 품이 사무치도록 그리웠기 때문이기도 했다. 그런데 몇 번의 잠자리를 함께한 어느 날부터 사장님의 태도가 돌변하기 시작했다. 살갑기만 하던 사장님이 서먹

서먹하게 대했다. 그리고 사장님 아내의 예사롭지 않은 눈초리가 나를 따라다닌다는 느낌도 들었다. 뭔가 있다는 짐작이 들었고 여기를 떠나야 되겠다 싶었다.

4

　식당을 드나들며 많은 일당 받을 수 있는 직장이 있다고 설레발을 치던 노 사장이라는 건설 하청업자가 있었다. 식당에 들를 때마다 지금보다 거의 두 배에 가까운 일당을 받을 수 있는 직장이라며 끈질기게 유혹하던 사람이었다. 슬쩍 운을 떼자마자 그러잖아도 새로 사람 구하던 중이라며 내일이라도 당장 함께 일하자고 반겼다. 잠자리 걱정도 하지 말라 했다. 몇 명의 중국 노무자들을 위해 세 얻어 있는 방이 두 칸이나 있다는 것이었다.
　큰 짐 보따리는 언니네 집에 있는지라 몸만 떠나면 되는 간단한 일이었다. 그래도 궁금해 할 언니에게는 식당일이 너무 힘들고 고단해서 같은 동포소개로 자리를 옮긴다고 알려 주었다. 노 사장을 따라간 곳은 단독주택의 반 지하방이었다. 한쪽은 남자들 방이었고 다른 한쪽은 여자들이 쓰고 있었으며 나보다 훨씬 나이가 많은 조선족 아주머니 세 사람이 함께 살고 있었다. 훗날 아침에야 다른 방에 역시 조선족 남자가 두 명이나 더 있다는 것을 알았다. 하룻밤 자고 바로 일터로 나갔다. 생각 같아서는 하루쯤 푹 쉬고 싶었지만 그럴 형편이 아니라고 했다. 5층짜리 건물 공사장에는 겨우 뼈대만 올라가 있었고 벽돌을 져다 올려 벽을 치기 시작하고 있었다. 난생 처음 질통이라는 등짐을 졌다. 다리가 후들거리도록 무거운 짐을 지고 계단을 타고 올랐다. 나보다도 나이가 더 많은 아주머니들은 이미 이골이 났는지 쉬엄쉬엄 잘도 해냈다. 겨우 하루 일을 마친 그날 저녁으로 그만 두겠다고 했다. 내일 아침 일찍 언니 네로 돌아가야겠다고 마음먹었다. 움직이지도 못할 정도로 삭신이 쑤셔 끙끙 앓고 있는데 노 사장이 찾아왔다. 함께 술이나 한 잔 하자 했다. 어차피 내일부터는 일하지 않기로 작정한 것이니 늦잠자도 누가 말할 사람 없을뿐더러 내일 아침 천천히 떠날 요량으로 노 사장을 따라나섰다. 오늘 힘들었던 피로를 술로 풀 작정이었다. 노 사장이 따라 주는 술을 떠금떠금 다 받아 마셨다. 혀 꼬부라진 소리를 내기 시작해서야 술판이 끝났다. 돌아오면서 노 사장은 꽤나 많은 돈을 내 손에 쥐어 주었다. 용돈이라 생각하라며 며칠만 더 일해 보라는 것이었다. 정신이 번쩍 들어 확인해 본 돈은 제법 큰돈이었다.

다음 날 아침 나는 결국 그 건설현장을 떠나지 못했다. 그날부터 노 사장은 쉬운 일만 골라 시켰다. 먹줄을 잡거나 간식을 준비한다거나 가게에 다녀 올 일 같은 아주 쉬운 일이었다. 다른 아주머니들이 입을 삐죽삐죽 내밀었지만 나는 개의치 않았다. 힘들게 일하는 그 아주머니들과 똑같게 쳐 주는 일당이 과분해서 나는 노 사장의 말이라면 죽는 시늉이라도 해야 할 형편이었다. 가끔은 노 사장이 내 가슴 유두를 꼭꼭 누르고 엉덩이를 툭툭 쳤지만 싫다는 내색을 전혀 하지 않았다. 노 사장에게만 잘 보이면 쉬운 일하고 고액의 임금을 받을 수 있다는 생각에서였다. 조금씩 조금씩 접근해 오던 노 사장에게 내 몸을 허락한 것도 그리 오랜 시간이 지나지 않아서였다. 식당을 드나들며 나를 유혹했던 목적이 따로 있었지 않았나 싶었지만 신경 쓰지 않기로 했다. 몇 달을 그렇게 쉽게 돈을 벌었다. 왜 은지는 쉬운 일 시키며 일당은 같으냐고 따지고 들던 아주머니들이 난동에 가깝도록 행패를 부렸고 그들이 절대적으로 필요했던 노 사장은 내게 다른 직장을 알아봐 준다고 했다. 진정 나를 생각해 준다기보다 근처에 붙잡아두고 노리개처럼 나를 즐기려는 노 사장의 저의가 빤히 보였다. 혹 내 생활을 책임져 준다 했다면 쉽게 뿌리치지 못했을지도 모른다. 하지만 사랑은 없고 푼돈으로 욕정만 채우려는 노사장의 유혹에 빠져들지 않기로 했다. 몇 달 동안이나마 고마웠다는 인사 한마디 남기고 나는 대림동 언니네 집으로 향했다. 조금만 더 기다려 달라고 내미는 노 사장의 손을 매몰차게 뿌리쳤다.

언니네 집에 도착하자 방 안 가득 온갖 살림을 풀어헤쳐 놓은 난장판 사이에서 언니와 형부가 부지런히 짐을 챙기고 있었다. 내일 중국으로 돌아간다는 것이었다.

"어떻게 왔니?"

"그냥 한 번 다녀가려고…. 언니네가 궁금하기도 해서."

"안 그래도 너한테 연락하려던 참이었는데 잘 왔다. 방을 비워야 하니 네 짐도 정리해야 하고……. 이제 자리가 잡혀 간다며…?"

"…응, 많이 괜찮아졌어."

내 가방을 열어서 웬만한 물건은 언니네가 함께 싸 가져가라고 하고 몇 벌의 입을 옷가지만 챙겼다. 가슴이 허전했다. 또 한 번 험하기만 한 이 세상에 동그마니 혼자 내팽개쳐지는 것 같았다. 괜한 설움에 목이 메여 참을 수가 없었다.

"언니, 나 이제 가봐야 돼. 짐 싸는 거 거들어 주지 못해서 미안해."

바쁘기만 한 언니 내외에게 눈치도 보이고 해서 속히 자리를 피하고 싶었다. 거리로 나서자 어디로 가야 할지 막막했다. 옷가지 몇 벌이 든 가방이 무겁기만 했다. 대림동의 이곳저곳을 헤맸다. 해가 지고 어둠이 깔리면서 가로등만 환하게 비취는 골목을 이리저리 전전했다. 다시 노 사장을 찾아 가고 싶은 생각이 굴뚝같았다. 한참을 걷다보니 어디를 어떻게 돌아왔는지 나도 모르게 다시 언니네 집 앞에 도착해 있었다. 다리가 아파 더 걸을 힘도 없었다.

'이왕 이렇게 된 거 핑계를 대서 하룻밤만 언니네서 묵을까?'

시간이 밤 12시를 지나고 있었다. 창문에 부지런히 오가는 언니의 그림자가 비치다가 내가 잠깐 망설이는 동안 드디어 언니네 방 불이 꺼졌다. 다시 난감해지기 시작했다. 무거운 발걸음으로 전철역을 향해 걸었다. 전철역 의자에서 새우잠으로나마 오늘밤을 보낼까 해서였다. 그런데 막상 전철역에는 무섭게 생긴 남자 노숙자들이 여기저기에서 진을 치고 있었다. 겁이 덜컥 나서 재빨리 돌아 나왔다. 포장마차들이 줄지어 늘어선 곳이 보였다. 할머니 한분이 지키고 있는 곳에 들어가기로 했다. 갑자기 시장기가 들었다. 점심도 저녁도 굶었지만 잠깐 시장기가 들다가 이내 배고픔이 사라졌다. 할머니에게 잔치국수 한 그릇을 부탁했다.

"중국에서 왔구먼."

말 한마디 건네자마자 내가 중국에서 온 조선족이라는 걸 바로 알아차렸다.

"이 밤중에 어디를 가려고…?"

"……."

쉽게 대답하지 못했다. 국수가 나오고 몇 올 건져 입안으로 넣었으나 쉽게 넘어가지 않았다. 천천히 조금씩 억지로 씹어 삼켰다. 반 쯤 먹고 나서는 결국 국수그릇을 밀어 냈다.

"할머니, 저 여기서 할머니 거들면서 밤새면 안 될까요?"

"어쩐지…. 갈데가 없어 보이더라니. 그리어. 심심한데 이야기나 하면서…."

할머니를 거들 만한 마땅한 일거리도 없었다. 손님들이 먹고 난 일

회용 빈 그릇을 쓰레기봉지에 차곡차곡 넣는 게 거의 전부였다. 가끔 단골인 듯싶은 손님들이 오늘은 따님까지 동원했느냐며 따님 참 곱고 참하다며 흘끔거렸다. 새벽 무렵 손님들이 뜸해지자 다시 할머니가 말을 걸어 왔다.

"그래 어쩌다가 이렇게 됐어?"

"언니네 집을 찾아왔더니 이사를 가고 없네요. 미리 연락하지 못한 제가 불찰이지요. 날 밝으면 다시 제가 있던 직장으로 돌아갈 거예요."

"그랬구나. 밤새 친구해 줘서 고마워. 근데 말이야 잠을 못 잤으니 어디 찜질방에 가서라도 좀 자고 가지 그래. 사우나에 피곤한 몸도 좀 풀고…. 아 저기 보이지 저 빨간 불가마라는 간판, 저기 괜찮아. 저기 가서 좀 쉬고 가. 24시간 문 열어 두고 있어. 아주 거기서 사는 사람도 있어. 낮에는 돈 벌러 다니고 밤에는 갈 데가 없는지 거기서 자. 한 달에 얼마씩의 돈을 내면 그렇게 할 수 있다지 아마…."

귀가 번쩍 뜨였다. 할머니에게 고맙다는 인사를 하고 포장마차를 나섰다.

작정을 하고 찜질방을 찾았고 그날부터 찜질방 생활이 시작되었다. 더구나 찜질방에서 일하는 친절한 조선족 동포들을 만나 천만다행이었다. 처음 며칠 동안은 좀체 잠을 이룰 수 없었지만 조금씩 익숙해지기 시작했다. 쉽게 일할 수 있는 자리는 역시 식당밖에 없었다. 그리 멀지 않은 식당에서 일하기로 했다. 이미 한 번 해 본 일이어서 어렵지도 않았고 손님들의 비위도 맞출 수 있어 이내 식당주인의 눈에 들었다. 다만 작은 식당이어서 숙식을 제공해 줄 수는 없다 했다. 하지만 잠자리는 찜질방에서 해결할 수 있어 다행이었다. 천천히 시간이 나는 대로 여건이 더 좋은 직장을 알아보기로 했다. 찜질방 생활을 꾸려 나갈 돈은 충분했으므로 당장 코앞에 닥친 걱정은 사라졌다. 걱정하나가 덜어지자 다시 두고 온 아들 생각에 가슴이 메었다.

찜질방 생활의 어려움은 빨래였다. 옷을 빨 수도 널어놓을 수도 없게 했다. 손님들이 뜸한 새벽녘에 몰래 빨래를 했고 계단이 지나가는 계단 아래 공간에 빨래를 널었다. 당장 벗고 입어야 하는 속옷이 문제여서 어쩔 수가 없었다. 지지대를 세우고 보자기로 가림 막을 쳐서 충분하게 은폐해야 했다. 퇴근하고 찜질방으로 돌아오면 혹 누가 빨래는 건드리지 않았는지부터 살폈다. 보잘 것 없는 싸구려 옷이다 보니 손 탈 일은 없겠지만 사우나 관리자들에 발각돼 한소리 들을까가 걱정이었다.

점심시간이 지나고 잠깐 한가해지는 시간이었다. 열심히 설거지를 하던 중 두 명의 경찰이 나를 찾아왔다. 식당 밖으로 불려 나가 뜬금없는 조사를 받았다. 어제 밤 찜질방에서 핸드폰 도난 사건이 있었고 핸드폰을 잃어버린 젊은 여성이 내 옆에서 잤다며 조선족 여자인 나를 의심한다는 것이었다. 충분한 조사가 끝난 뒤에야 일단락됐지만 기분이 영 찜찜해서 견딜 수가 없었다. 찜질방을 떠나기로 했다.


5


근처 공장에 취직이 됐다. 이번에도 찜질방에 함께 있던 중국동포들의 도움이 컸다. 별다른 기술이 없어도 일할 수 있다는 전자제품 조립 공장이었다. 겨우 9명의 사원이 전부인 가내공업이었지만 도둑누명을 쓰는 찜질방에서 탈출했다는 것이 무엇보다 후련했다. 납땜부터 배웠다. 하루 종일 납땜만 했다. 머리가 핑 돌고 두통이 오기 시작했다. 익숙해지기 위해 시간만 나면 바깥으로 나와 맑은 공기를 마시며 심호흡을 했다. 문제는 또 있었다. 사장이라는 작자는 아무것도 할 줄 모르는 가난한 조선족이라고 노골적으로 얕봤다. 시간이 흐르면서 얼굴이 익숙해지자 슬슬 수작을 걸어오기 시작했다. 위로를 핑계로 어깨를 두드리더니 틈만 나면 사람들의 눈을 피해 껴안으려 덤벼들었다. 사장이라는 지위를 이용해 이 공장을 거쳐 간 외국인 여자는 모두 건드렸다는 소문도 들었다. 소문대로 사장은 끈질기게도 치근거렸다. 가끔은 일을 핑계로 호되게 야단을 치기도 하고 너 이 공장 더 이상 다니고 싶지 않느냐고 위협도 했다. 이게 아니다 싶었는데 월급도 제때 나오지 않았다. 이 공장도 아니다 싶었다. 보다 큰 공장으로 옮기기로 했다. 동포들에게 부탁해 백방으로 수소문한 끝에 서울에서 조금 떨어진 김포의 자동차부품 공장을 찾아냈다. 일하고 싶어도 일할 곳이 없어 참고 살아야 하는 좁은 고향 서성마을보다 마음만 먹으면 일할 수 있는 곳이 나타나는 여기 한국이 너무 좋았다.

김포공장도 사람 사는 곳이었다. 힘들고 어려운 일은 외국인 노동자들이 도맡아했다. 한국 사람들은 쉬운 일만 했으며 얼굴이 반반한 여자들은 더 쉬운 일을 했다. 조선족이라 해도 얼굴만 예쁘다 하면 현장 과장들은 경쟁적으로 자기네 라인으로 스카우트 해 갔다. 나 역시 자타가 공인하는 반반한 얼굴 덕에 쉬운 일 할 수 있어 다행이었다. 입사 6개월쯤에 정기 인사이동이라며 우리부서의 과장은 본사로 올라가고 다른 라인의 대리가 과장으로 승진해서 왔다. 깐깐하게 생겼다 했더니 오던 첫날부터 빡세게 나왔다. 농담을 주고받다 큰소리로 웃기라도 하면 작업 중에 무슨 잡담이냐며 호통을 쳤다. 조선족이나 베트남여자들에게 유독 더 했다. 한국여자들의 실수도 외국인의 실수로 몰아 난리를 피우기까지 했다. 같은 공장에서 오래 근무하면 체류연장이 쉬운 데다 영주권까지 얻을 수 있기 때문에 힘들지만 참기로 했다.

　자원해서 잔업을 했다. 빨리 돈 벌어서 빨리 자리 잡고 싶어 토요일 일요일에도 일할 기회만 주어지면 일했다. 점심시간에는 최대한 빨리 식사를 마쳐야 했다. 쓸어 넣을 듯 폭풍흡입으로 밥을 먹었고 재빨리 휴게실로 돌아와 쪽잠을 잤다. 시끄럽게 떠들어대는 사람들이 많았음에도 어김없이 살짝 잠이 들고는 했다. 작업시작의 예비 벨이 울리면 서둘러 작업장으로 돌아가야 했다.

　"은지 너 애인 하나 필요하지 않니? 내가 소개해 줄까?"

　넉살 좋은 반장언니가 자주 농담을 걸어 왔다. 하지만 나는 시큰둥했다.

　'이렇게 고단하게 일하고 언제 데이트 하란 말이요?'

　사실 좋은 사람 있으면 그러고도 싶었지만 우선은 여건이 아니다 싶었다.

　"힘들었지?"

　늦게까지 일하고 퇴근카드를 찍고 나오는데 뒤따라 나오던 남자가 내 어깨에 손을 얹어 안마를 해 댔다. 우리 부서의 깐깐한 과장이었다. 얼른 손을 뿌리쳐 빠져 나오는데 반장 언니가 문득 떠올랐다.

　"우리 과장 어떠니? 애인으로…."

　나는 질색을 했었다.

　'반장언니가 우리 과장에게서 어떤 언질이라도…?'

　생각이 여기까지 번지자 싫던 과장이 더 싫어지기 시작했다. 과장의 손이 닿았던 어깨를 마구 털어내며 몸서리를 쳤다.

　"요즘 애인 없으면 팔불출이래."

　반장 언니가 넌지시 말을 붙여 올 때마다 나는 단호하게 거절했다. 사실 소문대로라면 공장 다니는 대부분의 여자들이 남편 이외 또 한 사람의 애인을 사귄다고 했다. 힘들고 고된 생활의 활력소라는 것이었다. 회사 간부들에게 잘 보인 회사간부를 애인으로 둔 사람은 특혜까지 누린다 했다. 애인이 과장 정도만 되면 그런대로 편하게 일할 수도 있다는 것이 반장언니의 지론이었다. 모두 다 은지 너를 위한 이야기라고 강조했지만 나는 눈썹도 까딱하지 않았다.

그래선지 모르지만 이유도 모를 과장의 히스테리가 시작됐다. 언제라도 화살은 내게로 날아 왔고 반장언니는 내게 다가와서 눈을 끔벅거리는 것으로 신호를 보냈다. 참으라는 건지 아니면 또 다른 의미가 있는 건지는 나도 잘 몰랐다. 그냥 참기만 했다. 다른 동료들마저 의아해할 정도였다. 얼마 못 가서 드디어 나는 모두가 힘들어 하는 부서로 쫓겨나고 말았다.

공장에서 이루어지고 있다는 사랑은 유희에 불과했다. 잔업 한다며 핑계대고 모텔 들렸다 돌아가는 사랑도 사랑이런가 싶었다. 몸이 부르는 사랑도 있기는 있다. 몸을 섞다보면 사랑이라는 감정이 싹트기도 했다. 식당 사장도 그랬고 노 사장도 그랬다. 하지만 나는 더 이상 권위나 힘으로 정복하려 하는 타협이라는 사랑은 안하기로 했다. 아무리 그게 현실이라 해도 그런 현실에는 눈감기로 했다.

'네가 이기나, 내가 이기나'

나는 오기로 버티기로 했다. 다른 공장 생각도 해 봤지만 다른 공장으로 옮겨 봐야 거기서 또 겪어야 할 일이었다. 회식이 있고 뒤풀이로 마시는 술자리가 있을 때마다 나는 폭음을 했다. 아무것도 모르게 푹 잠들고 싶어서였다. 훗날 위가 아프면 약을 먹었다. 어딘가 허전하다는 생각이 없는 건 아니지만 이미 남편과 헤어지고 두 남자를 겪어 봤다. 내가 좋아서가 아니고 내 몸뚱이만 좋아하는 남자들이었다. 과장도 반반한 얼굴의 내 몸뚱이를 탐하고 있다는 것은 반장언니도 훤히 알고 있을 것이었다. 더 이상 헤픈 여자가 아니기로 했다. 이리저리 마구 몸뚱이를 굴리는 천박한 여자로 살아가지 않기로 했다. 남자에게 몸뚱이를 굴려 쉬운 일을 찾아 하는 건 창녀나 다를 바 없다는 생각이 들었다. 가끔은 죽고 나면 썩어 문드러질 몸뚱인 걸 그리 소중하게 굴 건 뭐냐는 반장언니의 농담이 떠올라 생각을 바꿀까도 해 봤지만 공장 내에서 헤픈 여자로 소문나는 일은 절대 아니라는 결론을 내리고는 했다. 나 같은 년도 진심으로 사랑해 주는 사람 만나 행복하게 살날이 있으려나 싶다가도 그런 꿈같은 생각은 아예 접기로 했다. 돈이 좀 모아지면 중국으로 돌아가 아들과 함께 편안한 여생을 보내고 싶은 작은 소망으로 살기로 했다.

　여름휴가를 며칠 앞두고 있던 날이었다. 반장언니의 남편이라는 남자가 고래고래 소리를 지르며 퇴근하는 언니의 멱살을 잡아끌고 갔다. 그리고 그 다음 날 누구는 누구의 애인이고 누구는 누구의 연인이라며 소문이 자자하던 여자들 몇 명이 권고사직을 당했다. 모두 회사 내 남자들과 소문이 얽혀 있던 여자들이었다. 또 몇 명의 남자사원들은 서울의 제 2공장으로 전출 명령을 받았다. 사내 불륜이 들통이 나 당한 남편들이 회사를 찾아와 행패를 부리면서 회사가 발칵 뒤집혔다. 손이 느리다는 지적을 받아 쫓겨 난 김 뚱보 아줌마가 회사 상무실로 찾아가 몰래 배 맞추는 여자들은 월급도 많이 주고 땡땡이를 쳐도 봐 준다며 난리를 피웠다는 소문이 나돌더니 기어코 일이 터진 모양이었다.

　과장과 사귀는데 마누라가 알고 들이닥쳐 내 머리채를 잡고 난리를 피운다는 상상을 하다 나도 몰래 피식 웃었다. 반장 언니의 꼬임에 넘어가지 않았다는 것이 천만다행이었다.

내 눈에 콩깍지 낄 날이 있으리라고는 꿈에도 생각하지 못했다.

노래방에서 나온 남자는 내가 가야 할 방향부터 물었다. 여느 남자들처럼 2차를 가자는 둥 어디 가서 좀 쉬어 가자는 둥 나를 붙잡아 둘 핑계부터 만들어야 하는데 전혀 반응이 달랐다. 늦지 않게 돌아가야지 않느냐는 것이었다. 설령 내가 마음에 들지 않는다 해도 그냥 하룻밤 함께 보내고 싶은 여자로 생각한다면 작업을 시작해야 하는데 내가 집에 돌아가는 걱정부터 했다. 쉽고 만만하게 보는 조선족 여자인데….

전철을 타려는 나를 배웅하려 전철역으로 들어서던 남자가 정중하게 내 전화번호를 물었다. 일단 알려주고 부담스러우면 전화를 받지 않으면 되는 것이라고 했다. 전화를 받지 않는 것으로 의사표시를 해 달라는 셈이었다.

개찰구까지 배웅해 준 그와 헤어지면서 가슴이 텅 비어 오는 느낌은 또 뭐란 말인가. 그와 헤어진 다음날 하루 종일 전화에만 신경이 갔다. 혹 모르고 전화를 받지 못하는 것으로 내 대답이 돼 버리는 것이 불안해서였다. 헤어진 지 사흘 만에야 그의 전화를 받았다.

"별일 없지요?"

"그럼요."

"궁금해서 전화드렸습니다."

"저도 궁금했습니다."

짐작했던 대로 세련된 남자는 아니다 싶었다. 술에 술 타고 물에 물 탄 것처럼 건더기 없는 말만 주고받았다. 내가 먼저 다가오는 일요일 점심 좀 사달라는 말을 꺼냈고 남자는 좋다 하며 전화를 끊었다.

일요일 아침 예쁘게 화장을 하고 그를 만났다. 얼마나 고급스러운 점심을 사 주는가 싶어 기대가 컸었는데 막상 그가 사 준 점심은 감자탕이었다. 먹고 싶은 게 뭐냐고 물었지만 나보다는 그가 더 잘 알지 않겠냐 싶어 아무거나 잘 먹는다고 했더니 고작 골라 찾은 식당이 감자탕집인 것이었다.

"힘든 일하는데 이만큼 좋은 음식도 드물죠. 싸고 맛좋고 영양도 풍부하고…."

"그러게요. 맛있는데요."

정색을 하는 그의 말에 맞장구를 치면서도 속으로는 웃음이 절로 나왔다. 회사 식당에서도 자주 해 주는 메뉴였다. 밋밋한 재미도 별로 없는 이 남자에게 왜 마음이 가는지가 나 자신도 이해되지 않았다. 식사를 마치고 그가 데리고 간 곳은 작은 산 아래 조그만 공원이었다. 노점상에 들러 강냉이 두 자루를 샀다. 그냥 돌아서려는 그에게 물 한 병도 사 달라고 했다. 내가 물 이야기를 꺼내지 않았다면 아마 물도 없이 강냉이만 꾸역꾸역 씹어 삼켜야 했을지도 몰랐다.

공원을 지나 수풀로 들어섰고 참나무 그늘에 앉아 강냉이를 먹었다. 그가 참나무 잎을 따 접어서 가는 나무줄기를 꺾어 꿰어 띠를 만들었다. 내 머리 둘레만큼의 원형 참나무 잎 띠를 만들어 내 머리에 씌웠다. 올림픽 우승자가 쓰는 월계수로 만든 월계관 그대로였다. 이마 쪽 위에 깃털모양의 긴 나뭇잎 하나를 세워 달아 나를 대장이라고 불렀다. 참나무 잎 월계관을 쓰고 있는 몇 장의 기념사진을 핸드폰에 저장했다. 유치하면서도 즐거웠다. 오늘밤 이 남자와 함께 보낼까를 잠깐 고민하다가 아직은 아니라는 생각이 들었다.

그를 만난 지 네 번째가 되던 날, 이 남자 정말로 괜찮다는 생각이 들어 내가 일부러 시간을 끌었다. 이제는 늦어서 돌아갈 수 없다며 어디서 자고 가게 해 달라고 부탁했고 여관 앞에 이르러서는 혼자 자는

게 무섭다고 내가 꼬리를 쳤다. 빤하게 속 보이는 케케묵은 옛날식 접
근방법으로 내가 먼저 남자를 유혹했다.

쭈빗거리는 남자에게 먼저 씻을 거라며 옷을 훌훌 벗었다. 남자가
어디에 시선을 둬야 할지 몰라 하는 게 신기했다. 안 보는 척하면서도
곁눈으로 살펴보는 그의 시선을 은근히 즐기면서 나는 천천히 욕실로
들어갔다.

남자는 나이에 어울리지 않을 만큼 서툴렀지만 나는 이내 하늘을 날
아 다녔다. 나는 미친 사람처럼 내가 하고픈 대로 마구 질주했다. 그런
나를 의식한 때문인지 남자는 자신의 욕구보다 나를 배려하는 데 더 신
경을 썼다.

"욕하지 마셔요."

몇 번이나 하늘을 날고 나서 내가 부끄러워하자 남자는 나를 꼭 껴
안아 주었다.

'이 남자를 만나면서 세상 살아가는 이야기나 하는 것으로 나를 위
로하자. 최소한 내 몸뚱이만을 탐하지 않아 보이는 것만으로도 이 남자
를 높게 평가하자. 진실한 어떤 남자 하나 늘 내 옆에 두고 싶기도 했었
으니 조금은 진실해 보이는 것도 같은 이 남자로 정하자.'

남자의 하는 짓이 만날수록 새로웠다. 눈에 보이도록 섹스에만 몰
두하다 일이 끝나면 서둘러 자리를 떠나버리려는 남자하고는 질이 달
랐다. 지인들이 결혼 후보자로 소개해준 정말로 괜찮다는 남자들도 사
탕발림으로 나를 유혹해서 섹스에만 몰두했었다. 그런데 이 남자는 섹
스 이후를 더 중요하게 생각했다. 섹스행위로만 본다 해도 참 괜찮은
남자였다.

내가 하는 일이라면 무조건 좋다고 맞장구를 쳐 주던 남자들과는 달
랐다. 애써 내게 잘 보이려 하지를 않았다. 내가 하는 짓이 마땅치 않을

때는 그게 아니라며 정면으로 충고하려 들기도 했다. 어떤 때는 나를 가르치려 드는 것처럼 보일 때도 있었지만 너무도 당연한 사실이어서 멋쩍게 웃는 것으로 자리를 모면했다. 깨가 쏟아지는 사랑 놀음은 없었다. 오래 살아 온 부부처럼 우리들의 이야기는 늘 현실적이었다. 아들의 안부를 물어 주었고 아들과의 관계설정에도 조언해 주었다. 어떻게 해서라도 이 남자를 내 남자로 만들기로 작정한 나만의 생각인지 모르지만 어느새 나는 그의 아내가 되어 있었다.


7


　저녁식사 했느냐고부터 물었다. 그리고는 가까운 모텔을 찾아 들었다.

　모텔로 들어서면서 여기가 모텔이 아닌 그의 집이었으면 얼마나 좋을까 싶었다. 주말 부부인 내가 설레는 마음으로 돌아온 내 집이었으면 얼마나 좋을까 싶었다. 언제쯤 나를 자신의 집으로 데려갈 것인지가 궁금하고 기대도 크지만 아직 입 밖에 내보지는 못했다. 그가 부담스러워하는 짓은 않기로 한 때문이었다. 방 안에 들어서자 말자 내가 먼저 그를 와락 껴안았다. 만날수록 이 남자가 너무 반갑고 해 준 것도 없는 이 남자가 너무 고마워서였다.

　돈에는 욕심이 없는 남자여서 부자가 아니라는 게 흠이라면 흠이었다. 나같이 돈이 필요한 여자에게는 돈 많은 백마 탄 왕자님이 나타나 주었으면 좋으련만 이 남자는 지금도 돈에 연연하려 들지 않았다. 조선족이라 하면 일단 깔고 보는 한국 사람이 아닌 것이 고마웠는데 배우지 못해 무식한 나를 무시하려 들지도 않아서도 좋았다. 늘 함께할 수 있는 착한 남자 한 사람 있었으면 하던 소망을 이루게 해 줄 수 있는 남자라는 게 더 고마웠다. 숨기고 싶었던 과거 이야기를 나도 몰래 불쑥 뱉어 냈을 때는 나의 솔직함이 매력이라고 했다. 진실만큼 사랑스러운 것 없다는 것이 이 남자의 철학이었다. 허세를 부리는 것에는 질색을 했다. 거짓말이다 싶으면 대꾸하려 들지를 않았다.

혼자 샤워를 하다가 나는 남자를 불렀다

"등 좀 밀어 줄래요?"

남자는 팬티를 걸친 채 욕실로 들어섰다. 팬티 앞섶이 벌써 불뚝 솟아 있었다.

"아직도 팬티차림이에요? 벗고 오세요. 다 젖잖아요."

등 밀 수 있는 긴 타월이 세면기 위 행거에 걸려 있어서 사실 나 혼자 씻어도 별 문제는 없었다. 하지만 욕실에 혼자 남겨져 씻는다는 것은 잠깐이라도 외로워서 싫었다. 그와 함께하는 동안은 1분 1초도 떨어져 있기가 아까웠다. 따뜻한 물줄기가 온몸을 타고 흘렀고 그의 투박한 손이 내 등에서 꼼지락 거렸다.

"사랑해요."

"그래. 나도 사랑해."

"나 중국으로 돌아가지 않을 거예요."

"죽을 때까지 여기에서 당신 곁에 빌붙어 살 거예요."

"당신이 먼저 늙어 기저귀 차게 되면 그때는 내가 당신을 돌봐 줄 거예요."

"………"

"그리고 나중에 내가 죽어 하늘나라로 당신 찾아 갔을 때는 나 반겨 줄 수 있죠?"

왠지 모를 눈물이 주룩 흘러 내렸다.

'오 하느님! 이 남자가 내 생에 마지막 남자이게 해 주옵소서'

샤워기의 따듯한 물이 아직도 내 등을 타고 내렸고 그의 투박한 손은 여전히 내 등에서 분주하게 오갔다.

이야기 아홉

# 일리갈 베이비 코피노
## (Illeagal baby Kophino)

수돗물은 미적지근했다.

샤워를 하면서 머리부터 감았다. 온몸을 타고 내리는 물을 한참이나 맞으며 멍하니 서 있었다. 가슴을 타고 내리는 물방울 사이로 뾰족한 젖꼭지가 오뚝했다. 한입 잔뜩 물어 꼬집던 남편이 벌써 사무치게 그리웠다. 마닐라를 떠나 이태원의 허름한 여관을 거쳐 브로커가 소개해준 봉제공장에서 일한 지가 겨우 사흘째였다. 봉제공장은 가정집을 개조한 일반 주택이어서 샤워는 화장실에서 해야만 했다.

"딸가닥!"

무슨 소리가 들리는 것 같아 샤워꼭지를 잠갔다. 귀를 쫑긋하며 소리를 쫓았으나 더 이상의 기척이 없었다. 분명 현관문도 잠겨있음을 확인했으니 아마 대낮에도 설쳐대던 쥐 소리라고 짐작했다. 바닥을 질주하는 꽤나 많은 쥐들을 본 기억이 났다. 공연히 무섭다는 느낌이 들기도 해 서둘러 샤워를 마쳤다. 큰 타월로 몸을 둘둘 감고 방으로 향했다.

방이라야 쟈스민 혼자 기거하는 공장 구석의 쪽방이었다. 방문을 막 여는 순간 뒷머리가 쭈뼛해 왔다. 갑자기 누군가가 무지막한 힘으로 쟈스민을 끌어안더니 재빨리 방 안으로 밀어넣고 전등스위치를 껐다. 겨우 타월 한 장으로 가려진 쟈스민의 몸은 가벼운 몸부림 한 번으로 알몸이 됐다. 극심한 공포 때문에 고함을 칠 수가 없었다. 사내는 서둘지도 않았다. 여유 있게 천천히 천천히 쟈스민을 탐했다. 긴장으로 온몸이 굳어진 쟈스민은 눈을 꼭 감았다. 준비되지 않은 곳에서 통증을 느꼈다. 욕심을 채운 사내가 불을 밝혔다.

"아니…?"

쟈스민은 눈이 동그래졌다. 공장장이었다. 세상에 믿을 사람 없다 해도 설마 공장장이라고는 상상도 못했다. 아침 일찍 벨을 누르지도 않고 현관문을 따고 출근하던 그를 보고 그에게 비상키가 있음을 알고는 있었다. 하지만 그는 회사의 공장장이므로 전혀 경계의 대상이 아니었다. 위험이 닥칠 경우 오히려 보호자일거라고 믿고 있었다.

"제대로 문단속을 해야지…. 이래서 되겠어?"

한국말이 서툰 쟈스민은 무슨 말인지를 몰랐다. 어떤 말을 해야 그가 알아들을지도 몰라서 표정으로만 그를 무섭게 쏘아보았다. 슬금슬금 일어서더니 히죽이 웃었다. 쟈스민은 재빨리 옷을 입었다. 공장장은 이곳저곳을 별 볼 일 없이 한 바퀴 휘 둘러보더니 다시 쟈스민에게로 왔다.

"야! 이리 와 봐."

공장장은 다시 난폭하게 쟈스민을 끌어안았다. 가슴을 애무하려 들었다. 쟈스민도 그가 강도가 아닌 공장장이라는 데서 오히려 조금은 마음이 놓였다. 다시 바닥에 쓰러트리고 덮쳐 오는 그를 무릎을 모아 오그리며 저항했다. 갑자기 그를 향한 증오가 끓었다.

"이년이…?"

공장장은 벌떡 일어나 쟈스민의 엉덩이를 걷어찼다.

"Fuck you!"

쟈스민은 누운 채로 오른발을 들어 공장장의 가슴을 세차게 밀어 찼다. 공장장은 뒤로 벌러덩 자빠지며 엉덩방아를 찧었다.

"이 미친 년이…?"

공장장은 쟈스민의 머리채를 낚아채 일으켰다. 그리고 멱살을 잡더니 따귀를 마구 갈겼다. 머리채를 잡고 심하게 흔들다가 다시 좁은 방 바닥으로 내동댕이쳤다. 공장장은 완력으로 쟈스민을 깔고 덮쳐왔다. 발버둥을 치던 쟈스민의 오른손에 묵직한 게 잡혔다. 작은 몽둥이였다. 슬그머니 잡아서 쟈스민을 덮쳐 짓누르고 있는 공장장의 왼쪽 어깻죽지를 세차게 내려쳤다.

"어이쿠!"

공장장은 어깨를 잡고 벌떡 일어났다. 쟈스민도 따라 발딱 일어섰다.

"죽을라고 환장을 했냐?"

공장장의 주먹이 쟈스민의 얼굴을 강타했다. 연이어 권투 연습 하 듯 쟈스민의 온몸을 향해 원 투 스트레이트 어퍼컷을 마구 퍼 부었다. 방구석으로 몰린 쟈스민은 얼굴을 감싸고 딩굴렀고 공장장은 딩구는 쟈스민의 등을 마구 짓밟으며 고함을 쳤다.

"당장 나가. 지금 당장 썩 꺼져. 재수 없는 년!"

한 만큼 해서인지 아니면 자기도 한 짓이 양심에 찔리는지 공장장은 슬그머니 바깥으로 빠져나갔다. 현관문을 나서며 열쇠로 밖에서 문까지 잠그는 여유를 보였다. 쟈스민은 일시에 설움이 북받쳐 눈물이 펑펑 쏟아졌다. 퇴근 이후에는 아무도 없는 공장이라지만 그래도 누가 들을까 소리 죽여 울었다.

여기저기 꺼내놓고 미처 정리도 하지 못했던 짐들을 다시 챙겼다.

뜬눈으로 밤을 새우다시피 했다. 이 수모는 언제라도 꼭 갚아주겠다고 다짐하며 새벽 일찍 다시 이태원의 침침한 여관으로 돌아갔다. 경찰에 신고라도 하고 싶었으나 불법체류자의 강제 추방이 무서워 어찌할 도리가 없었다. 소개비를 물고 숙박비를 내고 다시 다른 직장을 찾아야 했다. 인력이 부족한 나라여서인지 쉽게 일자리가 구해졌으나 마땅히 오래 근무할 곳은 좀체 찾을 수가 없었다. 이리저리 떠돌이 생활의 연속이었다.

월급이 밀려도 주지 않는 봉제공장이라서 그만두고 심하게 치근대는 남자 때문에 자수공장도 그만두었다. 그저 한 삼 개월씩 근무하고 나면 그 회사의 생리를 짐작할 수 있었고 더 이상 몸담을 수 없다는 결론에 이르고는 했었다. 찬밥 더운밥 가릴 처지가 아니면서도 번번이 여기가 아니라는 생각이 들어 어쩔 수가 없었다. 극심한 스트레스로 웃음까지 잃어버렸다.

시간이 없다고 미루기만 하던 성당을 다시 나가면서부터 하나 둘 친구가 생겼다. 쟈스민이 나가기 시작한 성당은 필리핀 사람들이 워낙 많다보니 필리핀 사람들을 위한 미사시간이 따로 있었다. 성당에서라도 자주 만나는 친구들이 많아지면서 극심한 외로움을 조금씩 극복할 수 있었다. 세상에 나쁜 사람보다 좋은 사람이 훨씬 많음에도 쟈스민은 늦게야 좋은 사람을 만났다. 좋은 분을 만나게 하려 하나님께서는 그렇게도 오래 뜸을 들이셨는지도 모른다고 생각했다.

쟈스민을 데리러 온 사장님은 40세쯤으로 보이는 한쪽 다리를 조금 절름거리는 장애자였다. 첫눈에 인자하다는 느낌이었고 몇 마디 영어로 물어보는 억양도 무척 부드러웠다. 서툴게나마 영어를 할 수 있는 분이어서 무엇보다도 좋았다. 의사소통의 문제로 작업의 어려움이 너무 컸을뿐더러 그게 원인이 되어 서로 얼굴을 붉히고 회사를 그만둔 적도 있었기 때문이었다. 공장에는 기숙사가 있었고 필리핀 남자 근로자가 두 명 있었다. 필리핀 남자 근로자들은 공장건물에 딸린 기숙사를 사용했으나 쟈스민은 사무실과 식당으로 쓰는 본관의 2층 기숙사를 사용했다. 사장님도 기숙사에서 숙식을 했으며 일요일만 잠깐 집을 다녀오고는 했다.

하룻밤 묵지도 않고 그날로 돌아오는 것은 사장님이 독신이기 때문이라고 했다.

인자한 분이라고 보여 지지만 그도 남자여서 치근댈 거라고 잔뜩 긴장했는데 다행히 사장님은 쟈스민을 안중에도 없어 했다. 기숙사 복도 중간에 있는 문을 쟈스민쪽에서 잠그도록 만들어 주었다. 아래층을 이용할 때는 서로 다른 쪽 계단을 이용해야만 했다. 남자로부터의 안전을 최대한 배려한다는 뜻이기도 했다.

공장장은 아침마다 몇 명의 아주머니들을 태워 함께 출근을 했다.

쟈스민은 아주머니들이 하는 포장작업부터 배웠다. 알아듣지 못할 농담을 하고 깔깔 거리고 웃을 때는 혹시 쟈스민을 흉보는 건 아닌가도 했지만 그리 신경 쓸 일은 아닌 것 같았다.

주방 아주머니 한 분이 매일 기숙사 식당에서 점심식사를 준비했다.

필리핀 남자들은 한국식사가 비위에 맞지 않는다며 저희들끼리 공장에 딸린 주방에서 따로 식사를 해결했지만 쟈스민은 한국음식에 큰 거부감이 없어 한국 사람들과 함께 식사를 하기로 했다. 가끔 쟈스민에게 설거지 정도의 심부름을 시키기도 했지만 주방 아주머니는 친절해서 좋았다.

쟈스민은 자청해서 조리를 거들기도 했다. 한국요리 한두 가지쯤 배워 두면 요긴하게 쓰일 날도 있을 것 같아서였다.

주방 아주머니는 사장님의 저녁식사와 훗날 아침식사까지 준비해 놓고 퇴근을 했다. 아침때가 되면 준비해 둔 식사를 사장님 스스로 찾아 먹고는 했다. 하지만 아침은 거의 먹는 둥 마는 둥 한다 했다. 준비해 둔 아침 식사가 점심때까지 그대로 있는 날도 제법 많았지만 그렇다고 아침식사를 준비해 두지 않을 수도 없는 것이어서 주방 아주머니는 늘 신경이 곤두선다고 했다.

사장님의 게으름이 아닌 반찬이 부실한 탓으로 아침을 거르는 건 아닌가 싶어 출근하기가 무섭게 차려 두었던 사장님의 아침식사에부터 눈길이 간다고 했다.

어느 날 주방 아주머니가 쟈스민에게 사장님 아침상 좀 봐주면 어떠냐는 제의를 해 왔다. 이왕 아침식사를 준비하는 거라면 이미 끓여 논 국을 데우거나 찌개를 데우는 정도는 할 수 있는 거 아니냐고 쟈스민을 채근했다. 쟈스민도 할 수 있는 일이기는 하지만 사장님과 대하는 일이 괜히 신경이 쓰이는 일이라 난색을 표했다.

아주머니는 한국말 영어 바디랭귀지까지 동원해서 며칠 동안을 졸라 댔다. 단지 준비된 음식을 데워서 주기만 하면 된다는 데도 너무 빼는 것 아니냐며 퉁을 주기도 해서 결국은 그렇게 하기로 하고 말았다.

언어가 다르더라도 꾸준히 대화를 나누면 언어가 아닌 표정과 마음으로도 진심이 통할 수 있다는 것을 알았다.

사장님의 아침식사 챙기기는 쟈스민의 몫이 되었다. 가끔은 쟈스민의 필리핀식 반찬도 한두 가지 사장님의 밥상에 올랐다. 사장님은 너무 맛있다고 칭찬해 주었다. 비록 입에 바른 소리라 해도 쟈스민은 신이 났다.

쟈스민이 아침상을 보기 시작하면서 사장님은 한 번도 식사를 거르지 않았다. 한 그릇 아침밥을 뚝딱 해치우고는 했다. 쟈스민의 음식솜

씨가 곁들여진 때문이라며 아주머니는 쟈스민을 한껏 띄워 주었다. 하지만 쟈스민은 꼬박꼬박 아침을 챙겨주는 쟈스민의 성의를 무시하지 못하는 사장님의 배려 때문이라는 생각이 들었다. 아침에 일어나 샤워를 하고 식당으로 내려가 아침상을 준비하고 인터폰으로 사장님을 깨우고 쟈스민은 콧노래가 저절로 나왔다. 몸은 고단할지언정 마음이 편하다는 것이야말로 세상에서 가장 큰 행복이라는 생각이 들었다.

풀 공장의 현장은 풀 끓이는 열기로 항상 뜨거웠다.

하루 두 번씩 샤워를 해도 땀 냄새를 풀풀 풍겼다. 필리핀 남자 근로자들은 땀으로 흠뻑 젖은 작업복을 입고 다녔는데 그들이 지날 때마다 아주머니들은 코를 막았다. 한국 사람들과는 또 다른 아주 지독한 냄새라고 했다. 쟈스민이 없는 자리에서 쟈스민 역시 같은 소리를 들을까 열심히 샤워를 했다. 고국에서는 생각지도 않았던 화장을 시작했으며 향수를 사용하기도 했다.

생활이 안정될 수 있는 것도 좋았고 고국의 가족들에게 꼬박꼬박 송금도 할 수 있어 더욱 좋았다. 종종 남편의 편지를 받았고 초등학교 2학년, 4학년인 아들딸에게서도 사진까지 동봉한 편지도 자주 받았다. 일요일에는 거르지 않고 꼭꼭 성당을 찾았다. 출입국 관리사무소 직원인 단속요원에게 걸리면 그날로 필리핀 행 비행기를 타야 한다고 해서 성당을 가고 오는 동안은 항상 주의를 해야 했다. 겁 많은 친구가 성당마저 가지 않는 게 좋을 거라 했지만 쟈스민은 모든 게 하나님의 뜻이라고 생각했다. 성당을 가다가 그들에게 잡혀 필리핀으로 돌아가는 일이 하나님의 뜻이라면 어찌 거역할 수 있겠느냐는 생각이었다.

여름이 가고 가을이 지나고 계절의 변화도 신기하기만 했다.

무성했던 나뭇잎들이 붉게 또는 노랗게 물들어 떨어졌다. 책에서만 배워 오던 먼 나라이야기를 몸소 겪고 있는 것도 즐거웠다. 첫눈이 내리던 날은 너무도 신기해서 잠을 잘 수조차 없었다. 아무도 없는 공장 마당에 소복이 쌓인 눈을 밟고 뭉치고 굴리고 아이들에게 보내고 싶어 수 십 장의 사진도 찍었다. 차츰 추위가 심해지면서 계절의 변화가 즐거운 것만도 아니라는 느낌이 왔다.

이미 두 번째 맞는 겨울이지만 한국의 겨울나기는 정말 고통이었다. 샤워를 마치고 나면 온몸이 부들부들 떨렸다. 감기가 걸리고 몸져누웠지만 하루 이상은 누워 있을 수가 없었다. 건강하지 못해 일을 하지 못한다면 회사가 진정으로 나를 필요로 하겠는가 싶어 기를 쓰고 일을 했다.

그래도 샤워는 해야 했다. 덜 말라 뻣뻣한 머리칼을 쳐다보며 주방 아주머니가 혀를 끌끌 찼다. 참으로 이해하지 못하겠다는 표정이었지만 죽어라고 샤워는 했다. 습관은 어쩔 수가 없었다. 겨울이 그렇게 길게 느껴지는 건 견디기 힘든 추위 때문이었다. 그래도 시간은 흘렀고 겨울이 가고 봄이 왔다. 공장 울타리를 따라 개나리꽃이 활짝 폈다. 그냥 꽃이려니 했던 개나리꽃이 올해는 한층 더 아름답게 보였다.


1


토요일 저녁 무렵이었다.

작업을 끝내고 기숙사에서 쉬고 있는데 필리핀 남자 근로자인 다니와 아리엘이 찾아왔다. 인근에서 일하고 있는 필리핀 친구의 생일에 초대를 받았다며 쟈스민도 함께 가자고 했다. 오랜만에 한국에 와서 배운 얼굴 마사지도 하고 가볍게 하던 메이크업도 정성을 다했다. 거울에 비치는 예쁜 자신을 발견하고는 가벼운 미소가 떠올랐다. 외출복으로 갈아입으며 아직도 완벽한 허리라인이며 탱탱한 가슴까지 자랑스러우리만큼 완벽한 자신에게 스스로 감탄했다. 가족 얼굴도 자주 그려보지 못하는 바쁜 생활이지만 가족을 위해 큰일을 해내고 있다는 마음에서 스스로가 자랑스러웠다. 가슴을 만지며 눈을 감았다. 힘껏 안아주던 남편의 얼굴이 스쳐 지났다. 밖에서 빨리 나오라는 다니의 외침을 듣고서야 서둘러 방을 나섰다. 오늘이 토요일이라 사장님은 집에 다녀올 것이니 저녁 챙기는 일은 않아도 된다 했는데 주방에서 인기척이 났다. 사장님이 주방에 와 있었다. 쟈스민의 메이크업한 얼굴이 놀랍다는 듯 환하게 웃었다.

"Are you going out?"

사장님의 영어 실력이 완벽하지는 못했다. 주어 동사가 뒤바뀌고 과거 현재가 왔다 갔다 했다. 그래도 의사 전달에는 무리가 없었다. 어려운 문장이 필요할 때는 단어만으로도 그리고 약간의 몸짓만으로도 의사전달이 가능했다. 바디랭귀지는 훌륭한 국제 공용어였다.

"Yes sir, One of my friend, His birthday, We are invited."

쟈스민은 가볍게 웃었다. 사장님의 얼굴에서 온화한 인자함이 흘렀다. 사장님의 인품에 반한 다니와 아리엘은 이 공장에서 일하게 된 것 자체가 행운이라고 했다.

"Where? What time will you back home?"

조금 먼 곳이어서 어쩌면 자고 내일 돌아올지도 모른다고 아리엘이 이야기 해 준대로 말씀드렸다. 밖에서 다니와 아리엘이 기다리고 있다는 것을 알자 사장님은 저녁상 준비마저 당신이 하겠다며 쟈스민을 밖으로 밀어 냈다.

"Take your sell-phone. Never forgot it"

사장님은 핸드폰을 챙기라고 했다. 밖으로까지 따라 나와 다니와 아리엘에게도 똑같은 당부를 했다.

　생일을 맞은 친구의 집은 꽤나 먼 거리에 있었다. 회사에서 빌려 준 아파트에 살고 있었으며 쟈스민 일행이 도착했을 때는 이미 많은 필리핀 친구들이 모여 있었다. 현관에는 신발 둘 곳도 없었다. 신문지를 깔고 신발을 포개기도 하며 거실입구까지 신발이 쌓였다. 이 방 저 방 엉덩이를 붙일 틈도 없도록 북새통이었다. 거실 한켠에 겨우 자리를 잡았다. 미리 와 있는 얼굴 아는 친구들이 새 친구들을 소개해 주었다. 혹시나 했지만 같은 고향사람은 한 사람도 만나지 못했다. 어쩌다 고향이 같은 친구들끼리는 더욱 반가워하며 가깝게 어울렸다. 술을 좋아하는 친구들은 술이 그들을 한자리에 묶었다. 이미 술이 거나한 친구들도 보였다. 나이가 조금 많거나 적더라도 스스럼없이 어울렸다. 쟈스민도 성당에서 만나 알고 있는 친구들과 가슴이 후련하도록 수다를 떨었다.

　앉아 있기만도 좁은 방이고 보면 잠자기는 틀렸다는 생각이 들었다. 하룻밤쯤이야 앉아 세운들 대수냐 마음먹었다. 자정이 조금 지나서였다. 저쪽 방에서 술이 조금 과하다는 느낌의 한 남자가 주정을 시작했다. 얼굴도 험상궂게 생겼고 덩치도 무지하게 컸다. 아까부터 쟈스민을 흘끔거리며 쳐다봐서 은근히 신경이 쓰였다.

　"관심 보이지 마. 전과자에다 도망자라는 소문도 있어. 같은 고향친구도 협박해서 돈을 뜯어낸다는 나쁜 놈이래. 알려 주지 않아도 생일파티는 어떻게 알아내는지 제일 먼저 찾아온대나?"

　그를 알고 있는 듯한 친구가 귀띔을 해 주었다. 주위의 다른 남자들이 눈치를 살피다가는 슬그머니 다른 자리로 옮겨 앉는 것도 보였다. 모두들 그를 피하는 눈치였고 차츰 조금씩 사내 옆에서는 사람들이 사라졌다. 마침내 그 사내가 비틀거리며 쟈스민 옆으로 옮겨 왔다.

　"반갑소."

사내의 말투는 거칠었다. 역한 알콜 냄새가 구취와 섞여 코를 찔렀다. 쟈스민은 가슴이 움츠러 들어 아무런 대꾸도 못했다. 아무 반응을 보이지 않으면 제풀에 재미없어 돌아가리라 생각했다. 잘못 대꾸했다가 시비에 말려들 것도 같아서였다.

"한 잔 합시다."

사내는 작은 두 개의 종이컵에 소주를 따랐다. 그리고 한 잔을 쟈스민 얼굴 앞에 불쑥 내 밀었다. 쟈스민은 외면을 했다.

"한 잔 합시다."

아무 반응을 보이지 않자 사내는 들고 있는 소주잔을 쟈스민 코앞까지 밀어댔다. 잠깐 고민을 했다. 잔을 받지 않으면 더 큰 또 다른 화를 당하지 않을까를 걱정했다. 이미 쟈스민의 주위는 찬물을 끼얹은 듯 조용했다. 소주잔을 받았다. 사내는 건배까지 요구했다. 어쩔 수 없는 상황이었다. 작은 종이컵의 소주잔을 사내에게 내밀었다.

"Cheers-!"

가누지 못해 떨리는 사내의 소주잔에서 찔끔찔끔 소주가 흘렀다. 이미 꽤나 많은 여자들이 사내의 눈치를 살피며 자리를 이동하고 있었다. 사내는 다시 한잔을 권하면서 이번에는 러브샷을 하자고 했다. 쟈스민은 속이 끓었지만 미소를 보이며 거절했다. 사내는 치근대기 시작했다. 쟈스민을 껴안으려 들기도 했다. 모두들 겁이 났던지 아무도 그를 제지하지 못했다. 쟈스민은 발딱 일어섰다. 멀리서 바라보기만 하던 풀 공장의 다니와 아리엘이 그제야 슬그머니 다가 왔다. 주정을 하는 사내에게는 아무 말도 못하고 쟈스민을 문밖으로 밀어냈다.

"와장창~ 창!"

요란한 소리를 내며 쟈스민이 앉아 있던 다과상이 엎질러졌다. 사내가 양손으로 상을 들어 엎어 버린 때문이었다, 비틀거리며 일어서더니 냅다 발길질로 엎질러진 다과상을 밟아 버렸다. 파티장은 순식간에 아수라장으로 변했다. 쟈스민은 셀 폰을 꺼내 들었다. 무작정 번호를 눌렀다. 도움을 청할 사람으로 제일 먼저 사장님 얼굴이 떠올랐다.

"Where-? Where are you?"

잠에서 깨어난 사장님의 놀란 목소리가 들렸다. 잠을 깨워 도움을 청할 만큼의 다급함을 어떻게 설명해야 할지를 몰랐다. 쟈스민은 상황 설명을 못한 채 셀 폰을 들고만 있었다. 멍하니 전화기를 들고 있는 동안 전화기를 통해 전해지는 사내의 요란한 고함만으로도 이미 사장님은 어떤 일인지를 짐작하는 것 같았다.

"어디야. 빨리 말해 데리러 갈게."

여기가 어디인지를 모르는 쟈스민은 아리엘에게 셀 폰을 건네주었다. 그리고는 재빨리 현관으로 나가 신발을 챙겨 신었다. 사내는 혼자 고래고래 소리를 지르고 있었다. 다니와 아리엘이 쟈스민의 핸드백을 챙겨 들고 함께 아파트현관을 빠져 나왔다.

버스를 타고 한 시간은 걸렸던 것 같은 거리임에도 20분도 채 지나지 않아 사장님의 차가 나타났다. 사장님의 차를 보는 순간 반가움으로 눈물이 왈칵 솟았다. 다니와 아리엘은 어쨌거나 여기서 자고 내일 돌아가겠다며 쟈스민만 사장님 차 쪽으로 밀어 보냈다. 아파트입구를 돌아봤더니 그 사내가 부축하는 동료들을 뿌리치고 비틀거리며 이쪽으로 오고 있었다. 쟈스민은 보라는 듯 천천히 걸어서 사장님의 차를 탔다. 차에 막 오르면서 돌아본 사내는 더 이상 접근을 않은 채 멍한 표정으로 굳어 있었다. 그도 먼 이국의 불법체류자임을 실감하는 순간이었으리라. 돌아오는 차 안에서 사장님은 조심스럽게 말문을 열었다. 이 세상 어디에라도 사람 사는 인심은 같은 것이어서 좋은 사람이 있는 반면 나쁜 사람도 있기 마련이라고 했다. 나쁜 사람과는 가까이 하지 말아야 하며 스스로 조심하는 것만이 자신을 보호하는 최선의 방법이라고 했다. 공장의 정문이 보이면서 더욱 마음의 평온을 찾았다. 사장님은 기숙사 입구 쟈스민의 방문 앞까지 데려다 주었다.

"푹 자도록 해. 아침이 오면 기분이 좋아질 거야."

사장님은 쟈스민의 등을 가볍게 두드려 주며 따뜻하게 안아주었다. 쟈스민은 재빨리 사장님의 가슴에 얼굴을 묻었다. 떨어지고 싶지 않았다. 오래오래 이렇게 있고 싶었다. 사장님이 쟈스민을 가볍게 밀어내며 방문을 열어주었다. 방안으로 들어서자 늘 아늑하기만 했던 방안이 갑자기 썰렁하게 느껴졌다. 샤워를 하고 침대에 누웠으나 쉽게 잠이 올 것 같지가 않았다. 동물적인 본능으로 아랫도리가 근지러워지다 쫄밋거렸다. 아랫도리에 손을 대고 부지런히 움직였다. 머릿속에는 남편과 사장님의 얼굴이 번갈아 오버랩 되고 있었다.


2


다시 일상으로 돌아온 쟈스민은 더 열심히 일했다.

사장님의 따뜻한 마음이 읽혀서 좋았다. 사장님과 직원만의 관계가 아닌 인간적인 따스함이 사장님에게 있었기 때문이었다. 컨베이어를 타고 나오는 제품을 부지런히 포장하고 있는데 공장장이 셀 폰을 들고 공장 안의 소음을 피해 황급히 밖으로 나갔다.

다시 돌아온 공장장이 직원들에게 뭐라고 이야기를 하자 갑자기 공장안은 술렁이기 시작했다. 뭔가 급한 일이 생겼나 본데 알 수가 없었다.

"무슨 일이라요?"

옆자리의 아주머니에게 물었다.

"사장님이 교통사고로 다쳤대."

"뭐요? 뭐요?"

쟈스민은 사장님 소리는 알아들었는데 그 다음 말은 이해하지 못했다. 한참 후에야 아리엘이 교통사고임을 알려 주었다. 순간 쟈스민은 가슴이 철렁 내려앉았다. 갑자기 사장님의 안위가 무척 궁금했다. 공장장이 차를 몰고 황급히 사라졌다. 다시 공장장이 돌아오기만 기다리는데 일각이 여삼추였다. 거의 퇴근 무렵에야 돌아온 공장장은 사장님이 병원에 입원했다는 소식을 전했다. 어디를 얼마만큼 다쳤다는 설명도 해 주었지만 알아듣지 못했다.

저녁식사를 마치고 기숙사 방에서 T.V를 보고 있었다. 종일 피로가 일시에 몰려와 저도 모르게 스르르 잠이 왔고 깜박 잠이 들었다. 얼마를 잤는지도 모르며 리모컨을 눌러 T.V를 껐다. 그리고 다시 제대로 잠을 자려는데 갑자기 잠이 오지 않았다. 뒤척이면서 하지 않아도 될 사장님 걱정을 했다. 이런 걱정 저런 걱정은 비약을 시작했다. 만약 사장님이 없어 공장 문이라도 닫게 된다면 나는 또 어디로 가야 하느냐까지 비약을 하자 쟈스민은 벌떡 일어났다. 꽤 오래 잔 것 같았으나 시계는 밤 9시를 가리키고 있었다. 공장장님의 셀 폰 번호를 꾹꾹 눌렀다. 공장장은 비상시 연락하라고 알려준 쟈스민의 전화를 받고는 공장에 무슨 일이 일어났는가 싶어 깜짝 놀라했다. 사장님 입원한 병원을 묻자 공장장은 한참을 어이없어 했다.

네가 왜 알고 싶으냐고 기가 막힌다는 어조였으나 병원과 입원병실을 알려 주었다. 쟈스민은 잊어버릴까 종이를 꺼내 메모했다. 그리고는 부랴부랴 외출복으로 갈아입었다. 잘 간직해둔 지갑의 현금도 챙겼다. 드문드문 가로등이 있어도 조금은 어둡게 느껴지는 길을 달리다시피 걸었다. 큰길에 나왔으나 도심에서 조금 떨어진 변두리라 이미 인적은 뜸했고 차들도 드문드문 다녔다. 택시가 오기를 기다렸으나 좀체 나타나지 않았다. 고급 승용차 한 대가 스르르 쟈스민 앞에 멈췄다. 뒷자리를 가리키며 타라는 시늉을 했지만 쟈스민은 일 없다는 듯 돌아서 공장으로 되돌아 걸었다. 설령 그가 착한 사람이라도 사장님이 알려 준 대로 일단은 믿지 않기로 했다. 고급차가 사라진 후에야 쟈스민은 다시 큰길로 나왔다.

스피드를 내며 한껏 달리던 택시를 향해 손을 번쩍 들었다. 택시가 쟈스민을 지나 멀찌감치 멈춰 섰다가 후진을 했다. 다행히 택시기사와의 의사소통은 어렵지 않았다. 영어를 조금 알고 있었고 외국인을 위한 특별 영어교육을 받았다고도 했다. 고맙다는 의미로 미터 요금에서 잔돈은 팁이라며 받지 않았다.

링거를 꽂고 머리를 높이 고인 채 사장님은 침대에 누워 있었다. 하얀 시트 때문인지 사장님의 얼굴은 무척이나 창백해 보였다. 허리가 굽은 할머니 한 분이 침대 옆에 계셨는데 쟈스민이 다가가자 어리둥절해했다. 인기척에 눈을 뜬 사장님은 깜짝 놀라면서도 순간 반가운 표정이 스쳤다. 할머니는 사장님의 어머니셨고 사장님이 기숙사에 기거하는 동안 홀로 집에 계시는 분이셨다. 사장님은 어떻게 여기까지 왔느냐고 물었으며 고맙지만 늦기 전에 빨리 돌아가라고 했다. 올 때는 귀신에 홀린 양 정신없이 쫓아왔는데 막상 병원에서의 쟈스민은 민망해지기 시작했다. 우선 간호사들이 이상한 눈으로 쳐다봤다. 사장님께 큰누를 끼치는 것 같아 점점 몸 둘 데가 없어졌다. 눈치를 읽은 사장님은 쟈스민을 침대 옆 간이침대로 사용하는 긴 의자에 앉으라고 했다. 타박상 정도의 부상이지만 차가 전봇대를 부딪는 순간 머리를 부딪쳐 잠깐 정신을 잃었다고 했다. 마주 오던 차가 갑자기 중앙선을 넘어 피하려다 일어난 흔한 사고 중의 하나라는 설명도 해 주었다. 여러 가지 검사에 이상이 없음에도 단지 정신을 잃었던 이유 때문에 최소한 오늘밤은 입원을 해야 한다는 소상한 설명도 해 주었다.

"참하기도 하고 예쁘게도 생겼다."

물끄러미 쟈스민을 쳐다보던 할머니가 쟈스민의 등을 다독거렸다.

"아가씨 마침 잘 왔어. 나는 집에 가야 하니까 아가씨가 오늘 여기 지켜줘!"

할머니가 주섬주섬 가방을 챙겼다. 사장님은 잊은 것 없는지 한 번 더 할머니를 챙겼다.

쟈스민에게도 할머니와 함께 택시를 타고 돌아가라고 했는데 낌새를 느낀 할머니가 쟈스민을 긴 의자에 눌러 앉히며 극구 만류를 했다.

"나는 내가 맡아 키우고 있는 외손자가 있어서 가 봐야 해. 안 그래도 아가씨 올 때 이미 돌아가려던 참이었어. 걱정했는데 아가씨 있어서 마음이 놓이는구먼."

사장님도 더 이상 아무 말이 없어서 쟈스민은 할머니를 택시에 태워 떠나보내고 다시 병실로 돌아왔다. 사장님은 눈을 감고 있었다. 쟈스민이 간이침대에 앉자 병실에 있던 모든 사람들의 시선이 쟈스민에게로 쏠렸다. 따가운 시선을 온몸으로 느끼며 또다시 사장님께 누가 되지나 않을까를 걱정했다. 아무런 생각도 않고 정신없이 달려온 자신을 후회했다. 지금이라도 돌아가야 할 것 같은데 어떻게 해야 할지를 몰랐다. 그때 간호사가 나타나 돌아가며 환자들에게 뭔가를 체크하기 시작했다.

"우리 식구입니다."

사장님이 의아해 하는 입원실 모두들에게 쟈스민을 소개했다. 공장에 함께 기거하는 식구라는 의미였지만 듣기에 따라 해석이 다를 수도 있었다. 병실 사람들은 의문이 풀렸다는 듯 고개를 끄덕이는 사람도 있었다. 음료수를 나눠 마시자며 서툰 영어로 말을 걸어오기도 했다.

"대부분 동남아 처녀들의 인물이 그저 그런데 저 아가씨는 너무 예쁘다."

어떤 아주머니가 옆 사람과 소근거렸다. 쟈스민의 귀에는 '예쁘다'라는 말만 들렸다. 가시방석처럼 불안하게 느껴지는 건 여전했다. 밤이 깊어가자 병실이 조용해지면서 조금씩 쟈스민도 안정을 찾았다. 공장 사람들이 전혀 없는 또 다른 곳에서 사장님과 함께 있는 때문인지 가슴이 설레었다. 별로 하는 일도 없었다. 사장님이 한두 번 더 돌아가기를 권했지만 쟈스민은 웃으며 '괜찮다'고를 되풀이했다. 자정이 지나자 보호자들은 긴 의자의 간이침대에 누워 잠을 청했다. 쟈스민도 간이침대에 새우등을 하고 누웠다. 고향의 가족이 떠오르기보다 침대 위의 사장님에게만 신경이 집중됐다. 알지도 못할 흥분으로 밤새 잠이 오지 않았다. 새벽녘에 얼핏 조금 눈을 붙였을 뿐이었다. 6시도 되지 않아 보호자들은 일어나 부산을 떨었다. 사장님은 오늘은 혼자 있어도 괜찮다는 당직 간호사의 설명을 통역해 주며 돌아가라고 했다. 슬며시 간밤의 행동이 부끄럽기도 하고 멋쩍기도 했다. 쟈스민은 사장님께 인사도 제대로 하지 못한 채 부리나케 공장으로 돌아왔다. 무척이나 긴 하룻밤이었다.

사장님은 하루가 더 지나서야 퇴원을 했다. 사장님이 퇴원해 회사로 돌아오던 날 쟈스민은 공연히 가슴이 두근거렸다. 쟈스민에게 따로 고맙다는 인사를 해주며 손을 잡아 주었을 때는 얼굴이 달아오르고 가슴이 팔딱팔딱 뛰었다. 공연히 사장님을 똑바로 쳐다 볼 수가 없었다. 눈빛이 마주치면 그냥 이유도 없이 홍당무가 되어 재빨리 얼굴을 돌려 애써 외면을 했다.

사장님은 전혀 관심이 없는 척했지만 쟈스민은 자신의 일상에 늘 사장님의 관심이 따라 다님을 직감으로 알았다. 외출할 때는 행선지와 돌아오는 시간을 묻기도 하고 조금만 늦어지면 전화를 했다. 별로 생각이 없다는 식사도 쟈스민이 챙겨주면 한 그릇을 모두 비웠다. 회사 내에는 사장님이 쟈스민에게 과잉친절을 베푼다는 소문이 나돌았다. 좋아하고 있는 것 같다는 소문도 뒤를 이었다.

"쟈스민, 사장님이 너 좋아하니?"

아주머니들은 쟈스민을 이야깃거리로 삼아 수다를 떨었다. 등 뒤에서 수군거리다 까르르 웃기도 했다. 그럴수록 쟈스민도 점점 더 사장님을 향한 관심이 커졌다. 자상하고 심성 고운 남자가 왜 혼자 사는지가 심히 의문이 갔다. 결혼하고 6개월 만에 이혼을 했다고 하는데 도무지 믿기지가 않았다. 고운 심성에다 인격마저 훌륭한 사람이라 이혼할 사람 같지도 않을 뿐더러 설령 이혼을 했다손 쳐도 다시 재혼을 해도 몇 번은 했어야 할 사람이었다. 쟈스민은 갑자기 생활에 활력이 넘쳤다. 하루하루가 즐거움의 연속이었다. 사장님의 식사 수발에 신이 나기도 했다. 주방 아주머니는 회사 직원들의 식사만 준비하는 것으로 일이 줄었다. 딱 잘라 일의 분담을 정한 것도 아닌데 어느 순간부터 사장님의 식사는 쟈스민의 몫이 되고 말았다. 편히 쉴 수 있는 방, 일할 수 있는 직장, 고향 가족에게 매월 송금할 수 있는 밀리지 않는 월급만으로도 족했는데 사장님의 따뜻한 보살핌까지 있어 쟈스민은 꿈이 아닌가도 싶었다.

일요일마다 성당 가는 일은 게을리하지 않았다. 하나님께 감사해야 할 일들이 너무 많기 때문이었다. 외출 중이면 가끔 사장님이 전화를 걸어왔다. 쟈스민의 안전을 체크하는 것이라고 했다. 친구들과 어울려 놀다 늦게 돌아오는 날이면 사장님의 전화는 빗발쳤고 전철역에는 마중 나온 사장님이 서 있고는 했다.

3

그날은 단풍잎이 곱게 물드는 공휴일이었다.

쟈스민은 일찍 일어나 빨래를 끝내고 나서야 사장님의 식사를 챙겨 드렸다.

"쟈스민…!"

사장님이 식탁에 앉으며 빙그레 웃었다.

"오늘 뭐 할 일 있어?"

"아뇨 별일 없는데요."

무슨 일이라도 시키려나 보다 싶었다.

"한국에 와서 어디어디를 구경했지?"

"롯데월드요. 그리고…"

"아니 가을 날씨가 너무 좋아서 어디 바람이라도 쏘일까 싶어서…."

냉큼 대답하기가 곤란했다.

"우리 공장 식구들 중 필리핀 친구들 세 명만이라도 강화도 전등사 구경이나 갈까?"

쟈스민은 가슴이 두근거렸다. 셀 폰으로 다니와 아리엘에게 알려 주었다. 하지만 다니와 아리엘의 대답이 시원치 않았다. 식사를 마치고 방으로 돌아온 쟈스민은 정성껏 화장을 했다. 별로 없는 옷가지임에도 이거저것 골라 걸쳐 보기도 했다. 오래전에 사 두고 잊고 지내던 예쁜 모자도 꺼내 눌러 써봤다. 딴에는 한껏 단장을 하고 밖으로 나오자 사장님은 자동차를 닦고 있었다. 다니와 아리엘은 이미 와 있었다.

"쟈스민, 우리는 다른 일이 있어. 너나 사장님과 즐겁게 놀다가 와."

다니가 쟈스민에게 다가와 귓속말로 소곤거렸다.

"Sir, We have another appointment, that`s why we have to go…."

무슨 일이야고 묻기도 전에 손을 흔들며 서둘러 회사정문을 빠져 나 갔다.

쟈스민은 쭈뼛거리며 사장님 옆자리에 올랐다. 단 둘이라는 게 가 슴이 두근거리면서도 부담이 갔다. 도심을 지나 한강변으로 접어들자 온 몸이 가벼워졌다. 바깥풍경이 필리핀괴는 너무 달랐다. 나무가 다 르고 숲이 달랐다. 어지럽고 산만하기만 한 고향의 강변과는 달리 깨끗 하게 잘 정돈되어 있었다. 사장님은 오래된 팝송을 낮은 볼륨으로 틀어 주었다. 얼굴이 자꾸만 화끈거렸다.

전등사입구 주차장은 이미 차들이 넘쳐 나고 있었다.

불교사원 구경은 처음이었다. 불법 취업자라는 굴레에 묶여 가고 싶은 곳도 마음대로 갈 수가 없었다. 어쩌다 어디의 누가 체포되어 송 환되었다는 이야기를 들으면 그 주일은 성당에 가는 것도 망설여졌다. 외출은 언제나 불안했다. 외모나 피부가 한국 사람과 비슷해서 얼핏 구 분이 가지 않는 친구가 있었는데 쟈스민은 항상 그녀가 부러웠다. 거리 를 활보하더라도 일단은 쉽게 의심받지 않을 것이기 때문이었다. 쟈스 민은 피부마저 까무잡잡해서 한 눈에 외국인임을 쉽게 알 수 있는 얼굴 이었다. 오늘 사장님과 함께 하는 외출은 불법취업자라는 걸 잊어버릴 만큼 마음이 편했다. 매표소를 지나 성문처럼 보이는 입구를 지나면서 그림으로 보아 오던 중국 건축물과 비슷하다는 생각이 들었다. 언덕길 을 오르면서 굽 높은 신발 때문에 걷기가 힘들었다. 거리를 두고 걸어 가던 사장님이 옆으로 바싹 다가왔다.

"내가 미처 신발에 관한 조언은 하지 못해서… 미안해 어쩌나!"

"아니 괜찮아요. 걸을 수 있어요. 걱정하지 마세요."

대답을 하면서도 쟈스민은 기우뚱 거렸다.

"자 나를 잡아요."

사장님은 슬그머니 쟈스민의 손을 잡았다. 가볍게 쟈스민의 손이 떨렸다. 언덕길을 오르는 때문만이 아닌 이유로도 숨이 가빴다. 절 입구를 지나 평지에 이르러서야 사장님은 쟈스민의 손을 놓아 주었다. 사장님의 따뜻한 손 온기는 계속 남아 있는 것 같았다. 가장 큰 부처님이 모셔진 곳에서 사장님은 신발을 벗고 법당으로 들어섰다. 쟈스민에게도 함께 들어가기를 권했지만 어색해서 밖에서 기다리기로 했다. 사장님은 향불을 지피고 몇 번인가 넙죽 절을 올렸다. 성당에서의 기도와 같은 예식이라고 미루어 짐작했다. 사장님이 돌아 나오자 쟈스민은 재빨리 사장님 옆으로 다가갔다. 홀로 서 있는 외국여자가 신기하다는 듯 흘끔거리는 주위 사람들의 시선이 부담스러워서였다. 주위의 시선을 받는 것은 항상 불안했다. 혹시 출입국 관리소 직원이라도 있어 불쑥 쟈스민을 잡아갈까도 두려웠다.

"뭐 하신 건가요?"

"오랫동안 쟈스민과 함께 일할 수 있게 해 달라고 기도했지."

"……"

"훌륭한 일꾼은 놓치고 싶지 않아서…."

일꾼으로만이 아니라는 느낌이 오며 쟈스민은 다시 가슴이 뛰었다.

언덕위의 다른 건물로 이동하면서 쟈스민은 사장님의 팔짱을 꼭 끼었다. 사장님은 어깨에 힘주어 쟈스민의 팔짱 낀 팔목을 꾸-욱 눌러 주었다.

처음 보는 불교사원의 모든 것이 신기하기만 했다.

사장님은 관광 가이드가 되어 주었다. 동전이 쏟아져 있는 작은 연못, 쓰러져 가는 향나무 앞을 지나 기념품 파는 가게에서는 설명을 하다가 익살을 떨기도 했다. 회사에서는 어렵기만 하던 사장님의 새로운 모습이었다.

'이렇게 자상하신 분이 왜 이혼을 했을까? 그리고 재혼은 왜 아직까지 하지 않았을까?'

'전혀 흠이 없는 분인데…. 혹 성적인 핸디캡이라도…?'

엉뚱한 생각이 들자 쟈스민은 배시시 혼자 웃었다.

단풍이 곱기도 했지만 단풍이 들고 낙엽 지는 계절의 변화가 더 신기했다. 겨울이 가고 봄이 가고 여름도 가고 계절의 변화는 신비에 가까웠다. 죽어 말라비틀어진 나무에도 봄이 오면 어김없이 새싹이 돋았다. 죽은 나무에서 새싹이 돋는 것만큼 신기한 일은 처음이었다. 무성하게 자라던 나뭇잎들이 형형색색으로 낙엽 되어 바람에 팔랑대는 길을 따라 걸었다. 일부러 낙엽을 밟아 보기도 했다. 울긋불긋 불타는 듯 한 언덕길을 내려오면서 사장님은 어떤 메뉴로 식사를 하겠느냐고 물었지만 쟈스민은 어떤 메뉴가 있는지를 몰랐다. 메뉴에 따라 식당의 선택이 달라진다고 했다.

"It`s up to you!"

주차장이 보이는 곳, 즐비하게 늘어서 있는 식당가에서 기웃거리던 사장님이 한 식당으로 들어섰다. 비빔밥이라고 했다. 고추장을 덜어내고 맛 간장으로만 비벼준 비빔밥으로 점심을 먹었다. 사장님이 몸소 비벼주는 밥을 먹으며 쟈스민은 공주가 된 기분이었다. 식당 아주머니는 사장님이 만드신 조리법이 그럴싸하다며 쟈스민에게 맛이 어떤지를 물었다.

"Wonderful! delicious!"

그냥 하는 소리가 아니었다. 한 그릇을 냉큼 먹어 치웠다. 식당 아주머니는 외국인을 위한 새로운 메뉴개발에 도움을 주었다며 너스레를 떨었다. 구석에 보이는 커피머신에서 커피를 두 잔 뽑았다. 다행히 쟈스민이 할 수 있는 유일한 일이어서 쪼르르 가볍게 움직이며 신이나 했다.

서쪽으로 기우는 햇살이 잘 보이는 언덕위에서 차를 세웠다. 멀리 수평선위로 작은 배들이 떠 있었다. 따사한 햇볕이 좋아서라며 사장님은 잠깐 쉬다가 가자고 했다. 운전석 의자를 길게 뉘였다. 시트를 만질 줄도 모르지만 누워 있기가 거북해서 괜찮다며 완강하게 거부하는 쟈스민을 안다시피 하며 쟈스민의 시트도 길게 뉘였다. 금방 무슨 일이라도 닥칠까 불안해서 눈을 감았다

"어디 먼데로 훌쩍 떠나고 싶은 기분도 드는데…."

누운 채로 사장님은 쟈스민의 한쪽 손을 찾아 살며시 잡았다. 다시 한 번 긴장으로 가슴이 팔딱팔딱 뛰었으나 더 이상 움직이지 않는 사장님을 보고야 긴장을 풀었다.

"필리핀 한번 다녀오세요. 우리 남편에게 가이드 해 드리라 할게요."

사장님은 아무 대꾸도 하지 않았다. 불과 5분도 지나지 않아 잡았던 쟈스민의 손을 스르르 놓았다. 가볍게 코고는 소리가 들렸다. 아침 일찍 눈 뜨자 말자 공장 문을 열고 청소도 하고 배달도 거들고 허드레 일은 거의 사장님이 도맡아 하다시피 했다. 피곤하지 않을 수가 없는 분이었다. 혹 사장님의 단잠을 깨울세라 쟈스민은 쥐 죽은 듯 누워 있었다.

"어쿠! 내가 잠이 들었었나 봐."

다리가 뻣뻣해 지고 손이 저리고 온몸이 마구 근질거리는데 다행히 사장님은 잠에서 깨어났다.

"숙녀를 옆에 두고 잠이 들다니 이 무슨 실례를…."

누워 있는 쟈스민의 의자를 다시 일으켜 세워주기 위해 사장님은 쟈스민을 덮치듯 다가왔다. 누운 채로 쳐다보는 사장님의 얼굴이 거의 맞닿을 듯 가까웠다. 눈을 감았다. 잠깐 멈칫 하던 사장님이 쟈스민의 의자를 일으켜 세웠다. 차가 출발하면서 차안에서의 행복했던 긴장이 풀어졌다. 달리는 차안은 다시 나지막한 팝송이 흘렀고 쟈스민은 홍얼홍

얼 따라 불렀다. 일찍 되돌아 나온 탓인지 강화도를 떠나 돌아가는 차량은 밀리는 듯 하다 가도 술술 빠졌다. 해가 서산에 걸릴 무렵 쟈스민은 공장 기숙사에 도착했다. 공장 입구 큰길가에 있는 마트에 들러 비스킷을 비롯한 주전부리를 샀다. 아침에 외출한 다니와 아리엘은 아직 돌아오지 않았다. 아무도 없는 공장에는 '칠복이'라 불리는 진돗개 한 마리가 반갑게 맞아 주었다. 사장님이 주차하는 동안 주전부리 비닐 백은 쟈스민이 가지고 내렸다. 방으로 돌아오자 긴장이 풀리면서 피로가 몰려왔다. 욕실로 들어가 옷을 훌훌 벗어 버리고 따뜻한 물로 샤워를 했다. 조수석 의자를 누이고 일으켜 주던 사장님의 온화한 얼굴이 어른거렸다. 타월로 온몸 구석구석을 닦으며 거울에 비친 자신의 몸매를 살폈다. 아직은 누구라도 탐낼 만큼 탱탱한 온몸을 주욱 훑어 내렸다. 갑자기 파도처럼 외로움이 몰려왔다. 침대로 가 벌렁 누웠다가 자기도 모르게 살큼 잠이 들었다. 깜박 잠에서 깨어났을 때는 이미 어둠이 깔려 있었다. 옷을 챙겨 입고 사장님 방 쪽으로 가는 막혀 있는 복도의 칸막이 문을 개방했다. 주전부리를 들고 사장님 방문을 노크 했다. 방문이 열리고 안으로 들어서는 쟈스민을 사장님은 기다렸다는 듯 살며시 끌어안았다.

"이해해 줘."

그리고는 쟈스민의 입술을 더듬었다.

"No, can't be."(아니 안돼요)

"………."

"Can not be."(안 돼)

"………."

"No! can't be."(아니 안 된다니까)

쟈스민의 나지막한 외침은 차라리 속삭임이었다. 사장님의 손이 분주히 쟈스민의 청바지 지퍼를 내렸다. 사장님의 손을 더 이상 움직이지 못하게 꼭 잡았으나 강하게 밀어내는 남자의 힘에 밀려 이내 스르르 풀렸다. 청바지가 아래로 벗겨지고 티셔츠가 둘둘 말려 머리위로 떨어져 나갔다. 움츠려들던 온몸에 경련이 일었다. 의지와는 달리 몸이 달아올랐다. 이미 아랫도리는 촉촉이 젖었다. 저항을 포기했다. 오랜 이국생활의 외로움이 자기도 모르게 스스로를 무너지게 하고 있었다.

'몸이 가까우면 마음도 주어지는가?'

까므잡잡한 쟈스민의 탄력 있는 알몸이 희미한 불빛아래서 유난히도 빛났다.

" I love you!"

사장님은 서둘지 않았다.

" I love you. …forever!"

"………."

"… I want to live with you forever, if you don`t mind….."

쟈스민은 포근하다는 느낌으로 눈을 감았다. 개운하지 않은 가슴 한 구석은 애써 덮어두고 싶었다.




4




거의 매일이다시피 보내오던 아이들의 편지가 일 년이 조금 지나면서 뜸해지기 시작했다. 무엇이던 꼭 필요할 때만 편지를 보내왔다. 마음이 안정되고 엄마가 멀리 떨어져 있는 현실에 적응하는 모양이었다. 남편의 편지도 조금씩 빈도가 떨어졌다.

쟈스민이 셀폰을 사고부터는 편지 대신 거의 전화를 이용했다. 요금 때문에 전화는 언제나 쟈스민 쪽에서 걸었다. 남편은 무척이나 살갑게 전화를 받았고 사랑한다는 말은 입에 달고 살았다. 전화를 끊을 때마다 키스를 보내주었고 쟈스민도 셀폰에 입술을 대고 빨아 마실 듯 한 격렬한 키스를 보냈다.

그동안 보내준 돈으로 남편은 시장에 가게를 하나 샀고 거기에서 잡화점을 시작했다. 거의 일 년이 지난 지금의 가게는 제법 손님들이 붐비고 이익도 쏠쏠하다고 했다. 학교가 끝난 아이들은 거의 매일 아빠가게에 들른다며 구석자리에 책상까지 들여놓고 공부를 한다고 했다. 친정어머니와 함께 살고 있는 집은 시장의 가게로부터 걸어서 10분 정도의 주택가에 있었다. 집안이 너무 가난해 거처가 불안정했던 남편은 결혼과 동시에 아내인 쟈스민의 집에 눌러 앉았다. 남편을 일찍 여위고 쟈스민과 단 둘이 외롭게 살아오던 친정어머니가 아들처럼 함께 살기를 원했던 때문이었다.

전등사를 다녀온 그날 밤 이후 쟈스민은 거의 사장님과 함께 밤을 보냈다.

아무도 없는 기숙사인데도 밤이 깊어서야 서로들의 방을 오갔다. 멀리 떨어진 남자기숙사의 다니와 아리엘을 빼고는 떠오르는 달 보고도 짖어대는 '칠복이'놈만이 넓은 공장의 밤을 지키는 유일한 가족이었다. 시도 때도 없이 짖어대는 '칠복이'놈이 아니라면 한밤중의 공장은 귀신이라도 나올법한 고요뿐이었다.

혼자 있어 너무 외로울 때는 자주 사진속의 가족들과 만났다. 아이들과 마주하면 가슴은 언제나 저리고 아렸다. 남편보다 아이들이 더 간절하게 보고 싶었다. 가끔은 만사를 팽개치고 당장에 가족 곁으로 달려가고 싶기도 했다.

사장님과 함께 밤을 보내기 시작하면서부터 남편에 대한 그리움이 조금씩 줄어드는 것도 같았다. 그러나 가끔은 사무치도록 남편이 그립고 보고플 때도 있었다. 스스로 생각해도 마음의 변덕이 죽 끓듯 했다. 어떻게 해야 할는지를 스스로에게 물어본 적도 한 두 번이 아니었다. 사장님과 함께 있을 때는 사장님을 향한 뜨거운 가슴으로 행복했다. 그러나 언젠가는 남편과 가족에게로 돌아가야 한다는 압박감이 늘 가슴을 죄고 따라 다녔다. 행복하면서도 불안했다. 가슴의 반은 남편 몫이고 나머지 반은 사장님 몫이라고 말도 되지 않는 욕심을 부렸다.

신주 모시듯 하는 가족사진은 화장대 위에 있었다. 어머니는 앉아 계시고 남편은 쟈스민의 어깨에 다정하게 손을 얹고 있었으며 아이들은 어머니 양쪽 옆에 서서 활짝 웃고 있는 모습이었다. 힘들 때마다 바라보며 마음의 평온을 찾는 쟈스민에게는 종교이다시피 한 사진이기도 했다.

쟈스민의 방을 찾을 때마다 사장님은 의식적으로 예의 그 가족사진과는 마주하기를 피했다. 쟈스민의 눈치를 살피며 몰래 사진을 비스듬히 돌려놓은 후에야 쟈스민을 안았다. 사진의 방향이 달라지는 것을 알면서도 쟈스민은 무덤덤하게 반응했다. 사장님은 사진 속의 남편에게서 왠지 모를 껄끄러움을 느끼는 것 같았다.

오늘 오후에는 국제우편으로 말린 망고를 받았고 저녁식사를 마치자 바로 말린 망고를 꺼내놓고 사장님을 불렀다. 사장님은 오늘도 사진이 보이지 않는 자리에 앉았다. 맛있게 망고를 먹는 사장님과 마주하며 쟈스민은 필리핀 집으로 전화를 걸었다.

"헬로우~!"

다갈록으로 하는 이야기라서 사장님은 알아들을 수가 없었다. 처음 얼마동안은 밝은 표정이더니 슬그머니 창가로 다가가서는 심각한 모습으로 변했다. 표정의 변화를 알아채고 혼자 있게 해주어야겠다는 생각이 들어 사장님은 자리에서 일어났다. 방문을 열고 있는 사장님에게 쫓아온 쟈스민이 사장님의 손을 잡아끌었다. 앉아서 조금만 기다리라는 손짓을 하면서도 계속 통화에 열중이었다. 훔쳐본 쟈스민의 눈에 약간의 이슬이 맺혀 있었다.

쟈스민의 전화는 초등학교 2학년인 딸이 받았다. 전화를 받자말자 아빠가 밉다고 울먹였다. 말을 돌려서 할 줄 모르는 딸이 자초지종을 설명 하는 데는 그리 오랜 시간이 걸리지 않았다. 가게일이 바쁘다거나 늦게 끝나서라며 아빠는 자주 가게에 딸린 조그만 방에서 잔다고 했다. 집에 들어오지 않는 날이 많아졌다는 것이었다. 오늘 아침에는 전날 가게에서 숙제를 하다가 깜박 잊고 두고 온 과제물이 떠올라 새벽같이 가게를 찾았더니 어떤 아줌마가 가게 문을 열어주더라는 것이었다. 문을 열어준 아줌마는 부스스 일어나는 아빠 옆을 지나 잽싸게 빠져 나가더라고 했다. 미처 옷도 제대로 입지 못한 아줌마는 시장의 야채가게 아줌마가 틀림없다고도 했다. 왜 야채가게 아줌마가 우리 아빠랑 함께 자고 있는지가 이상하다는 생각이 들어서 엄마에게는 꼭 이야기해야 할 것 같아 종일 엄마의 전화만 기다리는 중이라고 울먹였다. 아빠가 용돈을 듬뿍 주며 아무에게도 말하지 말라는 이야기까지 했다.

혹여 사장님께 너무 빠져들까 스스로에게 채찍질하며 절반만 꼭 절반만 사장님을 사랑하리라 다짐하던 쟈스민이었다. 남편이 잘못을 저질러도 꼭 절반만 추궁하겠다고 생각했었다. 그런데 절반 이상으로 아니 머리끝까지 화가 치밀었다.

'힘들여 일해 보내준 돈으로 바람을 핀다?'

치솟는 화를 참지 못해 얼굴이 후끈 달아올랐다. 다리에 힘이 쭉 빠지며 후들거려 슬며시 화장대 의자에 걸터앉았다. 가슴이 찢어지는 것처럼 아팠다. 고함이 터지려는 걸 사장님 앞이라 평온을 유지하려 안간힘을 썼다. 안절부절 몸 둘 바를 몰랐다. 애써 사장님과의 사랑에 빠진 자신과 비교하며 양심으로 용서하려 했으나 용서되지 않았다.

"아빠가 아마 무슨 일이 있어서일 거야. 내가 아빠에게 따로 전화할게."

울먹이던 아이의 목소리가 밝아졌다.

"오늘은 이만하자. 또 전화할게."

아이는 아무 일 없었던 양 전화를 끊었다. 전화를 끊기가 무섭게 쟈스민은 사장님의 가슴을 파고들었다. 절반이 아닌 온 마음으로 사장님을 안고 싶었다.

'무슨 일일까?'

이유는 모르지만 설움에 겨워 매달리는 쟈스민이 한없이 가엽게 보였다. 사장님은 늘 자상하고 포근하게만 안아오던 쟈스민을 격렬하게 안았다. 스스로 마구 옷을 벗어 던진 쟈스민은 한 마리 불나방이 되어 활활 타 올랐다.

5

사장님은 쟈스민과의 만남이 운명이라고 생각했었다. 다시는 결혼하지 않으려던 마음도 바뀌어 쟈스민이 받아만 준다면 결혼도 하고 싶었다. 결혼한 지 6개월 만에 이혼한 아내에게 원망이나 원한이 쌓여서는 아니었다. 아내의 첫 남자가 지금이라도 돌아오라 한다며 울먹이는 아내를 기꺼이 보내 주었다. 아내의 첫 남자는 아이가 딸린 유부남이었다. 곧 이혼할 거라던 그 남자는 차일피일 시간만 보냈다고 했다. 부모님의 반대와 아이 엄마와의 이혼도 망설이기만 하더라고 했다. 아내는 홧김에 만난 사람이 사장님이었고 서둘러 사장님과 결혼을 했다. 아내의 첫 남자는 오랜 불화를 극복하지 못하고 결국 부인과 이혼을 하고 말았다 했다. 먼발치서 행복을 빌어 주며 바라만 봐야겠다고 마음먹었던 아내의 첫 남자는 도저히 잊을 수가 없어서라며 수시로 아내에게 연락을 해 왔다고 했다. 고민을 거듭하던 아내는 결국 사실을 털어놨다. 처음에는 배신감으로 절망에 빠져 한참을 방황했다. 세상 모든 여자가 다 그렇게 마음을 숨기고 거짓 미소로 위장된 가소로운 인간들이라는 생각도 들었다. 머리를 싸매고 고민했지만 더 좋은 사람이 있다는 걸 말릴 재간도 없었다. 아직까지도 뱃속에 아이가 없는 것만도 다행이라는 생각으로 사장님은 아내를 그녀의 첫 남자에게 보내주었다. 아이가 없었던 것은 몰래 피임을 한 때문이라는 의심이 들어 아내에 대한 조그만 연민마저 깨끗이 날려 보냈다.

평생 혼자 살기로 작정을 했다. 구멍가게처럼 명색만 공장인 가내공업의 풀 공장에서 영업과 배달을 도맡아 하던 사장님은 일하는 즐거움으로 나날을 보냈다. 하루 종일 무섭게 일을 하고 지쳐서 잠을 자야 했다. 잠이 오지 않는 날이면 떠나간 아내에게 느끼는 배신감으로 괴로워 견디기 힘들었다. 잠을 자기 위해서라도 죽어라고 일했다. 잠시 동안의 휴식도 허락하지 않았다. 시간이 나면 하다 못해 공장마당을 쓸고 또 쓸었다. 매일 빚 독촉이 빗발치는 부도직전의 풀 공장을 더 이상 끌고 가기 힘들다는 전임 사장님의 부탁이기도 했다. 결코 미래가 없는 회사가 아니라며 회사를 살릴 수 있는 사람은 당신밖에 없다고 신신당부를 했다. 돈이 없는 사람이다 보니 그냥 퇴직금조로 회사를 인수했다. 돈을 벌어야 하겠다는 생각은 아니었다. 회사의 장래를 위한다는 생각

은 더구나 아니었다. 일을 하기 위해서였다. 그냥 닥치는 대로 죽어라
고 일만 했다. 정신없이 일하는 동안은 원망하지 않기로 한 수시로 뇌
리를 스치는 아내에 대한 배신감도 잊을 수가 있었다. 쏟아지는 주문은
납기를 맞추기 위해 밤을 새다시피 했다. 피로가 누적되어 정신마저 혼
미할 때도 있었다. 결국 일이 터지고 말았다. 어느 날 밤 기계에 다리를
끼는 사고를 당하고 말았다. 과로 탓이었다. 홀어머니가 펄쩍펄쩍 뛰
며 병원에서 날밤을 새웠으나 사장님은 결국 절름발이라는 장애자가
되고 말았다. 출퇴근이 힘들다는 핑계로 집을 나와 거처를 공장으로 옮
겼다. 조석으로 재혼하라는 홀어머니 성화를 못 견디는 또 하나의 이유
도 있었다. 하나에서 열까지 일밖에 몰라 하는 사이 공장의 규모가 커
지고 새 건물도 짓고 종업원도 늘어나고 외국인 근로자도 고용했다.

　사장님은 거칠게 쟈스민을 안았다. 광풍이 세차게 일었다가 사라
졌다. 파도가 멎은 듯 잠잠해졌으나 쟈스민은 떨어지려 하질 않았다.
더욱 힘차게 사장님의 가슴을 파고들었다. 쟈스민의 얼굴은 땀이 아닌
눈물범벅으로 얼룩져 있었다. 사장님은 늘 그랬던 것처럼 오늘도 아이
들이 사무치게 보고 싶어서라고 만 짐작했다.

　머쓱해하는 사장님을 쳐다보고 쟈스민은 마음의 안정을 찾으려 노
력했다. 사장님께 너무 부담을 주는 것은 아닐까도 싶었다. 돌아누워
눈을 감았다. 그리고 이내 가볍게 코를 골았다. 잠이든 척하는 사이 사
장님은 슬그머니 그의 방으로 돌아갔다. 한 시간의 시차밖에 없어 이미
자정이 넘은 시간이었지만 쟈스민은 남편에게 전화를 걸었다. 가게전
화는 받지 않았다. 늦은 시간이 대수냐 싶어 다시 집으로 전화를 했다.
세 번째 신호음에 기다렸다는 듯 냉큼 전화를 받은 사람은 남편이었다.
결혼 후 처음으로 상스런 말을 섞어가며 남편에게 마구 퍼부어댔다. 자
초지종을 설명하겠다는 남편이 더 미웠다. 설명이라는 게 변명뿐이어

서 변명을 듣는다는 것에 더욱 화가 치솟았다. 장모님이 바꾸라 하신다며 남편의 목소리가 사라졌다. 애들 아빠가 시장 통 야채가게 여편네와 놀아나는 동안 엄마는 도대체 뭘 했냐고 이번에는 어머니를 몰아 세웠다. 옆에서 듣고 있을 사위가 민망했던지 수화기만 가지고 거실에서 안방으로 옮겨간다 했다. 처음에는 아무 일도 없다고 우겼다. 바락바락 소리치는 딸이 안쓰러운지 어머니가 착 갈아 앉은 목소리로 설명을 시작했다. 이미 어머니도 알고는 있었다고 했다. 처음에는 어찌할 바를 몰라 크게 당황했는데 시간이 가면서 사위를 이해하려 했다고 했다. 젊디젊은 나이에 혈기왕성한 남자의 입장에서 생각해 보기로 했다는 것이었다. 유심히 살피며 뒷조사까지 해 봤더니 홀로 사는 사람들끼리의 외로움을 달래는 정도였다는 것이었다. 혹여 돈을 해프게 쓰지는 않는지도 눈 여겨 봤지만 아범의 돈을 탐하는 여자 아니어서 다행이었다고 했다. 바람직하지는 않지만 젊은 혈기가 혹 더 큰 잘못으로 번지지 않을까싶어 모르는 척 하기로 했다는 어머니였다. 계속 살피며 가끔은 우회해서 주의도 주고 있으니 걱정 말라고 했다.

"엄마! 한심도 하지. 도대체 이야기가 되는 거야?"

쟈스민은 악에 받쳐서 당장 쫓아내 버리라고 길길이 뛰었다.

거의 뜬눈으로 밤을 새웠다. 아침 햇살이 창문 가득 부서지도록 뒤척이다 사장님 아침상 준비를 위해 억지로 자리에서 일어났다.

'나는 사랑이고 남편은 불륜일까?'

그래도 분이 삭아지지를 않았다.

반찬을 가져다 식탁으로 옮기려는데 갑자기 속이 메스꺼워졌다. 점심 먹은 게 체했나 싶었는데 이번에는 울컥 구역질이 났다. 화장실로 쫓아가 마구 토했다. 그러고 보니 이미 두 달째 멘스가 없었다. 가끔 주기가 불순한 적도 있어 이제나 저제나 하고 기다리던 중이었는데 임신이라는 확신이 들었다.

'어떻게 한다?'

관계를 가질 때마다 피임을 생각하지 않은 것은 아니었다. 임신만은 절대 안 된다고 생각하면서도 쉽게 피임할 방법을 찾지 못했다. 사장님과 터놓고 상의하지도 못해 망설이기만 하고 있는 중이었다. 끔찍이 사랑해 주는 사장님을 마주할 때면 생기는 아이라면 그냥 낳아 버릴까도 생각했었다. 만일 아이가 태어난다면 누구를 닮을까 배시시 웃어 보기도 했었다. 그러나 막상 임신이라는 확신이 들자 두려움이 앞섰다.

쟈스민의 임신을 아는지 모르는지 사장님은 부지런히 쟈스민의 건강을 챙겼다. 몸에 좋다며 영양제도 사다 주었다. 이미 쟈스민의 임신을 알고 있다는 느낌이 들기도 했다. 쟈스민의 근무부서가 바뀌면서 쟈스민의 임신을 알고 있다는 심증은 더욱 확실해 졌다. 힘든 포장 일을 해 오던 쟈스민이 창고관리를 맡았다. 말이 창고 관리지 그냥 명색이 그랬다. 자재의 출납과 상품의 출납을 쟈스민은 영어로 표기했다. 가끔씩 이뤄지는 재고파악이 쟈스민의 장부와 일치했다. 장부가 너무도 정확해서 공장장도 은근히 놀라워했다. 시간이 남으면 주방 일을 도왔다. 쟈스민을 사모님 모시듯 하는 건 아니더라도 공장사람들이 대하는 태도는 확실히 달라져 있었다. 공장사람 모두가 이미 쟈스민과 사장님이 보통 사이가 아니라는 것을 훤히 알고 있었다.

쟈스민의 생일이 공교롭게도 토요일이었다. 사장님이 사온 대형 케이크를 종업원 모두가 모인 아침 조회시간을 이용해서 커팅했다. 토요일마다 특별 메뉴로 점심을 먹기는 했지만 오늘은 전례가 없는 비후스틱을 준비했다. 진담 반 농담 반 쟈스민의 생일 덕이라고 만나는 사람마다 인사를 했다. 저녁에는 다른 회사에 근무하는 쟈스민의 필리핀 친구들을 고기뷔페로 초대했다. 쟈스민이 못 먹어 고생하는 필리핀 친구들에게 실컷 고기를 먹이고 싶다고 해서였다. 식사가 끝나고는 노래방에도 들렀다. 넓은 방을 준비해 주어서 모처럼 고향마을의 어느 축제에 모인 것처럼 마구 온몸을 흔들어 댔다. 젊잖게만 보이던 사장님도 오랜 친구처럼 함께 어울려 노래를 불렀다. 밤이 늦어서야 헤어지게 되었고 돌아가는 친구들에게 택시를 불러 주었다. 쟈스민은 떠나는 택시마다 모두 택시비를 지불해 주었다. 다니와 아리엘은 토요일이라 또 다른 친구들을 따라 떠나고 쟈스민과 사장님만 다시 기숙사로 돌아왔다. 공장 입구에서 택시를 내린 쟈스민은 택시비를 지불하고 남은 돈을 모두 사장님께 돌려주었다.

'칠복이'가 컹컹 짖으며 반겨 주었다. 오늘이 꿈이 아니기를 바랐다.

"허니…!"

방으로 돌아온 쟈스민은 샤워를 마치기가 바쁘게 침대로 올랐다. 사장님의 가슴은 따뜻해서 좋았다. 사장님은 말을 꺼내려다가 자꾸만 망설이는 쟈스민의 이야기가 궁금하긴 했으나 대수롭지 않게 여겼다.

"허니…, 나… 아기 가졌어."

누워있던 사장님은 화들짝 놀라 벌떡 일어났다. 남아 있던 약간의 술기운마저 싹 가셨다.

"전혀 부담스러워하지 않으셔도 돼."

"…낳기로 했어."

"사장님이 싫다하시면 데리고 돌아갈 거야. 분명 사장님처럼 착하고 훌륭한 사람일 테니까. 내가 사장님을 위해 할 수 있는 건 이것뿐이야. 만일 이보다 더한 일이라도…,"

"… 난 할 거야."

쟈스민의 눈시울이 촉촉이 젖었다. 사장님은 감격으로 가슴이 벅차올랐다.

'내 아이를 가졌다니.'

기쁨에 가슴이 요동을 쳤다. 아이를 낳아 준다는 것만으로도 고맙기 그지없으련만 자신을 위해 무엇이던 할 수 있다는 말끝에는 감동으로 가슴이 뭉클했다.

"미안해서 어쩌나, 내가 못할 짓을 하나 보다…."

사장님은 흐르는 쟈스민의 눈물을 그냥 맨손으로 훔쳐 주었다.

7

사장님의 어머니를 공장 사람들은 할머니라고 불렀다. 누가 소문을 냈는지 할머니께서 쟈스민을 찾아오셨다. 쟈스민을 껴안아 등을 두드리며 고맙다는 소리를 수도 없이 해댔다. 보따리를 풀고 정성들여 준비해온 보약이라는 음식을 내밀었다. 도저히 쟈스민의 입에 맞지 않았지만 정성이라는 생각이 들어 억지로 먹었다. 당분간 성당은 가지 않아야하겠다고 마음을 고쳐먹었다.

'아기를 낳았다는 사실을 필리핀 사람 누구도 모르게 하리라.'

'필리핀에 돌아가서라도 한국에서 아기를 낳았다는 사실은 무덤까

지 비밀로 하리라.'

　피임을 생각해 보지 않은 것도 아니었지만 대비할 여유가 없었다. 만일 아기를 가지게 되면 하나님께 용서를 빌 수밖에 없다고 생각했었다. 낙태를 하고 신부님께 고해하고 평생을 사죄하며 사는 길밖에 없지 않느냐는 생각했었다. 그러나 살아가면서 사장님의 사랑이 진심임을 알고부터는 마음을 바꾸었다. 고민하고 또 고민한 끝에 내린 결론은 비밀리에 아기를 낳아 기른다는 것이었다. 쟈스민은 이를 꼭 깨물었다. 다니와 아리엘은 다른 공장으로 보내져야 했다. 말이 통하는 필리핀 친구들이 있어 근무하기가 편했던 시절은 잊기로 했다. 아니 그들이 있어 그들의 도움이 눈물겹도록 고마웠던 시절도 잊기로 했다. 출산의 비밀을 위해서는 어쩔 수 없는 일이라며 마음속으로 그들에게 용서를 빌었다. 사장님은 보내고 싶지 않아 하면서도 여기보다 훨씬 더 좋은 여건의 공장을 찾으려 고심했다. 쟈스민의 부탁으로 쟈스민은 풀 공장에 근무하지 않는 것으로 만들어졌다. 모든 필리핀 사람들에게 쟈스민의 임신은 극비에 부쳐져야 했다. 소식이 궁금하다며 찾아온 필리핀 친구들은 이미 정문에서 쟈스민의 부재 소식을 듣고 돌아가야 했다. 필리핀 친구들 누구도 쟈스민의 존재를 몰랐다. 체포되어 본국으로 송환되었을 거라고 짐작들 하리라.

　고향의 가족과는 여전히 소식을 주고받았다. 공장일은 거의 하지 않도록 배려해 주었다. 아주머니들도 쟈스민이 공장에 나타나면 등을 밀어 기숙사로 돌려보냈다. 사무실에 어정거리거나 주방에서 요리를 준비하는 일이 쟈스민의 새로운 일과처럼 되어 버렸다. 그래도 쟈스민의 월급은 변함이 없었다. 고향에 송금하는 금액도 줄지 않았다. 일도 안하면서 월급을 받는 것이 송구스러워 공장근처에라도 다가가면 공장사람들은 어김없이 쟈스민을 밀어냈다.

정기적으로 의사의 검진을 받았는데 아기가 아빠를 닮았다고 했다. 아빠 닮았다는 의사의 이야기를 전하며 벌써 아기모습을 알 수 있는 것이 신기하다고 수선을 떨자 한 아주머니가 그것은 아들이라는 의미일 거라고 가르쳐 주었다. 쟈스민의 방은 창고일 뿐이었다. 사장님의 방으로 옮겨 온 쟈스민은 당분간 남편 생각은 안 하기로 했다. 가족사진은 화장대 서랍에 보이지 않게 보관했다. 어쩌다가는 마음이 흔들리기도 했다. 이대로 이 남자와 영원히 한국에서 살아 버릴까 하는 마음이 없는 것도 아니었다. 가족사진을 서랍에 넣어버린 이유는 당분간만이라도 가족을 잊고자 함이었는데 그렇지가 못했다. 가족의 얼굴은 잊혀지지가 않았다. 시간이 많아지면서 더욱 자주 떠올랐다. 전화도 더 자주 하게 될 뿐더러 아이들의 활기찬 목소리를 듣고 나서야 마음이 평온해 졌다. 여자에게 임신은 자랑스러운 일이어서 고향 어머니와 통화 중에 무의식적으로 이야기할 뻔도 했었다. 남편에게는 의도적으로 통화를 짧게 했다. 남편은 남편대로 쟈스민에게 전해진 외도 소식을 의식해서인지 쟈스민의 눈치를 살피는 것 같았다. 말끝마다 고생시켜 미안하다는 말을 잊지 않았다. 비록 뱃속에 사장님의 아기가 자라고 있더라도 남편과 가족은 여전히 쟈스민이 진심으로 사랑하는 사람들이었다.

머리가 텅 빈 여자여서 남편이 아닌 다른 남자의 아이를 낳아 주는 자신이 천치바보라고 생각해 본 적도 있었다. 때로는 보잘것없는 한 여자가 착하디착한 한 남자의 아기를 생산하는 아주 훌륭한 여자라고도 생각했었다. 시간이 흐르고 아이가 자라고 아이와 이별할 용기가 있는지는 생각해 보지 않았다. 아버지가 있고 아이를 키울 넉넉한 재산이 있고 키워줄 할머니가 있고…. 어쩌면 참하고 예쁜 새어머니를 만날 수도 있고….

시간이 많으면 꼬리를 이어가는 생각들이 이상한 쪽으로 발전해가

기도 했다. 그리고는 찔끔 눈물을 짜기도 했다.

가끔 찾아오는 할머니가 거처를 할머니 댁으로 옮기자고 했다. 당신은 이미 당신의 며느리로 생각해서 함께 살고 싶어 했지만 쟈스민은 그럴 수가 없었다. 왜 불편한 것 많은 공장에 살고 있느냐고 더구나 홀몸도 아닌 사람이 왜 사서 고생하느냐고 애원하다시피 쟈스민을 달랬지만 쟈스민으로서는 어쩔 수가 없었다.

정기 검진을 위해 병원을 꾸준히 다녔다. 가지 않아도 아무 문제가 없을 것 같은데 사장님은 검진일자를 꼭꼭 챙겼다. 필리핀에서 두 아이를 낳는 동안 한 번도 병원에 가 본적이 없었다. 그래도 쑥쑥 아이만 잘 낳았는데 하는 것 없이 병원을 다니는 것 같아 쓸데없는 돈을 쓴다는 생각이 들기도 했다. 그러다가도 이왕 낳기로 한 사장님의 아기이다 보니 매사에 실수 없이 튼튼하게 낳아야 하겠다는 생각도 들어서 병원의 정기 검진은 빠지지 않았다.

출산 예정일이 꼭 한 달 남은 날 병원을 다녀오는데 회사 정문에서 우체국 집배원을 만났다. 사장님차로 병원을 다녀오는 중이라 차에 탄채로 윈도우만 내려서 편지를 받았다. 회사로 오는 많은 우편물 속에 쟈스민에게 온 편지도 끼어 있었다. 사진이 들어있어 늘 두툼해야 할 편지가 오늘은 얄팍했다. 만삭의 배가 불편해 거의 뒤뚱거리는 수준으로 걸어서 방으로 돌아왔다. 남편의 휘갈겨 쓴 편지가 달랑 두 장이었다. 편지를 읽어 내려가던 쟈스민은 가슴이 철렁 내려앉았다. 남편이 한국에 오겠다는 내용이었다. 애들이랑 어머니가 가게를 맡아 봐도 충분하다 하니 당신이 고생하고 있는 한국에 가서 함께 일하겠다는 것이었다. 얼마 되지 않는 논밭은 어차피 소작을 주고 있는 만큼 신경 쓸 일이 없으며 당신 곁에서 힘들어 하는 당신을 돕고 싶다는 내용이었다. 오래 생각해 보고 어머니께 상의 드렸더니 드디어 허락을 해 주었다고도 했다. 쟈스민의 손이 바르르 떨었다.

편지 두 장이 의자 아래로 팔락이며 떨어졌다.

"………."

"어찌한다?"

"………."

"어찌한단 말인가?"

쟈스민은 바닥으로 주저 물러앉았다.

핑크빛 방 안 벽지가 모두 노랗게 보였다.

행복과 긍정의 에너지가
넘치는 대한민국을
기원합니다!

**권선복**
도서출판 행복에너지 대표이사
한국정책학회 운영이사

　이제 우리나라는 세계에서 손에 꼽히는 경제대국이 되었지만 웬일이지 일반 서민들의 삶은 점점 힘겨워져만 갑니다. 특히 사각지대에 놓인 취약계층의 삶은 버거울 뿐만 아니라 때로는 비참하기까지 합니다. 하지만 이러한 현실에도 불구하고 그들의 삶이 개선되기는 쉬워 보이지 않습니다. 자신의 삶을 챙기기도 힘겨운 마당에 타인의 삶을 돌아보기란 제법 어렵기 때문입니다. 이따금 언론보도 등을 통해 알려지기도 하지만 그때뿐, 곧 다른 크고 작은 뉴스들에 묻혀 버리곤 합니다.

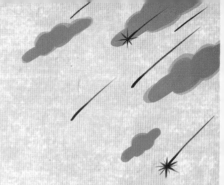

　책『연탄 두 장의 행복』은 그러한 이들의 이야기를 담은 소설집입니다. 노년층, 이혼녀, 불법체류 외국인 등이 우리 사회에서 겪는 참담한 현실을 생생히 전하고 있습니다. 제목과는 완전히 다른, 어두운 결말을 담고 있는 「연탄 두 장의 행복」을 필두로 총 아홉 편의 단편소설들이 환희와 슬픔, 불행과 행복을 그려냅니다. 현 부천작가회의 회장이자 수주문학상 운영위원인 저자의 이력만큼이나 출중한 작품들이 각각 빛을 발하고 있습니다. 우리 사회의 어두운 단면을 똑바로 들여다볼 수 있는 기회를 독자들에게 주신 저자에게 큰 박수를 전합니다.

　하나 바람이 있다면 이재욱 작가님의 다음 작품집에는 더 희망 가득한 내용의 소설이 담기는 것입니다. 삶의 무게에 힘겨워하는 많은 이들이 이 책을 통해 새로운 도약의 기회를 찾게 되기를 바라오며, 모든 독자분들의 삶에 행복과 긍정의 에너지가 팡팡팡 샘솟으시기를 기원드립니다.

## 압둘라와의 일주일

서상우 지음 | 값 13,500원

『압둘라와의 일주일』은 누구나 한번쯤은 고민해봤을 본질적인 인생의 문제들을 풀어 나가고 있는 책이다. 특히 '압둘라'라는 인물을 통해 어려운 고민들에 명쾌하게 답하는 형식을 취하고 있는 점이 흥미롭다. 아무리 상처받고 버림받는 아픔을 경험했을 지라도 이 세상에 소중하지 않은 사람은 없다. 그렇기에 이 책의 주인공은 당신이라고 저자는 이야기한다.

## 제4차 일자리 혁명

박병윤 지음 | 값 15,000원

JBS일자리방송의 박병윤 회장이 전하는, '일자리 혁명을 통해 선진국으로 도약할 대한민국의 청사진'을 담은 책이다. 현재 대한민국의 일자리 문제가 현 정부에서 추진하는 창조경제 정책이 올바로 시행되지 않고 있음에서 그 원인을 찾고 '방통융합 활용 일자리창출 콘텐츠'의 실행을 통해 일자리 혁명을 일으켜 해결책을 찾을 것을 제안하고 있다.

## 금융회사의 내부통제

김양권 지음 | 값 25,000원

선진은행들은 우리나라보다 더한 성과주의 문화 속에 살고 있지만 그들의 금융사고는 우리보다 훨씬 적다고 한다. 이 책은 그 이유는 무엇인지를 세심히 살펴보고, 오랫동안 선진국의 금융관행을 보고 배웠음에도 우리 금융회사들이 놓치고 있는 것에 대해 제시한다.

## 나의 살던 고향은

강순교 지음 | 값 15,000원

연어처럼 삶을 다하기 전에 거세고 잔인한 현실의 물살을 거슬러 고향과 고국을 찾아온 저자의 인생사는 그 자체만으로도 충분히 감동적이다. 그래서 이 책은 한 개인의 위대한 역사일 뿐 아니라 궁극적으로 통일이 되어야 할 이유를 독자들의 가슴에 깊이 새겨주고 있다.